Eu Pego Esse Homem

Título original: I Take This Man

Coordenação editorial: Débora Guterman
Preparação e revisão: Fátima Couto
Capa: Joana Figueiredo
Ilustração de capa: Fabiana Shizue
Diagramação: Renata Milan

Dados Internacionais de Catalogação na Publicação (CIP)
(Câmara Brasileira do Livro, SP, Brasil)

Frankel, Valerie
Eu pego esse homem / Valerie Frankel ; tradução Márcia Frazão. – São Paulo : Editora Planeta do Brasil, 2008.

Título original: I take this man.
ISBN 978-85-7665-367-7

1. Ficção norte-americana I. Título.

08-02983 CDD-813

Índices para catálogo sistemático:
1. Ficção : Literatura norte-americana 813

2008

Editora Planeta do Brasil Ltda.
Avenida Francisco Matarazzo, 1500 – 3º andar – conj. 32B
Edifício New York
05001-100 – São Paulo-SP
www.editoraplaneta.com.br
vendas@editoraplaneta.com.br

Eu pego esse Homem

Romance

Valerie Frankel

tradução
Márcia Frazão

essência/Planeta

Este livro é dedicado às minhas grandes amigas do
grupo de discussão See You Next Tuesday,
Daryl Chen, Lauren Purcell e Jeanie Pyun,
escritoras fantásticas que adoram
beber, comer, falar, rir e ouvir.

Agradeço especialmente a
Michele Cagan pela sugestão do título.

Capítulo 1

Penny Bracket, vinte e três anos, vestida de branco, parecia mais um fantasma. Em vez do vestido, ela bem que podia ter recortado dois buracos num lençol e jogado sobre a cabeça.

"Estou igual à noiva cadáver", ela disse olhando sua palidez cadavérica no espelho do toucador. "Assim que a cerimônia terminar eu me dispo."

"Você podia cair fora agora", Esther Bracket, quarenta e cinco anos, mãe de Penny, sugeriu. "Escapar definitivamente da cerimônia."

Penny olhou o rosto da mãe refletido no espelho. No vestiário da noiva, sentada num banco coberto por um tecido adamascado, Esther vestia um traje cinza-pérola acompanhado de um par de sapatos cujos saltos altos desapareciam no tapete felpudo. Ostentava diamantes caros em número cinco vezes maior que o necessário nos braços, no pescoço e nos dedos. Mas em Nova Jersey o excesso era regra, tanto nos cabelos como nas roupas, na decoração, na personalidade, na violência dos crimes, na corrupção do governo ou nos escândalos políticos.

Penny era uma garota de Nova Jersey. Nascera pertinho do Garden State Parkway. Sinatra era de lá também. Como Frank, seus habitantes faziam as coisas à sua maneira. A canção do estado: "Born to Run" (que ironicamente fala de uma fuga de Nova Jersey). O lema do estado: "Veja com seus próprios olhos", já que não se pode confiar no que diz alguém de lá. O modelo do estado: Tony Soprano. Sendo geograficamente um dos menores estados da nação, apresenta a mais densa população. De diversas maneiras.

Alguns nova-jersianos se colocam à parte com decoro, dignidade e discrição, mas Penny não havia conhecido nenhum deles. Embora ela tivesse deixado bem claro que preferia um casamento modesto, sua mãe não abriu mão do luxuoso salão no Short Hares Plaza. Apesar de não admitir, Esther gastara setenta e cinco mil dólares para que a filha casasse com um homem que ela desprezava, apenas para impressionar a vizinhança.

"Casa cheia?", Penny perguntou enquanto passava *blush* nas maçãs do rosto, na tentativa de parecer um ser vivo.

"Entupida", disse Vita Trivoli, vinte e três anos, a terceira pessoa naquele aposento apertado. Vita era a melhor amiga de Penny e sua dama de honra. "Duas centenas dos brancos mais elegantes que eu já vi. Por que a senhora mesma não vai ver, madame Bracket? Talvez tenha que dar uma palavrinha com a organizadora do casamento. Ou agradecer aos convidados. Ou fazer qualquer coisa que a tire deste quarto."

A dama de honra, uma ruiva, não era nada sutil. Enfiada em um escandaloso vestido magenta decotado nas costas, ela praticamente usava todas as jóias que possuía.

"Seu visual está a sua cara, Vita", declarou Esther, referindo-se às sobrancelhas corretamente delineadas ao estilo Garbo. "Eu nunca teria coragem de ser tão chamativa."

"Mas a camada de verniz de amargura que está usando lhe dá um perfeito *je ne sais quoi*", disse Vita com falsa admiração.

"É só uma camadinha", Esther retrucou, dando umas palmadinhas em suas bochechas.

"A camadinha é quebradiça?", Vita perguntou.

"Estou feliz por finalmente vocês duas terem engatado um papo", Penny falou, tentando desfazer a tensão entre a mãe e sua melhor amiga.

"Você já se deu conta de que é a primeira do colégio a se casar? Isso significa que você venceu", disse Vita para a amiga.

Quando Vita emitiu a palavra "casar", Esther tremeu nas bases.

"Eu venci? Quer dizer que o casamento é um jogo?", Penny indagou.

"Você ganha prêmios fabulosos", Vita falou apontando a mesa apinhada de presentes, com as pernas trêmulas pelo reconhecimento de cada embalagem da Tiffany's. "Ganha a viagem dos seus sonhos para o Havaí. Entra no círculo dos vencedores e ainda beija o seu marido adorável enquanto todos aplaudem. É igualzinho à *Roda da Fortuna*."

"A roda da fortuna gira", Esther resmungou entre dentes.

"Mamãe, é melhor você ficar de boca fechada", disse Penny.

"Se você detestou tanto o vestido, por que o comprou?", Esther perguntou abruptamente.

"O Bram queria um tradicional", Penny respondeu.

"Por causa do Bram você gastou quinze mil dólares com uma roupa que detesta! O que mais você vai fazer por causa dele?", Esther quis saber. "Que outros compromissos e sacrifícios você vai fazer com o decorrer dos anos? E como estão seus pulsos hoje? E seu maxilar?"

Penny ergueu instintivamente as mãos até o queixo, mas se policiou e rapidamente as redirecionou para ajeitar o véu.

Esther rosnava, zanzando pelo pequeno aposento. Pelo espelho, Penny observava a movimentação da mãe. As pernas dela eram iguais às suas. Longas. Firmes. Fisicamente, Penny era uma versão morena da Esther loura, tirando vinte anos de amargura. Penny sempre se perguntava como sua mãe seria se não tivesse uma nuvem negra sobre a cabeça.

"Eu amo o Bram", disse Penny, serena. "Ele me ama. Nosso relacionamento se baseia na honestidade e no respeito. Nos devotamos um ao outro, hoje e sempre."

"Tá legal, mas pra mim isso soou como um chavão", Vita replicou.

"Desista!", Esther suplicou.

"Nunca", disse Penny enquanto deslizava o pincel sobre o *blush* rosa. Ela se virou para encarar a mãe: "Abandonar alguém no altar é um ato tão deplorável, tão covarde, tão imperdoável, que merece a morte. É a mais baixa das baixarias. É o oposto de tudo o que sou."

"É o que te torna superior a tudo?", Vita inquiriu. "Eu gostaria de saber."

"Sacrifício", disse Esther. "Compromisso."

"Eu vou casar", Penny rebateu. "E fim de papo."

Voltou-se de novo para o espelho. A tensão estava acabando com ela. De repente, sua cabeça rodou (latejava um pouco). Mirou-se no espelho e o vidro parecia se encrespar, como as águas de um lago no qual se atira uma pedra.

Uma batida à porta. Claro que era a srta. Wistlestop, a organizadora de casamentos do Short Hares Plaza, para avisá-la de que já era hora de sair. O coração de Penny disparou. Ela se levantou e começou a ajeitar a saia volumosa e as dez camadas de tule e crinolina.

"É sua deixa", Vita falou enquanto abria a porta.

Curiosamente, não era a srta. Wistlestop que estava do outro lado da porta.

"Morris, o que é que você está fazendo aqui?", perguntou Penny. "Você devia estar me esperando no altar com Bram."

Morris Nova, vinte e cinco anos, o padrinho de casamento de Bram, vestia um fraque de aluguel. A maioria dos homens parece sofisticada quando traja um fraque à James Bond. Mas mesmo vestido como um rei, Morris ainda pareceria desleixado. Ele bem que podia ter penteado o cabelo no dia do meu casamento, Penny pensava. Pelo menos podia ter se barbeado.

"Estou com um bilhete", Morris falou com uma cara apavorada e tropeçando nas palavras.

"Me dá isso", disse Esther, arrancando o envelope das mãos de Morris.

Enquanto sua mãe abria o envelope timbrado do hotel, Penny observava com nervosismo e um frio lhe subia pela espinha.

"Eu vou *matá-lo!*", Esther declarou depois de ter lido o bilhete.

Vita tirou o papel de Esther e entregou-o para Penny, sem lê-lo.

Penny pousou os olhos castanhos sobre o papel de seda branco e leu o bilhete sucinto, econômico, objetivo, que seu amado escrevera.

Querida Penny,

Não posso levar isto adiante.

Desculpe,
Bram

"O que diz o bilhete?", Vita inquiria enquanto tentava ler por cima dos ombros de Penny. A ruiva arfou como se atingida na boca do estômago e disse: "Esse é o ato mais cruel, mais covarde, merece a..."

"Morte", Esther completou.

"Você está bem?", Vita perguntou para Penny.

"Ela não deu uma só piscada", disse Morris.

"Pára de encarar minha filha", Esther falou enquanto enxotava o agora ex-padrinho.

Penny examinava mais uma vez a sucinta mensagem. Bram não

desperdiçara palavras para jogar pelo ralo dois anos de sua vida. Fitou sua mãe, que também fora abandonada por um homem. Esther franzia as sombrancelhas, furiosa, mas Penny sabia que ela devia estar aliviada.

"É um belo material", disse Penny ao mesmo tempo em que acariciava o envelope. "Que acabamento, que folha bem gravada! Devíamos encomendar uma caixa."

Depois, suas pernas – seu sustento, sua força – tremeram e enfraqueceram. Escorregou até o solo, com metros e metros da crinolina e do tule do vestido descaindo sobre seu corpo, cobrindo-a de modo a formar uma tenda segura onde ela podia dispor de um pouco de privacidade.

"Ela desmaiou!", Vita gritou com uma entonação perfeita, bem treinada pelo seu ofício de atriz de novelas de televisão. "Chame uma ambulância!"

"Ela só está chorando", Esther falou com frieza.

"Ela está histérica!", Vita replicou.

Mas Penny não estava chorando. Estava rindo (histericamente) de toda aquela comédia. Do vestido de noiva de Barbie. Das duas centenas de brancos elegantes que aguardavam no salão. Dos setenta e cinco mil dólares que sua mãe gastara naquele casamento que não aconteceria. Tudo era *engraçado*. Uma maneira trágica de aniquilar a alma.

Aos poucos, Penny recuperava o juízo.

"Logo que minhas pernas voltarem a funcionar, vou sair do chão e sentar naquele sofá", ela disse. "Estou precisando de uma bebida. Depois disso, estarei aberta a sugestões."

Capítulo 2

"PENNY, NÃO SAIA DAÍ", ESTHER ordenou. E disse para Morris: "Você vem comigo".

Esther arrastou Morris para fora do quarto. Depois de bater a porta atrás de si, empurrou o desmazelado rapaz por alguns metros do saguão para que Penny não ouvisse a conversa deles.

"Onde ele está?", ela perguntou.

"Não sei", disse Morris.

Lívida, do alto de seus brincos de diamante, Esther bem que gostaria de cuspir (mas não pôde).

"Você fez o trabalho sujo dele", ela falou, enojada.

"Só fui o mensageiro", Morris retrucou.

"Sua mãe é viva?"

"Minha mãe?", ele quis saber.

"Vou telefonar pra ela e contar a que ponto você desceu hoje", ameaçou Esther. Embora Morris tivesse vinte quilos (em músculos masculinos) a mais que Esther, ambos tinham a mesma estatura. Ela encarou os olhos azuis de Morris como só as mães conseguem fazer, telegrafando a tríplice manipulação maternal: culpa... vergonha... desapontamento... culpa... vergonha...

"Pare", disse Morris, tapando os olhos com os braços. "Tá certo, tá certo, ele está no quarto dele, lá em cima. Eu o deixei cinco minutos atrás."

"Sai da minha frente", Esther falou enquanto contornava o rapaz abobalhado no estreito saguão.

"A senhora você não vai telefonar pra minha mãe, vai?"

Esther deixou-o entregue às próprias divagações. Saiu pelo corredor andando depressa, passou pelas portas abertas do salão e atravessou o saguão de piso de mármore na direção dos elevadores do hotel mais chique de Nova Jersey. Um dos elevadores se abriu e ela apertou o botão do décimo segundo andar. A organização da festa de casamento disponibilizara diversas suítes no hotel para o fim de semana.

Esther estava sozinha no elevador. Em sua curta corrida, seu corpo fora tomado pelo vermelho rosado da raiva, como mercúrio em termômetro quente. Ela só tinha sentido uma raiva tão intensa assim uma única vez, no dia em que seu marido, Russel Bracket, anunciou que a deixaria para ficar com uma estudante inglesa que trabalhava como babá de Penny. Esther se lembrou daquele dia, daquele momento na sala de pingue-pongue da mansão deles em Overlook Lane. Russel brincava com uma bolinha sobre o tampo verde da mesa quando exclamou: "Transei com a Jemima!", como se esperando que sua mulher se alegrasse com isso.

Ping. A porta do elevador se abriu. Esther dirigiu-se a passos largos para a suíte nupcial do hotel. Sabia o número porque pouco tempo atrás enviara uma garrafa de Dom Pérignon para lá. Enquanto caminhava, seus olhos passavam pelos números das portas e pelo papel de parede rosado que estampava cenas da vida bucólica, de crianças com seus bichinhos de estimação e de macieiras. Estava tão absorta que só percebeu o enorme e vazio carrinho da lavanderia quando se chocou com ele.

Depois de ter procurado por uma camareira e não tê-la encontrado, ela foi até o quarto 1212 e bateu à porta. Para sua surpresa, a porta se abriu. O bastardo ainda estava lá. De fato, Bram Shiraz, vinte e cinco anos, encontrava-se à porta, parado na frente de Esther, ingênuo, de jeans, camiseta preta e descalço. Ela detectou um rasgo de desapontamento nos olhos dele quando a viu. Será que ele achava que a visitante podia ser Penny? Será que realmente pensava que sua filha chegaria até ali para rastejar?

A expressão de Bram retornou com rapidez à sua habitual impenetrabilidade, a inexpressividade plácida que só os homens elegantes aparentam. Esther conhecia muito bem esse tipo de expressão – Russel, seu ex-marido, também a exibia. Ela fora enganada por esse olhar da mesma maneira que Penny fora hipnotizada pelos cabelos sedosos, pelos olhos castanhos e pelo corpo esbelto de Bram, acreditando tolamente que aquele homem era doce e generoso como aparentava. Bram não era merecedor dos seus dotes físicos, Esther pensava. Ele se afinava mais com um horroroso corcunda.

Uma mala pela metade jazia sobre a cama atrás dele.

Esther abriu a boca, mas só conseguiu emitir um chiado.

Bram não podia esperar, e voltou a atenção para a mala em cima da cama como se ela não estivesse plantada na porta, amaldiçoando-o. Que nojento! Cada movimento feito por ele provocava nela uma forte repulsa. Pelo menos agora, com o casamento descartado, ela não precisaria vê-lo outra vez. Devia até agradecer por tudo que ele fizera.

Sem desviar a atenção do que fazia, ele disse com ar de contentamento:

"Não precisa me agradecer."

Como se ele tivesse posto um fim no casamento só porque ela se opunha! Como se tivesse se sacrificado por altruísmo!

"A senhora conseguiu o que queria", Bram continuou. "Por que veio até aqui?"

Esther não conseguia explicar por que se sentira compelida a invadir o quarto dele. No fundo não esperava encontrá-lo e confrontá-lo. Passara quase toda a vida evitando situações tensas. Agora que se via no ápice de uma, estava simplesmente perplexa.

Enquanto maquinava mentalmente uma resposta curta e sagaz, Esther voltou os olhos para a esquerda e pousou-os na mesa de jantar. O balde com gelo e champanhe que ela oferecera aos noivos ainda estava lá.

Bram fechou a mala e sentou-se na beirada da cama para calçar as meias e os tênis.

"Sei que a senhora me culpa pelos ferimentos em Penny", ele disse. "Foram acidentais."

"Como é que alguém pode deslocar acidentalmente o seu próprio maxilar?", ela falou, finalmente encontrando as palavras depois de ter tido o bom senso de entrar no quarto e fechar a porta atrás de si. Precipitou-se até a mesa de jantar e agarrou a garrafa pelo gargalo. Estava escorregadia pelo gelo, mas ela segurou-a com força.

"Não tenho que explicar o que houve. Não para *a senhora*", ele disse.

Depois ele deu de ombros como se estivessem discutindo o preço do leite. O movimento indiferente de seus ombros era o máximo de admissão que ela podia esperar. A raiva foi subindo, e Esther foi sendo tomada por ela.

Esther foi até a cama. Bram encarou-a e ela percebeu que ele se sentia culpado. Com o poder da força da ira da meia-idade, ela golpeou a bela cabeça dele com a garrafa.

Capítulo 3

Com a ajuda de Vita, Penny arrastou-se até o sofá cor de damasco do abençoado e privado quarto de preparativos da noiva. Uma outra batida à porta.

"É o Bram que veio me dizer que era um trote pré-nupcial", disse Penny. "Ele tem um senso de humor especial."

A dama de honra abriu a porta. A srta. Wistlestop logo a empurrou para dentro do quarto.

"É só um pequeno atraso", a organizadora falou em meio à bruma de seu perfume. "Tudo está sob controle. Nada de pânico. Estamos aguardando o noivo. E o padrinho e... onde está a sra. Bracket? Devia estar aqui. Já estamos cinco minutos atrasados."

Penny e Vita olharam fixo para a pequena (mas rechonchuda) mulher visivelmente nervosa, com suas pérolas, vestido de festa de tafetá pêssego, sapatos combinando, meias de seda e um coque em espiral feito no cabeleireiro. Obviamente, para onde quer que tivesse ido, Esther ainda não tinha informado a srta. Wistlestop da mudança de planos.

"Meninas", a srta. Wistlestop exclamou, "vocês estão ou não estão comigo? Nós temos aqui uma situação de emergência".

"Eu pensei que era para não entrar em pânico", disse Penny. Nos últimos seis meses tinha passado horas com a srta. Wistlestop, discutindo os detalhes da recepção. Porta-guardanapos. Borlas das toalhas de mesa. E olhando agora para aquela mulher atarracada, de rosto transtornado, Penny se espantava com as horas gastas e a distorção de perspectiva. Como as pequenas coisas – a baixinha srta. Wistlestop e suas respectivas listas – pareciam enormes e formidáveis. Mas as grandes coisas – sua vida – acabaram se reduzindo ao planejamento de um evento de cinco horas. Um evento que, assim como os seis minutos anteriores, não passava de um fracasso.

"Não estamos em pânico", disse a srta. Wistlestop. "Este é o melhor dia de sua vida, aquele com o qual você sonhou desde criança."

"Se eu tivesse tido fantasias de menina", Penny retrucou enquanto observava seu reflexo fantasmagórico no espelho do toucador, "seguramente não se pareceriam com isto." E voltando-se para Vita, acrescentou: "Mostre o bilhete pra ela".

Vita entregou para a srta. Wistlestop aquilo que poderia ser o último item em sua pilha gigantesca de correspondência matrimonial. A organizadora leu palavra por palavra a decisão de Bram. Depois, pôs a folha dentro do envelope e o devolveu para Vita.

A srta. Wistlestop pegou sua bolsa cor-de-rosa e tirou um *walkie-talkie* de dentro dela. Com ele nas mãos, falou em tom abafado:

"Atenção, equipe de organização do casamento: nós temos aqui uma situação de código vermelho. Repito: código vermelho! Equipe da cozinha: *não* abram o caviar". Ela soltou o botão e pegou seu *palmtop* dentro da bolsa. "Me dá um segundo, só pra achar a lista de desistências", ela disse. "Preciso conversar com sua mãe sobre as despesas reembolsáveis."

"Ela deve estar em algum lugar por aí", Penny falou. "O que me pergunto é por que não endoidei."

"Algumas noivas abandonadas ficam sem ação", a mulher replicou. "Algumas chegam até a parar no pronto-socorro."

"E os noivos abandonados?", Penny perguntou.

"Nunca tivemos nenhum", a organizadora respondeu. "Aqui, achei. Primeiro item da lista: informar aos convidados. A maioria das noivas pede a alguém para fazer isso. Ficam muito envergonhadas quando são vistas com vestido de noiva sem terem se casado."

"Isso também pode ser constrangedor", Penny comentou.

"Quanto ao Plaza, nenhuma despesa reembolsável", disse a organizadora. "Recomendo tentar vender o vestido no Ebay."

"Vou fazer isso", Penny concordou.

"Só não põe foto", Vita sugeriu.

"Estou à disposição", disse a mulher. "Já fiz isso dezenas de vezes. Sou boa nisso. Muito boa."

Vita alongou a coluna e disse com expressão compenetrada:

"Como dama de honra, a responsabilidade é minha. Sou eu que vou dar as explicações devidas. Se for preciso, até me descabelo". E, vendo o sorriso forçado de Penny, completou: "Depois não vá dizer que não tentei".

A amiga de Penny era uma atriz oportunista que sempre cavava um papel de destaque, uma atuação que a tornasse famosa.

"E agora, surgindo na passarela, Vita Trivoli, estrelando *A Noiva Abandonada*", disse Penny.

"Você vai se orgulhar de mim", Vita rebateu.

Bram é que devia fazer isso, Penny pensava.

"A comida é uma despesa reembolsável?", ela perguntou para a srta. Wistlestop.

"Algumas", a organizadora falou enquanto franzia a testa mostrando seriedade, e depois berrou no *walkie-talkie*: "Atenção, pessoal da cozinha: *não* raspem as trufas".

"Bem, vamos acabar logo com isso", Penny disse ajeitando a roupa.

"E o que você vai falar?", Vita indagou enquanto a seguia pelo corredor que ia dar no salão. "Seria bom reservar dois minutos para preparar um roteiro."

"Deixa pra lá; eu improviso", Penny objetou. "Ainda estou sem ação. Eu devia estar sentindo... alguma coisa. Alguma coisa ruim."

"E você acha que ir até lá para encarar os convidados vai mudar a situação? Você vai se torturar para sentir uma dor que não está sentindo. Hmmm!", Vita refutou. "Essa idéia até que não é má. É uma sacudida na agonia. Uma cutucada na degradação. De repente, dá certo."

Cutucada? Sacudida? Penny não gostou daquilo.

"Talvez seja melhor dar um tempo", disse, literalmente dando meia-volta.

"Agora é tarde", a srta. Wistlestop falou.

As três mulheres tinham chegado à porta aberta do salão. Duas centenas de cabeças voltaram-se para elas. Os convidados sentavam-se em cadeiras estofadas dispostas em duas alas que ladeavam a passarela. Após a cerimônia, as cadeiras seriam arrumadas em torno das mesas enquanto, do lado de fora, seria servido um coquetel. Na extremidade de cada fileira de cadeiras, um vaso helênico repleto de rosas brancas. Fitas de cetim branco, arrematadas por um laço, interligavam os vasos. Penny olhava o altar enfeitado de rosas no final da passarela. Agora parecia estar a milhas de distância.

"Vou com você", Vita se ofereceu.

Penny recusou com a cabeça:

"Pega o seu carro e me espera estacionada lá na frente. Vou dizer o que tenho que dizer, depois a gente vai pra casa da mamãe."

"Tá legal", Vita respondeu, e depois tomou o rumo do saguão do hotel.

"Me dá um empurrão", disse Penny, voltando-se para a organizadora.

A srta. Wistlestop deu-lhe um empurrãozinho de nada.

"Mais forte!"

A mulher empurrou-a então com os ombros, como um jogador de futebol americano. Penny foi literalmente arremessada dentro da passarela. Logo o fotógrafo e o cinegrafista direcionaram as câmeras para ela.

Penny fez um gesto frenético de "corta" e eles retrocederam. Ela não permitiria de jeito nenhum que o álbum de casamento consistisse em cinco tomadas de sua garganta cortada pelo seu dedo indicador.

Caminhando aos trancos e barrancos pela passarela, ela ouvia o burburinho que aumentava de volume a cada passo. Com o coração disparado, pousou os olhos no altar e viu o rabino sentado numa cadeira estofada.

Quando alcançou a plataforma nupcial, Penny sorriu para o atarantado rabino e começou a suar. Gotas de suor desciam pela sua testa. Um riacho escorria pelas suas costas. Respirou fundo (engasgando-se com o forte aroma de rosas) e sorriu para os convidados. Já tinha enfrentado platéias centenas de vezes. Já tinha dançado na Broadway em trajes sumários para milhares de pessoas, mas esta (nesse verdadeiro *show* de última hora) era a primeira vez que se sentia exposta.

O burburinho, que já havia ultrapassado os limites da polidez, se deteve. Penny interrompeu o silêncio com uma tossida, arrependida por não ter deixado Vita substituí-la.

Ela retirou o microfone do tripé, aproximou-o dos lábios e falou:

"Alô, Cleveland!"

Silêncio. Não se ouvia um pio.

Penny distinguiu sua voz amplificada.

"Quero agradecer a todos por terem vindo", começou. "Cinco minutos atrás, o meu noivo, Bram Shiraz, teve uma revelação. Um autêntico momento de iluminação. Ele se deu conta de que efetivamente o casamento não passa de uma questão de posse. Bram é esclarecido demais para compactuar com uma instituição tão sexista, e não podia participar de um casamento. Neste caso, o dele mesmo. Para os que não me conhecem, sou Penny Bracket, a noiva. Mas isso é óbvio! Eu sou a única que está com um vestido de noiva armado que pesa uns duzentos e cinqüenta quilos."

Uma onda de burburinhos de preocupação espalhou-se pelas fileiras.

"Não se preocupem, está tudo bem. De verdade", ela assegurou para todos. "Agradeço a Bram por ter tido uma postura política sem se valer da velha tática de dar o fora!. Isso sim é que seria *barra pesada*. Isso realmente deixaria transtornada uma mulher desprezada. Ela talvez até tivesse vontade de atirar ou quebrar qualquer coisa. Quem sabe até se rasgaria."

Rasgão. Algumas senhoras à frente estavam boquiabertas. Penny nem ligou. Com a mão que não segurava o microfone, ela apertava um babado branco do vestido. Involuntariamente, arrancou-o.

"Quem gosta de renda?", ela perguntou. "Tem alguém aí que gosta mesmo de ombreiras de Cinderela?" Penny agarrou o topo de sua manga direita e arrancou-a. Recolocou o microfone no tripé e arrancou a manga esquerda. Atirou as duas para a multidão.

"Que tal esses botões de pérola? Alguém aí gosta desses incômodos botõezinhos de merda?" Pondo as mãos de cada lado do seu adorável decote, ela arrancou duas dezenas de botões e depois os arremessou para a multidão.

"Que tal os laços de cetim?" *Rasgão*.

"E uma anquinha de tule?" *Puxão*.

Penny puxava e rasgava e arrancava com a força de dez noivas abandonadas. À medida que se livrava da fofice de sua carga, ela ria e ofegava; esquecera o pessoal do salão; esquecera o rabino. Mas não esquecera Bram. Em sua mente ele estava deitado numa cama sabe-se lá onde, dormindo como um bebê inocente, enquanto ela se engalfinhava com esse crocodilo albino – o seu vestido de noiva. Por fim, ela o arrancou e o atirou como um chicote contra o altar, e o esmurrou até que ele virasse uma tira sem vida.

Penny tropeçou. Triunfante, encarou o cadáver do seu vestido de noiva. Radiante, ajeitou-se, à espera de aplausos pela sua vitória.

Em vez de aplausos, ela viu os rostos (francamente) aterrorizados das senhoras sentadas nas fileiras da frente. E os sorrisos maliciosos de seus maridos senis.

"Por favor, assinem o livro de visitas a seu bel-prazer. O coquetel terá início em poucos minutos na piscina do hotel; portanto, desfrutem os canapés."

Ela deixou o altar. Vestindo apenas o que restara de seu conjunto de calcinha e sutiã azul, das novas sandálias prateadas, da velha gargantilha de pérolas e uma pulseira de diamantes emprestada, Penny cruzou a passarela a passos largos e saiu do salão.

Capítulo 4

BRAM NÃO ESTAVA MORTO, ESTHER notou com alívio quando pressionou as costelas dele com o dedo indicador. Só estava inconsciente. Nocauteado. Esther o preferia dessa maneira, esparramado e calado.

Ela estava pasma porque sua reação fora espontânea. Ou melhor, *violenta*. Não conseguia se lembrar da última vez – ou de qualquer outra vez – em que seguira um impulso. É verdade que com muita freqüência tinha pensamentos sombrios, mas até dez segundos atrás nunca os colocara em prática.

Esther se deu conta de que é bom fazer o que se quer, por mais que isso seja ruim.

Mas agora estava num impasse. Ao ver Bram imobilizado, ela se perguntava: "O que faço com você?". Com um súbito lampejo de medo, inteirou-se de que os outros convidados – os familiares de Bram, por exemplo – também podiam vir à procura do noivo.

Esther precipitou-se porta afora. O corredor estava vazio, com exceção do enorme carrinho da lavanderia (ela teve que sufocar um gritinho de satisfação) que havia tombado pelo caminho. Então, empurrou o carro para dentro do quarto.

Claro que o carrinho é grande o bastante, pensou. Primeiro, ela pôs a mala de Bram dentro do carro (não podia deixá-la para trás, senão as pessoas se perguntariam por que ele não a tinha levado). Depois, empurrou o carro, posicionou-o contra a cama e rolou o corpo inerte de Bram para dentro dele, em cima da mala. Para ocultar o corpo, usou uma colcha que retirou da cama.

Enquanto ajeitava o penteado e a roupa, Esther checava outra vez o corredor. Todo vazio. Manobrou o carro para fora do quarto com facilidade. Deu uma olhada para trás e notou que o carro havia deixado rastro sobre o tapete felpudo. Rapidamente, desfez as pistas com o sapato. E com a ponta do lençol esfregou as maçanetas da porta pelo lado de dentro e de fora, fechando-a em seguida.

Esther empurrou a carga até o fim do corredor, onde ficava o elevador de serviço. Conhecia bem a arquitetura do hotel. Ela o inspecionara por ocasião da escolha das suítes para os convidados.

Alguma coisa dentro dela dizia que havia uma câmera de segurança embutida no painel de controle do elevador. A única maneira de não ser filmada seria agachando-se atrás do carro e impelindo-o para dentro. O próprio carro a ocultaria. Na fita, a impressão que daria é que alguém teria empurrado o carrinho para dentro do elevador e por algum motivo desistira de seguir junto.

Esther olhou em volta para se assegurar de que não havia testemunhas e se pôs de joelhos atrás do carro. Movendo-se com lentidão (pareceu-lhe uma eternidade), ela engatinhava enquanto empurrava o carro para dentro do elevador.

Já dentro dele, ela se deu conta de que teria que apertar o botão para descer até o estacionamento subterrâneo do hotel. Estava agachada atrás de uma lateral do carro, distante da porta e do painel de controle. Resolveu então girar o carro, esgueirando-se por trás dele. Na fita, a impressão que daria é que o carro teria girado sozinho de forma demoníaca. Quando se viu debaixo do painel, ela apertou o botão "S".

Se havia alguma crise de consciência em Esther por ter apagado Bram (talvez sem sangramento), as deusas que regem o destino estavam claramente do seu lado e a absolveram: o elevador desceu catorze andares até a garagem sem nenhuma parada.

Quando a porta se abriu, Esther puxou o carrinho, ainda agachada, para fora do elevador. Na frente da porta, avistou uma única câmera de segurança. Conseguiu desativá-la com facilidade e em passos rápidos empurrou o carrinho na direção de sua caminhonete Volvo Cross Country vermelha. Seus saltos altos ecoavam na garagem cavernosa à medida que ela empurrava o carro.

Apesar dos seus quarenta e cinco anos, Esther era alta (media pouco mais de um metro e oitenta) e muito forte. Tinha tempo de sobra, e gastava a maior parte dele na Academia Equilux, localizada no famoso Short Hares Mall. Anti-social por natureza, ela evitava as concorridas classes de Pilates e optava pela solidão e monotonia das sessões de musculação. Quem olhasse para Esther, vestida no seu insinuante conjunto cinza e coberta de diamantes, dificilmente imaginaria que ela podia suportar 75 quilos de pressão.

Enquanto abria a porta traseira da caminhonete, Esther estimava que Bram devia pesar uns 85 quilos. O peso batia com sua capacidade de levantamento. A tarefa ficaria muito mais fácil se ela conseguisse encaixar a borda do carrinho no pára-choque da caminhonete, para criar uma alavanca. Encaixou o carrinho e, suspendendo-o do chão, inclinou-o com seu conteúdo para dentro da caminhonete. De cabeça para baixo, o carrinho escondia convenientemente Bram, a colcha e a mala.

Esther se pôs ao volante e saiu em disparada da garagem. Cantando os pneus na rua, dobrou à direita. Preocupada com o excesso de velocidade, diminuiu a marcha. Afinal, estava a poucos minutos de sua mansão em Overlook Lane. Com uma das mãos no volante e a outra no celular, telefonou para casa.

"Residência da sra. Bracket", atendeu Natasha Molotov, uma mulher de trinta e seis anos, nascida e criada na Moscou comunista, que trabalhava na casa havia muito tempo como governanta e babá.

"Graças a Deus que você está aí", disse Esther. "Vou chegar em dois minutos."

"Por que você não está no casamento?", Natasha perguntou.

"E por que *você* não está lá?", Esther replicou.

"Não dava pra assistir", disse Natasha.

"Presta atenção: Bram pulou fora. Ele mandou um bilhete infame para Penny. Encontrei o desgraçado no quarto dele e... exagerei um pouquinho.

"Estou vendo você chegar."

Cantando pneu, Esther subiu a toda pela via de entrada e freou bruscamente a caminhonete quando chegou ao topo. Natasha estava parada do lado de fora da porta da cozinha com o celular ainda encostado no rosto, espremida num vestido de festa que realçava suas curvas.

Esther estacionou e saiu do carro. Depois, levantou a porta traseira e recuou. Oscilando sobre altíssimos saltos plataforma, Natasha se juntou à patroa na traseira da caminhonete.

"Já não temos bastante roupa pra lavar e você ainda precisava trazer mais para casa?", Natasha falou ao ver o carrinho da lavanderia dentro da caminhonete.

Esther puxou o carrinho para fora. Ele desembarcou na vertical. Depois ela retirou a colcha e deixou Bram à mostra – uma coisa inerte. Natasha cutucou a perna dele com sua longa e bem-cuidada unha. Ele não reagiu. O que era bem significativo. A unha dela era afiadíssima.

"Será que a gente devia levá-lo ao hospital?", Esther perguntou.

"Por quê?", disse Natasha. "Ele está doente?"

"Só nocauteado."

Lentamente, como se drogado, Bram rolou a cabeça para o lado. Suas pálpebras tremiam e ele gemeu.

Natasha deu um grito.

Esther fez o mesmo. As duas se agarraram em seus trajes de festa. Seus gritos devem ter sido demais para o cérebro avariado de Bram. Os olhos dele se fecharam e ele roncou.

"Vamos levá-lo pra dentro", Esther decidiu.

As duas mulheres colocaram a colcha e a mala de volta no carrinho e rolaram Bram para dentro dele. Esse movimento o fez grunhir. A russa era mais musculosa que Esther, e por isso foi quem mais empurrou durante as manobras do carrinho pela cozinha.

"Lá pra cima", disse Esther.

Elas empurraram o carrinho através da copa e do grande saguão de entrada da mansão, com um imponente pé direito de mais de dez metros de altura. Entrada com pé direito triplo, como os corretores chamavam, o majestoso saguão causava uma forte impressão nas visitas (não que Esther recebesse muitas), que não conseguiam conter um "uau!" quando entravam. A perspectiva de alçar o carrinho pela escadaria fez com que o braço de Esther doesse.

"Você já sabe onde estou pensando em colocá-lo?", ela perguntou para Natasha.

"Como é que vamos levá-lo por três lances de escada?", a russa replicou.

"Um degrau de cada vez", disse Esther.

E assim fizeram – ambas de salto alto, puxando escada acima um carrinho cujas rodas saltavam e batiam a cada puxão.

"Graças a Deus pela adrenalina!", exclamou Esther quando elas atingiram o segundo lance de escadas.

"Que merdaaaaaa", Bram grunhiu, completamente grogue.

Surpresas pelo som inesperado, as mulheres largaram o carrinho. Ele despencou escada abaixo com Bram chacoalhando dentro dele como um brinquedo. E deslizou pelo saguão até se chocar com a porta de entrada.

"Que merda!", Natasha reclamou. "Estragou meu sapato."

De fato, um de seus sapatos tinha perdido o solado de cortiça.

Depois de resgatar o carrinho, elas fizeram tudo outra vez, escada acima; Natasha (com um pé descalço), puxando; Esther, empurrando.

Na metade do segundo lance, Bram Shiraz parecia recuperar a consciência.

"Último degrau", disse Natasha ofegante, enquanto elas puxavam o carrinho para o terceiro piso escuro e sujo.

Dentro de sua gaiola, Bram apalpava as laterais do carro, numa débil tentativa de sair. Lentamente, ele abriu os olhos, fitou Esther e gaguejou:

"Eu sei que você está tentando me matar! Você odeia os homens, sua estraga-prazeres miserável."

"Pega aqui", disse Natasha, descalçando o outro pé.

"Muito obrigada", Esther agradeceu, pegando o sapato e acertando a cabeça de Bram.

Bram foi mais uma vez nocauteado.

"Fica cada vez mais fácil", Esther falou.

"Qual porta," Natasha quis saber.

"A terceira à direita. Mas está trancada, e temos que achar a chave."

"Tem uma chave-mestra lá na cozinha", disse Natasha enquanto descia para buscá-la.

Sozinha com o seu ex-futuro genro, Esther inclinou-se sobre o carrinho e lembrou-se da última vez em que estivera no quarto de brinquedos, a única parte da casa que planejara demolir depois que Russell foi embora. Mas com todos os eventos tristes que sucederam a partida dele, nunca mais pôs os pés lá dentro. E agora agradecia a si mesma por sua inércia. O quarto de brinquedos era um lugar perfeito para abrigar Bram até que... até que ela decidisse o que fazer com ele.

Esther analisava o rosto do rapaz e não podia deixar de admirar aquelas pestanas compridas, escuras e curvadas. Além de sua boa aparência, Bram era de uma família abastada de Nova York. E também era bem-educado, tinha boas maneiras e um ótimo emprego. Mas nada disso importava. Esther o conhecia muito bem, conhecia a besta que se escondia sob sua pele. Ela suspeitava dele desde o dia em que o conhecera. Quando Penny sofreu o primeiro "acidente", a suspeita de Esther virou certeza.

Natasha, que desconfiava de qualquer um e também não confiava em Bram, retornou ofegante com a chave-mestra. Esther introduziu-a na fechadura e destrancou a porta. Empurrou-a para dentro e procurou o interruptor de luz.

"Traga-o pra dentro", ela disse.

Natasha empurrou o carrinho até o meio do quarto.

"Dá uma checada no banheiro e na pia", Esther falou, apontando para o banheiro sem janelas no final do salão. Enquanto empurrava Bram para o lado a fim de pegar a mala, Esther ouviu um gotejar e depois um correr de água e a descarga.

"Tá funcionando", disse Natasha.

"Me ajuda aqui com a mala", disse Esther.

Tiraram a mala de dentro do carro e Esther carregou-a para fora do quarto de brinquedos. Apagou a luz e trancou a porta.

"Tenho que voltar para o hotel", ela disse. "Depois explico tudo, tim-tim por tim-tim. Não o deixe sair. Penny não pode ficar sabendo de nada, tá?"

Enquanto falava, Esther destrancou uma outra porta e empurrou a mala para dentro do aposento.

"Ele merece isso?", disse Natasha.

"E você ainda pergunta?!"

Esther desceu as escadas, atravessou correndo o salão, a cozinha e a porta e entrou na Volvo. Olhou o relógio. Só tinham se passado vinte minutos desde que golpeara a cabeça de Bram.

Ela diria que o estava procurando, que havia percorrido todo o hotel e que até tinha saído de carro para verificar nos arredores.

Esther saiu de casa e foi para o Short Hares Plaza. Durante o trajeto, rememorava os fatos da última meia hora.

No primeiro sinal luminoso, ela freou.

"Que droga", disse consigo mesma. "A garrafa!"

Capítulo 5

ENQUANTO PENNY SENTAVA NO banco do passageiro do fusquinha verde-limão de sua amiga, Vita assoviava para o seu conjunto de calcinha e sutiã azul.

"E então", Vita quis saber, "como foi?"

"Ótimo", Penny respondeu. "Isto é uma pequena amostra do que houve lá."

"Nudez", disse a atriz de novelas, aprovando com a cabeça. "Se fosse eu, teria tentado ganhar a audiência com empatia. Mas imagino que também daria a eles emoções baratas."

"Não tão baratas como esse casamento", Penny retrucou.

"Um dia você vai olhar pra trás e tudo isso vai parecer engraçado."

"Cala a boca e dirige."

As duas saíram do Plaza. Penny, ocupada, tentando sentir-se triste. Mas tudo o que sentia naquele momento era o longo esforço despendido em sua batalha no altar e um pudor ambivalente, porque nos outros carros os motoristas notavam que ela só estava de calcinha e sutiã.

"Você viu a cara que sua mãe fez quando leu o bilhete de Bram?", Vita inquiriu.

"Não me lembro", Penny respondeu.

"Eu nunca tinha visto uma rachadura naquela armadura de 'Dama do Short Hares'. É espantoso ver como ela esconde tanta violência sob uma plácida superfície Chanel. Isso faz a gente pensar, sabe?"

"Será que agora podemos nos limitar a um único desastre da família Bracket?", Penny falou. Abriu a janela. A brisa do entardecer nos seus ombros expostos lhe deu um ligeiro arrepio. Embora não fosse a brisa de junho, o frio tomou seu corpo até atingir os ossos. E quanto mais se aproximavam da mansão de Overlook, mais frio. Lar. Ela fechou os olhos.

"Caraaca!", Vita gritou, virando violentamente o fusca para a direita.

"O que houve?", Penny perguntou, de olhos arregalados.

"Um idiota avançou o sinal e quase me acertou!"

"Querida, isso é Nova Jersey", Penny replicou com cinismo. "Não é à toa que os seguros mais caros do país são os daqui."

Vita entrou na alameda da entrada da mansão. O carro inclinava-se um pouco à medida que se aproximava. A alameda era inclinada. A rampa, familiar.

Natasha Molotov abriu a porta principal da mansão e espiou para fora com ansiedade e suspeita, sua expressão habitual. Ao notar que Penny e Vita estavam no fusquinha, desceu descalça a escadaria frontal da casa e se dirigiu para a entrada, pulando como um gato ao pisar na pavimentação quente, e por fim recuou para o sopé da escada, onde aguardou por Penny com os braços totalmente abertos. Nos quinze anos de convivência com Natasha, Penny nunca a tinha visto sem os seus escandalosos saltos altos.

"Você é mais baixinha do que eu pensava", disse Penny, bem mais alta que ela.

"Vem pra Natasha", a velha camarada soviética falou.

O calor daquele abraço pegou Penny de jeito. Finalmente, as lágrimas jorraram. Ela se perguntava se haveria alguém no mundo que pudesse fazê-la chorar como Natasha.

"Que ótimo", disse Penny. "Você me abraça e eu começo a chorar."

"Na próxima, em vez de abraço te dou um tapa."

"Por que você está descalça?"

Os músculos da coluna da russa se retesaram.

"E você, por que só está com a roupa de baixo?"

Penny desvencilhou-se do abraço e olhou o próprio corpo.

"Já que o casamento tinha sido cancelado, decidi fazer um *strip-tease* para os convidados. Afinal, teve gente que veio até do Canadá. Eles mereciam um *show*."

"Agora conte a história desde o início", disse Natasha. "Você está com fome? Você pode comer enquanto conta."

O estômago de Penny se revirou só de ouvir falar em comida.

"Não quero, não, obrigada", respondeu, comprimindo o abdômen.

"Eu quero", disse Vita, que apesar de franzina podia traçar um lutador de sumô servido à mesa.

Natasha fingiu que não ouvira e concentrou-se em Penny.

"Se você não quer comer, então tome um banho de imersão. Na banheira de sua mãe."

Chamar de "banheira" a Jacuzzi de Esther, com seus doze jatos, controle de temperatura, acabamento em mármore e dois assentos, era o mesmo que chamar a Barney de lojinha.

"Legal!", Penny concordou, já sentindo os jatos d'água. "Com os sais de banho franceses da mamãe?"

"Pode deixar que não conto pra ela."

Penny se deixou guiar por Natasha através da mansão, aliviada por ter entregado o controle de seus movimentos a outra pessoa.

"O que mamãe te disse?", ela perguntou.

"Ela não telefonou nem apareceu por aqui", Natasha respondeu com veemência.

"E como você soube que o casamento foi cancelado?", Penny inquiriu. "Por que você não foi?"

"Eu já estava saindo quando sua mãe telefonou", Natasha explicou.

"Mas você acabou de dizer que ela não telefonou."

"Esqueci", disse Natasha. "Foi um telefonema curto. Dois segundos. Ela falou que o casamento tinha sido cancelado, me mandou ficar em casa e depois se despediu. Por isso achei que não era um verdadeiro telefonema."

Logo que entrou na casa Vita virou à direita, na direção da cozinha deslumbrante da mansão, com duas geladeiras, um moderno fogão de seis bocas, ladrilhos italianos, panelas de cobre e uma máquina de lavar louça que, além de lavar, esterilizava, secava e polia pratos e copos, e ainda tocava música. Natasha sempre dizia:

"Pelo preço que essa máquina custou, ela devia fazer sexo com a gente".

Penny e Natasha subiram um lance de escada. O segundo andar da mansão tinha sete cômodos: o quarto de Esther – uma suíte (incluindo um *closet* tão grande que dava para correr dentro dele); o quarto de Penny, uma suíte pequena; o quarto de Natasha (que também era uma suíte); o quarto de costura de Esther (onde ela nunca costurava, mas guardava uma coleção de dez máquinas de costura antigas, uma delas do século XIX); uma biblioteca transformada em espaço de exibição para as cinco dúzias de cadeiras Queen Anne de Esther; uma sala de música (onde Penny recebera lições de piano durante seis anos, embora não conseguisse tocar uma só nota, e onde Esther também mantinha sua coleção de violinos antigos, embora não fosse capaz de segurar um arco); e por fim, o cômodo que desde criança Penny achava que era o quarto dos gênios, onde Esther apresentava – no chão, nas paredes e no teto – duas dúzias de tapetes persas tecidos à mão.

"Isso não é seu?", Penny perguntou quando se deparou com enfeites de um sapato na escada.

"Como é que veio parar aqui?", Natasha rebateu com perplexidade enquanto recolhia os enfeites dos sapatos e os colocava debaixo do braço.

"Seja como for, seu vestido é lindo", disse Penny. "Lamento pelo rasgão."

"Que rasgão?", Natasha quis saber.

"Na costura. Ali daquele lado."

"Puta que pariu!", Natasha não se conteve quando examinou o rasgão. Logo iniciou uma ladainha em russo que terminou (em inglês) com... "ela vai me pagar por isso".

"Quem?"

"Ninguém", disse Natasha. "A máquina de lavar."

"Mas esse vestido não é novo?"

"Eu sempre lavo antes de usar."

"Acho que estou ficando maluca", Penny falou enquanto contornavam a balaustrada e viravam à esquerda na direção da suíte da mãe. "Juro que senti o cheiro da colônia do Bram."

"Não senti nada", Natasha retrucou.

"Mas tá demais", Penny insistiu, inspirando. "Ele se banha com ela."

"Não tem cheiro nenhum aqui", Natasha sustentou enquanto puxava Penny pelo corredor e em seguida pelo quarto de Esther, que parecia um hangar de avião, cruzando a gigantesca cama de casal, o *closet* de portas duplas, a ampla área de estar, as espreguiçadeiras estofadas, os espelhos e armários de mogno e por fim o banheiro, onde ela abriu as três torneiras da Jacuzzi na capacidade máxima. Depois, adicionou algumas colheres de sais de banho com essência de jasmim na água e encheu a banheira com um vapor perfumado.

Penny tirou o sutiã e a calcinha e entrou na água. Natasha girou o botão do console da Jacuzzi e diminuiu a intensidade da luz. Depois, girou outro botão e começou a tocar *Midnight in the Rain Forest*, um CD de Esther. Som suave de gotas caindo sobre a copa das árvores, do grasnar de um tucano, do guincho dos lêmures.

À medida que a banheira enchia, Penny se deixava escorregar do assento para submergir. Retirou os grampos dos cabelos e soltou-os completamente para que o *spray* e o gel se desgrudassem com a água. Esfregou o rosto para limpá-lo daquela maquiagem medonha. E quando seus pulmões começaram a se comprimir, emergiu para respirar.

"Ei", Vita disse na borda da banheira.

Penny virou-se para olhá-la, cobrindo instintivamente os seios.

"Como se não os tivesse visto antes", brincou Vita. "Como se tivesse esquecido como eles são. Quantas bailarinas magricelas têm os peitões redondos de estrela pornô que você tem?"

Os seios de Vita também eram fartos e redondos, mas graças à cirurgia. Na novela *The House of Blusher* do canal GET (Girl Entertainment Television), Cherry Bomb, a personagem de Vita, resolveu fazer um implante de silicone para atrair o interesse do seu amado, um podólogo que tinha um fetiche por seios grandes e redondos. Vita foi informada pelo diretor de que podia optar pelo enchimento no sutiã (e assim restringir o seu vestuário provocante) ou por se submeter a um implante de silicone que o produtor do programa (que Vita estava namorando na ocasião) concordava em pagar. A popularidade de Cherry cresceu junto com os peitões. Vita resolveu arranjar um novo namorado que combinasse com os novos seios. Ela substituiu o produtor pelo ator que fazia o papel do podólogo fetichista, que, por sua vez, foi substituído quando ela se deu conta de que ele (o ator, não o podólogo) era um verdadeiro bundão. Um bundão.

Penny pegou na prateleira da banheira a cesta com xampu, condicionador e *leave-in*.

"Acho que estou maluca", ela repetiu.

"Você acha?", Vita falou enquanto dava uma mordida no sanduíche que havia trazido.

"Posso sentir a presença do Bram. De maneira palpável. Como se ele estivesse por perto."

"Reação retardada."

"Algumas semanas atrás eu tive um sonho em que ele fugia", disse Penny. "Talvez todas as noivas tenham o mesmo sonho. Você não acha?"

"Claro que sim", Vita respondeu. "Não paro de sonhar com isso. Só que nesse sonho sou eu que fujo."

"Ainda não consigo acreditar."

"Enquanto você assimila", disse Vita, "vamos falar do Morris Nova. Eu até que transaria com ele."

"Não tenho dúvida", Penny respondeu. "Mas você não se cansa de transar?"

"Mas transar é aquilo que eu... faço", Vita comentou enquanto mastigava um naco de sanduíche.

"Será que você já não transou o bastante?"

"Eu tenho vinte e três anos!", Vita retrucou. "Só estou começando. E outra vez gostaria de salientar a ironia: dava nojo ver o modo como meus pais eram felizes, e por isso não tenho o menor interesse em casar. Já você está à caça de um marido desde a época do colégio, e seus pais não eram exatamente..."

"Meus pais *foram* felizes", Penny protestou. "Por cinco minutos."

"Você devia contar a verdade pra sua mãe", disse Vita. "Sobre os ferimentos."

"Você pode imaginar essa conversa?", Penny suspirou compenetrada. "Agora não preciso mais fazer isso. O que não quer dizer que o Bram nunca mais pisará nesta casa."

"Se pisasse, sua mãe cortaria o cacete dele."

"Ela precisaria de uma faca enorme", Penny comentou.

"Por falar nisso, onde ela está?", Vita quis saber. "Qualquer um pensaria que a mãe da noiva abandonada devia se grudar na filha nessa hora de tanta necessidade."

"Minha mãe não é disso", Penny replicou. "Ainda deve estar no hotel, lidando com a srta.Wistlestop. Vou telefonar para o celular dela." Penny pegou o telefone ao lado da banheira. Apertou o botão *talk* e pôs o fone no ouvido, mas a linha estava ocupada.

"... pode sentir o cheiro dele", ela ouviu Natasha falando.

"Ele *fede*", sua mãe dizia. "E pode deixar que pago pelo seu vestido. Relaxe, tá? Relaxe! Caralho, fique calma!"

"Dou comida pra ele?", Natasha perguntou.

"Dá restos de comida da lata de lixo", Esther respondeu.

"Alô?", Penny se intrometeu. "Mãe? É você?"

"Penny?", a mãe falou depois de engolir em seco.

"Restos de comida pra quem?"

"Um vira-lata que apareceu na porta da cozinha. Esther quer alimentá-lo para que ele não morra de fome dentro da propriedade e acabe atraindo os urubus", Natasha respondeu com rapidez.

"Imagine que horror!", disse Esther. "Uma verdadeira ameaça: com o aumento explosivo da população de cervos, Essex County estava infestada de urubus."

"Você está preocupada com um vira-lata no dia em que meu casamento se desfez?!", comentou Penny.

"Vou desligar", Natasha falou na extensão. *Clique.*

Agora só restavam as duas na linha.

"Mãe, onde você está?", Penny perguntou.

"Ainda no hotel. Tenho algumas coisas pendentes", e Esther acrescentou num raro e suave tom de voz: "Olha, apesar de minhas desconfianças quanto ao Bram, estou terrivelmente consternada por você ter que passar por tudo isso. E estou chateada por não estar aí com você neste momento. Mas assim que der volto pra casa".

Os olhos de Penny se encheram outra vez de lágrimas. Haveria algum substituto para o amor materno?, ela se perguntava. Em qualquer idade? Mesmo que artificial? Ela se lembrava de uma vez ter lido que uma mulher sem mãe ou sem filha estava sozinha no mundo.

"Venha logo", ela disse.

Capítulo 6

"UFA", ESTHER DISSE CONSIGO MESMA enquanto desligava o celular.

Escapara por um triz ao telefone. Seqüestrara o noivo de Penny, e provavelmente a filha não aprovaria seu comportamento. Nos três segundos que levou para decidir golpeá-lo, Esther não tinha pensado nas conseqüências. Ela o havia capturado. E agora, o que faria com ele?

E como é que podia se assegurar de que alguém – sobretudo Penny – não acabaria descobrindo tudo? Tinha que tirar Penny da mansão. Tinha que convencê-la a voltar para o apartamento dela na cidade. Mas, antes de tudo: reaver a garrafa. As digitais de Esther na garrafa eram a única prova de que estivera no quarto de Bram. Ela sabia que o vidro é uma excelente superfície para reter a oleosidade das digitais (sentiu uma ligeira repulsa ao pensar que na ponta dos seus dedos *havia* um óleo que pingava por tudo quanto é canto aonde ela fosse). Além disso, partículas de pele, cabelo e sangue *(eca)* também podiam ser encontrados. O desaparecimento de Bram não seria mais visto como mera fuga de noivo.

Ela estava de volta ao Plaza depois de ter deixado o carro com o manobrista, de olhos baixos para evitar os convidados eventuais que ainda estivessem por lá. A tela do celular mostrava que a srta.

Wistlestop já tinha feito duas chamadas. Na hora certa, logo que encobrisse seu crime, Esther trataria dos negócios.

"Prioridade", ela repetia para si mesma enquanto o elevador se dirigia para o décimo segundo andar.

A passos largos pelo corredor, ela segurava com força o cartão de Penny que abria a porta do quarto. Sua filha deixara o retângulo de plástico com ela para guardá-lo até o final da recepção, já que o volumoso vestido de noiva não tinha bolso. Esther enfiou o cartão no encaixe. Uma luz verde assinalou que a fechadura se destrancara. Ela girou a maçaneta e começou a empurrar... mas a porta se abriu pesada e rapidamente, projetando Esther para dentro do quarto, onde ela literalmente trombou de cara com um corpo humano. O corpo de um homem alto de *smoking* preto. Com o nariz pressionado contra o nó da gravata do homem, ela não conseguia ver o rosto dele.

"Esther?", exclamou.

"Keith!", ela disse ao olhá-lo. "Oi."

Era o pai viúvo de Bram. O homenzarrão nova-iorquino que pagara pelas suítes. Ela o tinha visto pela primeira vez na noite anterior, durante o jantar de ensaio, mas quase não se haviam falado. Ao se apresentar, ele comentou:

"Quando meu filho disse que estava comprometido com uma moça de Nova Jersey, só lhe fiz uma pergunta."

"Qual?", ela se interessou.

"Qual a saída?", e ele escancarou os dentes.

A paciência de Esther com Keith Shiraz se esgotou depois dessas duas palavras, e ela só estava começando a beber um martíni. Na hora dos brindes, ela alegou estar muito emocionada para brindar aos noivos. Keith, por sua vez, não foi o único a exagerar na cerimônia. Ficou em pé, enxugou os olhos e disse que sempre havia sonhado com o dia em que seu filho se uniria a uma boa moça, como ele se unira a Alice, a amada e finada mãe de Bram que agora descansava ao lado de Deus.

Quando Keith invocou Deus, Esther se viu obrigada a rezar. Oh, Senhor, ela clamou em silêncio. Por piedade, faça chegar outro martíni pra mim.

Agora, um dia depois, à soleira do quarto nupcial, sem lágrimas nos olhos, Keith Shiraz perguntava:

"O que você está fazendo aqui?"

"Procurando o seu filho", ela respondeu prontamente.

"Eu também", ele disse. "Como é que você conseguiu o cartão do quarto?', perguntou, apontando para o cartão que ela segurava entre os dedos.

"Minha filha me deu", ela respondeu.

"Ele não está aqui", Keith falou.

"Posso entrar?", ela perguntou.

Ele desimpediu a passagem e Esther entrou, passando rapidamente os olhos pelo quarto, à procura da garrafa que imaginava estar coberta de sangue com tufos de cabelo grudados.

Seus olhos varreram o chão. A cama, a mesa, o armário. Ela fazia força para se lembrar do que fizera com a garrafa quando puxara o corpo morto (ainda vivo) de Bram para o carrinho da lavanderia. Sua memória estava embaçada. O pânico lhe revirava o estômago.

De repente, ela avistou o vidro verde debaixo da mesinha-de-cabeceira à direita da cama. Seus dedos se curvaram. Ela queria pegar a garrafa e cair fora do hotel. Mas Esther sentiu os olhos de Keith às suas costas. E lhe deu um sorriso placidamente forçado.

"Está claro que Bram deixou o hotel", ela disse. "Você devia procurar por ele... lá fora", sugeriu, virando-se com displicência na direção da janela.

"Peço desculpas pelo comportamento de Bram", ele disse. "Assim que o encontrar, farei com que se desculpe com você e com

Penny. Isso é uma vergonha. Meus pais voaram da Flórida até aqui. E olha que já estão na faixa dos oitenta, e doentes. Talvez seja a última viagem que façam na vida, e eles desejavam que ela fosse feliz. Estão desolados."

"Você devia ficar com eles", Esther falou com os olhos cinzentos irradiando simpatia. Pelo menos um dos olhos. O outro estava cravado na garrafa verde.

Mas Keith não fez o que ela queria. Desabou sobre a cama, segurando a cabeça com as mãos. Quando se sentou, inadvertidamente cutucou a garrafa com o bico do sapato. A garrafa rolou alguns centímetros e chocou-se contra o pé da mesinha-de-cabeceira. O gargalo estava inteiramente visível. Se Keith olhasse para baixo, certamente o veria.

Esther apressou-se em sentar na cama perto de Keith, na tentativa de chutar a garrafa para debaixo da mesa.

"Tudo bem, tudo bem", ela falou enquanto dava tapinhas sem jeito no ombro dele, notando que estava tenso sob o paletó do *smoking*.

"Achei que você estava zangada", ele disse.

"Ah, bem, você sabe, a raiva não ajuda nada", ela argumentou com os olhos grudados na rolha ainda visível da garrafa. Se ao menos pudesse agarrá-la e cair fora... Ela deu uma olhada em Keith. Agora ele estava esfregando os olhos. Com a adrenalina vibrando, Esther aproximou a mão.

Keith readquiriu prontamente a consciência.

"Muito obrigado, Esther", ele disse, "por sua gentileza", e beijou a mão dela como se ela fosse uma rainha.

O contato inesperado deixou-a eletrizada da cabeça aos pés.

Sem fala, ela congelou.

Keith largou a mão de Esther, que permaneceu no ar por conta da petrificação.

"Eu não entendo isso. Nada disso", ele disse, arqueando a sobrancelha.

"Sei que com o tempo nós entendere...", ela retrucava.

"Por exemplo, onde está a colcha?", ele perguntou.

"A col..."

"E o que é que esse champanhe está fazendo no chão?"

"Não vi nenhuma garrafa", ela replicou.

"Você chutou a garrafa", ele rebateu. "Passou o tempo todo olhando pra ela."

"Ohhhhh", ela se esganiçou. "Você está falando *daquela* garrafa de champanhe!"

Esther agachou-se e pegou a garrafa. De costas para Keith, rapidamente inspecionou o vidro e ficou aliviada ao constatar que ali não havia cabelo nem sangue. Agarrou a garrafa em triunfo e passou as mãos em sua superfície, apagando velhas impressões e imprimindo novas.

Com a missão cumprida, ela se ergueu e repôs a garrafa no balde de gelo, dizendo:

"Isso vai ficar aqui. Ótimo. E agora", ela bateu palminhas, "vou levar você de volta aos seus pais doentes, velhos..."

"O que você acha do sumiço da colcha?", Keith perguntou.

"Por que isso o amofina? Você tem alguma suspeita", ela deu uma risada debochada, "de assassinato?"

"É muito estranho", ele disse. "Inexplicável. Estou encucado."

"Talvez Bram tenha derramado bebida sobre ela e a camareira tenha levado."

"É possível", ele falou, levantando-se e encaminhando-se na direção dela, que sentiu uma corrente elétrica percorrer sua espinha.

"Você devia chamar a camareira", ela sugeriu.

"E o que você acha disso?", ele inquiriu enquanto tirava a garrafa de dentro do balde. "Dom Pérignon no chão? Não faz sentido."

"Talvez alguém tenha tentado roubá-lo e, ao ser interrompido, largou a garrafa e fugiu."

"Mas como é que um ladrão entraria aqui? Só há dois cartões. Um com você, e o que Bram me deu."

"Você não o deixou com ninguém? Talvez para alguma mulher guardar na bolsa?"

"Não tenho mulher", ele afirmou.

Quer dizer que o viúvo musculoso e charmoso estava sem namorada. Esther tentava se lembrar de quando a mulher dele morrera. Penny devia ter-lhe contado. Alguns anos atrás? A morte tinha sido horrível, prolongada – câncer ou qualquer outra doença hedionda. Russell, seu marido, morrera com muita rapidez, de um só golpe, alguém poderia dizer. O que fora melhor para todos.

"Vou pensar seriamente a respeito do mistério da colcha e da garrafa", ela disse. "E depois volto com alguma idéia brilhante."

"Acho que aconteceu alguma coisa aqui", Keith insistia.

"De fato", Esther assentiu, perdendo a paciência com as suspeitas dele (embora elas correspondessem à mais pura verdade): "Seu filho destruiu o casamento de minha filha. Agiu como um covarde. Talvez tenha roubado a colcha quando se escondeu aqui como um criminoso. Como um ladrão no meio da noite."

"Por Deus, Esther", Keith gemeu, balançando a cabeça e exibindo o belo pescoço musculoso. "Hoje Bram estragou tudo. Arruinou tudo mesmo. Mas você tem que compreender a minha preocupação com ele. Afinal, é meu único filho."

O amor do pai. Um luxo que certamente Bram tem como certo, Esther pensava. Penny nunca experimentara o amor incondicional do pai. Se tivesse experimentado, talvez tivesse escolhido um noivo melhor. Se a própria Esther não tivesse tido um traste como pai, talvez não tivesse escolhido Russell. Pais ruins e escolhas ruins andam juntos.

Por outro lado, Keith parecia genuinamente preocupado com o filho. Ele podia ter sido uma figura paterna maravilhosa para Penny, Esther pensava com uma súbita e selvagem tristeza.

"Tenho certeza de que Bram está bem", ela disse. "Onde quer que esteja."

"O sumiço dele é muito estranho", Keith comentou olhando-a com seus enormes olhos cinzentos, parecidos com os dela, implorando por uma outra frase confortadora.

"Aposto que amanhã você terá notícias dele", disse Esther.

Capítulo 7

De banho tomado e desanuviada, Penny foi até seu quarto em busca de roupas. O *closet* estava cheio de coisas da época do colégio. Ela pegou uma velha calça Levi's de cintura alta (ridícula para os padrões atuais) e uma camiseta escandalosamente laranja. Para seu alívio, a calça serviu. A cor tangerina da camiseta ressaltou o tom acobreado de seus cabelos castanhos. A malha velha e usada lhe deu a sensação de aconchego e segurança. Ela se sentia feliz por estar em casa.

"É impressionante como um banho quente tem o poder de desanuviar as pessoas", disse Vita.

"Falando outra vez de Bram?"

"E olha que ainda não são sete horas."

Vita decidiu trocar sua criação magenta por uma calça vermelha e uma camiseta azul velha onde se lia: "NÃO TÃO CARA COMO PAREÇO".

"Não acredito que você caiba nisso", disse Vita, lutando para enfiar a cabeça pela gola estreita da camiseta. "Devia estar escrito 'Não Tão Gorda como Pareço'."

"Não a uso desde o ginásio", disse Penny. "E mesmo naquela época já era apertada."

"E sua mãe guardou?"

"Você precisa ver os arquivos lá no porão. Desenhos do jardim de infância. Boletins do primário."

"Qual era a sua escola?", Vita perguntou.

"Short Hares Institute of Technology. Particular, é claro", ela respondeu enquanto garimpava o armário. "Aqui, uma velha camiseta da escola."

Penny pegou uma camiseta com a insígnia da escola.

Confortavelmente vestidas, as duas mulheres desceram para a cozinha. Apesar dos vinte cômodos confortáveis da mansão, todo mundo parecia preferir se reunir em torno da bancada da cozinha. No segundo andar, Penny inspirou o ar com cuidado e detectou traços remanescentes de Bram.

"Você sentiu isso?", ela perguntou para Vita.

"Mostarda?", sua amiga franziu as narinas gulosas.

No primeiro andar, Natasha aguardava por elas na cozinha com uma faca na mão. Estava montando sanduíches de pão integral com mostarda, presunto italiano e queijo provolone.

"Seu favorito", disse Natasha.

"Isso é dos céus, obrigada", Penny comentou enquanto dava uma mordida. "Você alimentou o cachorro?"

"Que cachorro?"

"O vira-lata. Aquele que você falou pra mamãe."

"Ah, *aquele* cachorro", disse Natasha. "Dei ovo cozido pra ele."

"Ele vai voltar", Vita avisou. "Alimente um cachorro e ganhe um amigo pra toda a vida."

Blém... Campainha da porta. Penny balançou a cabeça como se já soubesse quem era e falou para Vita:

"Só podem ser a Amy e a Nicole. Aposto que vieram secas pelos detalhes sangrentos da minha humilhação."

"E as amigas servem pra quê?", Vita retrucou.

Atravessando a cozinha, Penny seguiu até a entrada com pé direito triplo e lá abriu a majestosa porta, certa de que logo estaria rodeada por dez amigas a lhe oferecer conforto e apoio na crucificação do bastardo.

Em vez disso, ela se viu frente a frente com a mulherzinha atarracada.

"Senhorita Wistlestop!", Penny exclamou. Atrás da organizadora da recepção avistavam-se duas caminhonetes brancas estacionadas.

"Oi, Penny", disse a srta. Wistlestop, "desculpe ter vindo sem avisar. Tentei ligar para o celular de sua mãe umas seis vezes."

"Ela está no Plaza."

"Não a vi lá", disse a srta. Wistlestop. "E não podia esperar. Salvei o máximo que pude e trouxe imediatamente para vocês. O resto tem que ser enviado para abrigos e casas de caridade."

"Salvou o quê?", Penny inquiriu. Sua vida romântica? Seus sonhos ou um futuro feliz?

"Os não-reembolsáveis. A comida. Flores. A escultura de gelo", disse a srta. Wistlestop. "Além disso, tem uma caminhonete lotada de presentes."

"Ninguém aqui encomendou uma escultura de gelo", retrucou Penny dando uma piscadela.

"É um presente surpresa do pai do noivo."

Três homens saltaram da traseira da caminhonete e bravamente tentaram descarregar a enorme e escorregadia escultura.

O gelo fora talhado com dois corações interligados. Parecidos com os anéis olímpicos. Mas a diferença é que eram apenas dois e tinham a forma de coração. Se o casamento tivesse transcorrido de outra maneira, certamente Penny teria adorado o presente. Uma simples mensagem de amor, de vidas unidas e de paixão. Ela ria enquanto imaginava Keith apresentando a escultura com um floreio. Os oohs e aahs. Ela e Bram abraçando Keith e se beijando.

Como aqueles corações de gelo teriam aquecido o coração de cada um deles!

"Onde a senhora quer que a gente ponha?", um dos homens perguntou.

"Deixa pingar na minha cabeça", Penny respondeu.

A srta. Wistlestop consultou sua agenda:

"No que diz respeito à comida, estamos entregando oitenta porções de costeleta, setenta porções de salmão grelhado, cinqüenta bandejas de frango assado, quinze quilos de coquetel de camarão..."

"Deixa comigo", Natasha falou emergindo da cozinha, disposta a assumir o controle de tudo, para gratidão eterna de Penny. A russa checava a lista de itens e calculava de cabeça onde eles podiam ficar. "No porão temos um *freezer* enorme. E as geladeiras da cozinha podem estocar mais coisas. Os homens têm que passar pela porta da cozinha."

Mas os homens se ocupavam em descarregar outro torpedo: o bolo de noiva de três andares, em cima de um carrinho de rodas. A cobertura de glacê consistia em três cestos cheios de flores vermelhas, cor-de-rosa e azuis, guarnecidas por lindas folhas de açúcar verdes de videira.

"Eu podia lamber essa cobertura toda até a meia-noite", disse Penny.

"O andar de baixo é meu", Vita gritou, saindo da cozinha.

"Eu fico com o bolo", disse Natasha fazendo um sinal de desaprovação.

"É melhor", Penny assentiu. "E conheço um lugar perfeito para a escultura. Sigam-me."

Os três homens passaram para Natasha o carrinho de rodas com o bolo. Depois, transferiram a escultura para uma base, resmungando palavrões. Eles a levantaram e acompanharam Penny através da entrada de mármore, atravessando a sala de pingue-pongue com suas três mesas de torneio, o solário, com sua vista para o jardim, a sala de jantar com mesa para vinte pessoas, a sala de estar onde Penny nunca passara mais do que dez minutos, a sala de ginástica que sua mãe raramente usava depois que começara a freqüentar a Equilux, e ainda um outro aposento com uma grande galeria que abrigava a coleção de antigos tabuleiros de xadrez de Esther.

Em frente às portas francesas que se abriam para o pátio, Penny fez um sinal para que os homens a seguissem. Caminhou pelo piso de arenito cinzento entre os canteiros, que nessa época do ano floresciam com azaléias e peônias, até chegar ao pátio, onde desceu alguns degraus pavimentados até a piscina em formato de rins.

"Por aqui, gente", Penny chamou e se posicionou na borda da piscina.

Os homens colocaram a escultura escorregadia perto dela e prontamente a deixaram sozinha. Penny deslizou as mãos sobre as curvas da escultura enquanto sentia o formigamento provocado pelo gelo. Fechou os olhos e deixou os dedos escorrerem sobre a superfície do gelo enquanto pensava no corpo escultural de Bram, nas centenas de vezes em que tinham transado durante os dois anos em que estiveram juntos. Ela fizera tudo o que podia para lhe dar prazer. E ele tivera um sem-número de orgasmos plenos, a ponto de perder o controle. Penny o fizera gritar e se agarrar nos lençóis como se fosse morrer se ela parasse ou continuasse. Mas, embora as evidências mostrassem o contrário, ela sempre tivera a impressão de que ele não estava satisfeito.

Penny beijou os corações, e em seguida empurrou a escultura para dentro da piscina. Ela achou que a escultura racharia e boiaria como um cubo de gelo no copo, mas os corações afundaram na piscina.

Capítulo 8

*S*PLECH.

Bram Shiraz acordou abruptamente. Sonhara que havia caído de um penhasco dentro de um rio. Mas não, ele se deu conta com alívio, não estava se afogando.

Sua cabeça é que batia como um liquidificador. Ele começou a apalpar o crânio e logo localizou um galo do tamanho de um ovo. Com a visão embaralhada, avistou as paredes de lona brancas ao redor. Tentou se mover, mas tinha uma colcha enroscada nas pernas. Com o esforço que fez para se libertar, o carrinho tombou, e ele rolou para o chão acarpetado.

Bram olhou em torno e tentou imaginar onde estava. O quarto estava escuro. Um feixe de luz entrava por uma clarabóia retangular no teto, atravessava o quarto e recaía direto sobre o carrinho, como um foco. Ele se levantou com rapidez, sem pensar que um movimento súbito podia deixá-lo tonto. Acabou despencando como um saco perto do carrinho, estirado no centro do quarto.

A última coisa de que se lembrava era que estava fazendo a mala na suíte nupcial do hotel.

Será que ainda era o dia do seu casamento? O rosto de Penny surgia em meio à névoa de sua consciência, os lábios vermelhos e as covinhas que ele adorava percorrer com a língua. Os cabelos castanhos que faziam cócegas no seu peito quando ela montava em cima dele na cama. Os olhos negros profundos, alertas, que sempre avaliavam suas reações, analisando-o, medindo-o constantemente.

Gemendo, Bram virou de barriga para baixo e se pôs de quatro. Na época do ginásio, ele tomara uma pancada na testa. E agora sentia o mesmo desnorteio. Sabia que fora atingido, mas não fazia a mínima idéia do que ou de quem o golpeara. Além disso, não tinha a menor noção de onde estava.

Apesar desse significativo esquecimento, Bram estava consciente de quem era, e do que tinha feito naquele dia. (Na véspera? Na semana anterior?). Foi tomado pelo peso da culpa, e isso doía mais que sua cabeça. Apoiando-se por causa da tonteira, pôs-se em pé. Andou até a parede mais próxima em busca do interruptor e acendeu a luz.

Ele conseguia enxergar, mas a luminosidade o incomodava. O quarto era quadrado e desprovido de janelas (exceto a clarabóia no teto), e a altura do pé-direito era de pelo menos uns cinco metros. O piso era acarpetado. Como as paredes, o carpete apresentava uma tonalidade suave de lavanda. Estantes altas alinhavam-se contra duas paredes. Nelas se viam muitos brinquedos, livros ilustrados e antigos vídeos, todos nas respectivas caixas. Ele começou a ler os títulos (com o cérebro batendo dentro do crânio): *Cinderela, Branca de Neve, A Pequena Sereia.* Numa das paredes, um quadro de cortiça coberto por desenhos coloridos – princesas, unicórnios, gatos, cachorros, bruxas, castelos. Uma TV de trinta e duas polegadas disposta sobre um console de metal negro (sem cabo ou antena). Embaixo, um VCR. Um pequeno divã cor-de-rosa posicionado diante da TV. Outros móveis: uma mesinha branca com duas cadeirinhas brancas. Uma velha carteira de escola. Bram ergueu o tampo e encontrou centenas de lápis de cera partidos e comidos, um vidro decorado com um dos personagens de *Vila Sésamo* besuntado de cola branca seca, um bloco de folhas coloridas de desenho.

Ele fechou a carteira, de cenho franzido. Elevou o olhar e deu de cara com seu próprio reflexo num grande espelho que dominava a parede norte do quarto.

"Estou um trapo", disse consigo mesmo.

Considerando a roupa que vestia – o mesmo jeans e a mesma camiseta de quando estava fazendo a mala –, calculou que não se passara muito tempo. Seu cabelo estava despenteado, mas limpo. No geral, ele parecia intacto e sem marcas de possíveis agressões, exceto pelo galo na cabeça. Aproximando-se do espelho, repartiu o cabelo para examinar o galo. Estava tão visível que dava para vê-lo pulsando, como se fosse um ovo quase a se quebrar.

Ele recuou, tonto (relembrando uma cena no *Alien, o Passageiro*), e virou-se de costas para o espelho. De onde estava, pôde ver que o quarto tinha duas portas. Uma estava ligeiramente aberta. Investigou e descobriu que era um pequeno banheiro com um chuveiro, uma privada baixa e uma pequena pia.

Bram checou a outra porta. Trancada. Valeu-se da força que tinha para arrombá-la. Péssima idéia. Arremessar o ombro contra a porta só fez piorar a tontura.

Sentou-se no sofá de criança com as pernas estiradas para a frente, resolvido a descansar. O surrealismo da situação fez com que ele duvidasse por um momento de que estava realmente acordado, ou plenamente consciente. Talvez estivesse sob forte estresse – e culpa –, induzido por um episódio alucinatório. Fechou os olhos e entregou-se.

Clunk. O inconfundível ruído metálico de uma fechadura que se abria. Bram tentou erguer-se, mas tropeçou e caiu. Do chão, viu a porta se abrir. Uma refeição numa bandeja foi empurrada para dentro do quarto. Ele engatinhou até a porta, com os braços estendidos para segurá-la antes que se fechasse.

Mas a porta se fechou. E a fechadura travou com um clique metálico.

Esforçando-se para ficar de pé, Bram bateu na porta.

"Me deixa sair daqui!", ele gritou. "Que merda é essa?"

Sem resposta, calou-se. O esforço e os gritos fizeram sua cabeça doer.

Seu tênis topou com a bandeja no chão. Ao olhar para baixo, viu um prato de costeletas regadas ao molho, arroz selvagem e brócolis com molho holandês. Um segundo prato com salmão grelhado, uma porção de molho de aneto, cuscuz com passas e pinhas, e ainda um ensopado de abobrinha e abóbora. Além de outro prato com frango assado temperado com alho e alecrim, batatas gratinadas e uma marinada de coração de alcachofra.

Ele reconheceu o menu e riu da grande loucura daquele sonho.

"Está rindo de quê?"

A pergunta saiu dos alto-falantes presos no alto da parede do espelho. Ele teve a impressão de que a voz era de uma mulher idosa, mas não dava para ter certeza, porque a voz se distorcia.

"Quem é você?", ele perguntou.

Zumbido baixo dos alto-falantes, contínuo.

Ele andou até o espelho e o examinou. Será que tinha duas faces? Não conseguia enxergar nada além dos próprios olhos injetados de sangue, mas sabia que estava sendo observado. Será que o queriam como escravo sexual? Ou se tratava de algum teste científico? Pediriam algum resgate?

Fosse o que fosse, o fato é que ele ou ela não tinha intenção de matá-lo de fome.

"Isso é um bom sinal", Bram pensou consigo. Primeiro, ele recuperaria as forças física e mental. Depois, teria que traçar e executar um plano de fuga. E, após obter a liberdade, se vingaria do seu seqüestrador.

De uma maneira estranha, ele se aprazia com essa virada inesperada dos acontecimentos. O planejamento da fuga concentraria seus pensamentos, ocuparia sua mente. Caso contrário, ele se veria sozinho com a culpa e o remorso, pensando em Penny e no que fizera a ela.

Bram ergueu a bandeja e colocou-a sobre a mesinha. Sentou-se numa das cadeirinhas e tratou de se fortalecer.

Capítulo 9

NATASHA E ESTHER OBSERVAVAM Bram no quarto de brinquedos, sentadas no console do quarto vizinho, adequadamente denominado quarto de controle. Os dois quartos compartilhavam o mesmo espelho na parede. Um espelho com duas faces. Do quarto de controle as mulheres podiam observar Bram como se o espelho fosse uma grande janela de vidro, enquanto no quarto de brinquedos ele só via a própria imagem refletida.

"Ele é uma graça quando come", Natasha comentou. "Guardanapo no colo. Boca fechada ao mastigar."

"O pai dele pode nos trazer problemas", disse Esther, ainda segurando a bolsa depois de ter subido em disparada até o quarto de brinquedos, assim que retornara do hotel.

Natasha já tinha conversado com Esther a respeito da visita da srta. Wistlestop e do trabalho que dera para encontrar um lugar onde estocar toda a comida.

"Os presentes estão no saguão de entrada", ela comentou.

"Reparei", disse Esther. "Só um cego não veria."

"Depois eles vão mandar uma outra caminhonete com as flores."

"Onde está Penny?", Esther perguntou.

"Foi se deitar."

"Mas ainda são oito horas!"

"Dei um Valium pra ela."

"Foi ela que pediu?"

"Ela queria dois. Só dei um. Vita também pegou um comprimido e depois foi para o hotel".

"Então temos a noite toda para tratar *dele*", disse Esther esfregando as mãos.

"Tortura?", Natasha perguntou, com as sobrancelhas arqueadas.

"Não sei por onde começar", Esther respondeu com pesar.

"Na Rússia, a KGB torturou muita gente da minha família e alguns amigos. Choque elétrico, fome, extração de fio por fio de cabelos até a pessoa ficar careca..."

"Na América a gente paga por essas coisas", Esther objetou.

"Obrigavam os prisioneiros a entrar num enorme tanque de lama quente, onde eram esfregados com sal para tirar a pele e depois lambuzados com algas e sedimentos do Volga..."

"Isso era uma prisão comunista ou um spa?", Esther retrucou.

"Um dos meus tios, que escrevia para um jornal anti-soviético, foi capturado e levado para uma prisão. Lá o colocaram num quarto escuro e o obrigaram a beber um galão de água. Não podia usar o banheiro, e batiam nele quando o coitado urinava."

"Adorável", Esther comentou, sem prestar atenção, enquanto observava Bram comendo, a forma elegante como cortava a carne, a maneira correta de usar o guardanapo. "O bufê custou vinte mil dólares", lamentou.

"Você quer que ele assine um cheque?", disse Natasha.

"Não me preocupo com o dinheiro. Mas vou fazer ele pagar. Ah, vou! Ora se vou!" Esther deu de ombros.

Ligando o controle do alto-falante que estava sobre o console. Esther falou ao microfone:

"Boa noite, Bram. Aqui é Esther Bracket."

Enquanto as duas mulheres observavam, Bram levantou-se abruptamente, arremessando a cadeirinha para trás.

"Esther?", ele parecia confuso, mas logo sua mente iluminou. "Era *você!* Você estava no meu quarto lá no hotel e me acertou com uma garrafa de champanhe!"

Esther continuou:

"Bem-vindo à minha casa. Agora você está trancado nesse quarto construído com segurança máxima: porta à prova de fuga, sem janelas, sem respiradouros nas paredes e com um equipamento de vigilância ligado durante vinte e quatro horas. Você não pode sair, portanto nem adianta tentar."

"Você é maluca", ele gritou.

"Já que você destruiu o casamento da minha filha, nada mais justo que se responsabilizar por uma parte do estrago."

"Sua puta louca", ele gritou, avançando na direção do espelho com o rosto rubro e soltando fogo pelas ventas. Mas a figura de Bram vociferando para o ar sem poder alcançá-los fez com que elas rissem.

"Se você me desrespeitar", disse Esther ao microfone, piscando para Natasha, "acabo com a transmissão."

"Espera, e Penny, como está?"

"Como se você desse a mínima", Esther falou. "Trate de não fazer perguntas sobre ela, de sequer pensar nela, e nem ouse mencionar o seu nome."

Bram balançou a cabeça para si mesmo e retornou à cadeira. Colocou-a de pé e sentou-se com as pernas esticadas e os braços em torno do peito. Ele estava ouvindo.

"Como eu ia dizendo, já que você me forçou a engolir os custos do casamento, vou te forçar a engolir o próprio", disse Esther.

"Engolir o...

"Duas centenas de porções de costeleta, salmão e frango estão congelando nas geladeiras da minha cozinha e no *freezer* do porão. E os acompanhamentos. Sem falar nos quinze quilos de camarão que estão no gelo, na banheira da suíte do quarto de hóspedes."

"Prepara uns catorze quilos", Natasha cochichou batendo na barriga. "Adoro camarão."

"Não vou deixar você sair antes de ter engolido tudo. Cada grão de arroz selvagem. Cada bife. Cada batata", Esther falou ao microfone.

"O que você quer é me fazer comer até a morte", Bram afirmou.

"Não falei 'até a morte', mas até que não seria ruim".

Natasha soltou uma gargalhada. Esther fez sinal para que ela ficasse quieta e acrescentou:

"E quero que você preencha etiquetas de devolução para cada presente do casamento. Estou com uma montanha de presentes no meu saguão. Precisam ser devolvidos."

"Mais alguma coisa?", ele perguntou.

Esther desligou o microfone para pensar.

"Ele podia fazer tudo isso... *nu*", Natasha sugeriu.

"É o noivo da minha filha. Não pegaria bem."

"Se você acha...", Natasha resmungou.

Esther ligou o microfone.

"Eu quero que você escreva uma carta pessoal para os convidados, pedindo desculpas por sua patética covardia, assumindo a responsabilidade por ter destruído o fim de semana de todos e implorando perdão por ter aniquilado os sonhos de uma moça inocente. Além disso, você tem que declarar que se odeia, que está morrendo de vergonha etc., etc.

"Boa!", Natasha cochichou.

"Depois posso ir embora?", ele quis saber.

"Se o teu estômago não tiver explodido, e olha que essa é a única porcaria que ficarei feliz em limpar, posso pensar em te soltar", disse Esther.

"Eu sabia que você era capaz de uma doideira dessas", Bram falou balançando a cabeça.

"Eu até que não era", Esther replicou. "Não é fascinante o modo como a gente vai se conhecendo bem quando fica mais velho?"

"Fascinante", Bram resmungou.

"Quando você acabar de jantar... limpe os pratos! Escreva uma carta para o seu pai. Diga que você precisa de um tempo sozinho e que vai entrar em contato com ele quando estiver preparado", disse Esther. "O material está na escrivaninha aí atrás. Você é um grosso tão egoísta que na certa Keith deve estar pensando que você se escondeu em algum buraco, que nem um rato."

Esther desligou o microfone.

"Se ele não vai ficar nu", disse Natasha, "o que fazer com as roupas? Ele não pode usar a mesma muda de roupa dia após dia."

"Você está certa", matutou Esther segurando o queixo. "Mas depois de algum tempo vão ficar apertadas. Hmmm. Vamos dar uma olhada na mala dele pra ver o que tem."

Elas giraram as cadeiras do console. A mala de Bram estava no chão. De tamanho normal e tampo prateado, destrancada. Esther apertou o trinco da fechadura e o tampo se abriu automaticamente.

"Ele sabe arrumar bem a mala", Natasha comentou.

As roupas de Bram estavam impecavelmente arrumadas; o estojo de toalete; com poucas peças, organizado no compartimento interno do tampo da mala. Esther começou a fuçar os pertences dele. Na mala só havia roupas para um ou dois dias. Fosse qual fosse o lugar onde ele pretendia ir, tudo indicava que não planejava permanecer por muito tempo. Ou talvez tivesse a intenção de comprar novas roupas quando lá chegasse. Enquanto remexia a mala, as mãos de Esther tocaram em alguma coisa dura, de pontas afiadas. Ela afastou alguns *shorts* e meias para ver o que era.

"Essa agora me surpreendeu", ela disse enquanto ambas olhavam para a foto de Penny num porta-retrato. Na foto, a filha estava numa alameda arborizada, com os cabelos castanhos presos num rabo-de-cavalo, malha de flanela amarrada à cintura, bermuda, camiseta, botas e meias de lã. Segurava um bastão de madeira e sorria para a câmera.

"Linda", disse Natasha.

Esther concordou. A Penny da foto parecia mais radiante do que nunca.

"Ele a abandona, mas carrega a foto dela junto a si?", Esther ficou confusa e um pouco abalada com a descoberta. Analisando o olhar de Penny para o fotógrafo (que Esther presumiu ser Bram), tudo indicava que sua filha estava verdadeiramente apaixonada por ele. Fosse qual fosse a mudança ocorrida no relacionamento, um dia ele fora bom. Pelo menos na época em que a foto fora tirada.

Esther ajeitou o porta-retratos em cima do console, improvisando rapidamente um toque decorativo no aposento.

Capítulo 10

QUANDO PENNY ACORDOU DE manhã, suas pestanas estavam coladas devido às treze horas de sono. Não querendo abri-las abruptamente, ela aninhou-se no travesseiro. O aroma reconfortante da fronha embalou-a de volta ao sono.

E então se recordou.

Penny choramingava. Naquela manhã queria ter acordado na suíte nupcial do Plaza, com a cabeça afundada no peito de Bram, e não no seu travesseiro de infância. Imediatamente, ela o arremessou para o ar e ele esbarrou por acidente no pôster de Bon Jovi, fazendo-o balançar na parede.

"Desculpe, Bon", ela murmurou.

A imagem de Bram eclodiu do nada em sua cabeça, de bermuda, meias de lã, botas próprias para caminhadas, malha de flanela amarrada à cintura. Lembrou-se daquele dia maravilhoso, cerca de um ano atrás, quando eles decidiram fazer uma caminhada no Central Park. Bram estava munido de sua nova câmera digital. Divertindo-se por estarem vestindo roupas iguais, eles entraram parque adentro e fizeram um piquenique em Sheep Meadow. Em vez de jogarem fora as sobras, lançaram pedacinhos de pão e de biscoito para alguns esquilos enquanto perambulavam pelo parque arborizado. Em pouco tempo ambos se viram cercados pelos roedores que os seguiam de perto. Um esquilo mais atrevido chegou até a subir pela bota de Penny. Havia fotos para provar. Ele comentou que o cerco o fazia lembrar de uma cena de Hitchcock. Ela sugeriu que o episódio podia fazer parte de um documentário horrível da Fox chamado *Quando os Alienígenas Atacam*.

Bram pediu-a em casamento naquela noite.

"Quero te fazer feliz", ele disse, e isso era mais uma coisa em comum entre os dois.

Agora ela estava fechada para esquilos. Da próxima vez que visse um, atiraria uma pedra.

Da próxima vez que visse Bram, atiraria uma pedra nele. De preferência, bem pesada e com três pontas. Melhor ainda, enviaria uma pedra pelo correio. Ele ficaria furioso com a grosseria. Enquanto girava o anel de compromisso ela resolveu que, por enquanto, continuaria a usá-lo. Até chegar o momento de devolvê-lo.

Levantou-se da cama. Ainda com a roupa de dormir, desceu a escada até o saguão de entrada. Uma grande quantidade de buquês de rosas brancas tinha sido arranjada em diversos vasos encostados nas paredes. Um aroma divino.

A aparência?

De velório, Penny disse para si mesma.

Foi direto para a cozinha.

"Bom dia, Natasha", ela disse enquanto arrastava um banquinho da bancada de mármore, onde havia pia, geladeira, triturador de lixo e lixeira.

Natasha empilhava pratos numa bandeja. Penny observou os itens do menu de seu casamento ao mesmo tempo em que contava os pratos. Cinco, incluindo um prato com uma fatia de bolo tão grande que podia empanturrar um cavalo.

"Quem é está com tanta fome?", Penny perguntou.

"É para o cachorro. O vira-lata", mentiu a russa, dando de ombros.

A pilha de comida era do tamanho de um cachorro. Um dinamarquês gigante.

"O bicho é muito grande?"

"Normal", Natasha respondeu.

"Desde quando você se preocupa com vira-latas?"

"Simpatizo com animais famintos e abandonados. Quem é que resiste ao olhar triste e pidão deles?"

"Estou surpresa por ouvir isso", disse Penny, "já que você sempre se pôs do lado da mamãe quando eu pedia um cachorro". Ela pegou o prato de bolo da bandeja. "Um garfo, por favor."

"Eu era neutra", explicou Natasha, esticando um garfo para Penny.

"Se não me engano, você chamava todos os cachorros de 'vira-latas'."

"Sou louca pelos vira-latas. Não há cachorro mais esperto que o vira-lata". Natasha cortou uma outra fatia de bolo e acrescentou: "Aliás, a imitação que você fez do meu sotaque russo foi péssima".

"Deixa, eu faço isso.

"Isso o quê?

"Alimentar o cachorro. Quero dar uma olhada nele. Ou nela."

"Não!", Natasha falou com veemência. "Ele é tímido. Não está acostumado com você. Só comigo. Eu levo a comida para o nosso lugar secreto."

"Você e o cachorro têm um lugar de encontro?", Penny perguntou?

"E qual é o problema?"

"Nenhum. Exceto ter sido abandonada no dia do meu casamento, mas isso não tem nada a ver."

Levantando a bandeja da bancada, Natasha deixou que Penny abrisse a porta da cozinha para ela. Depois, embrenhou-se pelo quintal e sumiu no mato.

Penny voltou à sua fatia de bolo. Acabou de comê-la e foi buscar mais guloseimas na geladeira, onde encontrou um pote de caviar de esturjão. Com água na boca, pegou uma colher e se serviu de uma farta colherada. As ovas negras estouravam sob seus dentes, derramando um suco salgado na língua. Uma explosão de sabor. Ela já estava na quarta colherada (sentindo-se muito melhor) quando soou a campainha na porta da frente. Depositou a colher sobre a bancada e saiu em direção ao saguão.

É o Bram, ela pensou. Não é o Bram, ele não ousaria. Bem que ele podia. Ele mudou de idéia. Ele está em Fiji. Ele me ama. Ele me odeia.

Esfregou o rosto para varrer a expressão e abriu a porta.

Morris Nova resfolegou com força quando a viu.

"Jesus Cristo, Penny, você está bem?"

"Estou ótima", ela falou. "E você?"

"Seus olhos", ele disse, "estão inchados. Você andou chorando."

"Acabei de acordar", ela replicou. "Você está bancando outra vez o menino de recados do Bram?"

Morris negou com um gesto de cabeça. Penny teve que lutar contra a decepção. Convidou-o então para entrar.

"Você cresceu nesta casa?", ele perguntou. "Rica, né?" Os olhos de Morris se esbugalharam com a opulência e o tamanho. "Todas essas flores são do casamento?" Cheirou uma rosa de um dos cinqüenta vasos, pegou um botão e sorriu sonhadoramente para ela.

Oh, não, ela pensou.

"Morris, presta atenção", Penny falou. "Quero os detalhes. A cena toda. Cada palavra dita. Não espero uma interpretação dramática, mas agradeceria se você pudesse repetir as inflexões."

Morris hesitou, olhando a rosa como se fosse comê-la.

"Estávamos no quarto dele, no hotel", ele disse vagarosamente. "Cinco minutos antes de eu ir até o seu quarto."

"Ele escreveu o bilhete na sua frente?", ela perguntou. Morris assentiu com a cabeça. "Ele chorou quando escreveu? Ele derramou lágrimas sobre a mesa? Parou para soluçar na cama? Que roupa ele estava usando?"

"Roupas normais", ele respondeu.

Inútil, Penny pensou. "Não era o *smoking*?"

"Era algo assim, eu diria: careta, de terno e gravata, não de calça jeans."

"E onde ele escreveu o bilhete?", ela quis saber.

"Na escrivaninha do quarto."

"Chorando?"

"Triste."

"E depois?", ela perguntou.

"Ele pôs o bilhete dentro de um envelope e me pediu para entregar a você."

"Diz o que ele falou."

"Leve isso agora para Penny."

"Ele disse o meu nome?"

"Isso é importante?", Morris objetou.

"Continua", ela falou.

"Eu recusei e ele disse: 'Se você não entregar esse bilhete, ela vai ficar arrasada'."

"E *depois*, ele caiu na cama e soluçou, não é?"

"Ele começou a arrumar a mala e eu saí. Foi isso."

"Pra onde ele foi?", ela disse.

Os olhos azuis de Morris se acinzentaram como se *ele* fosse chorar. Ele limpou a garganta e inclinou a cabeça. Abriu e fechou a boca como se para se assegurar de que ainda podia falar.

Lá vem, Penny pensou.

"Olha", ele disse, "por pior que pareça, no fim pode dar certo. O Bram fechou uma porta e eu posso abrir uma janela."

"A janela está fechada. E trancada", Penny falou com toda a convicção.

"Podemos quebrá-la", ele sugeriu, dando alguns passos na direção dela.

"Pare exatamente aí", uma voz ecoou atrás deles.

Morris e Penny se viraram: Natasha descia as escadas com seus sapatos de plataforma. Uma figura imponente, Penny pensava, entendendo perfeitamente por que Morris se voltara depressa para a porta.

"Eu já estava de saída", Morris disse para a russa. "Me telefona!", disse para Penny.

Natasha se pôs ao lado de Penny.

"Sua mãe saiu cedo, mas volta logo."

"Pensei que você estava lá fora. Saiu pela porta da cozinha e como é que aparece agora na escada?"

"Entrei pela escada dos fundos", Natasha respondeu, ofendida. "Tive que pegar uma coisa no meu quarto."

"Que coisa?", Penny inquiriu.

"Tenho meus problemas pessoais", disse Natasha.

"Quais?

"Em Moscou, a KGB corta a língua de quem pergunta demais. E depois servem a língua pra você numa bandeja, com mostarda. Tenho um primo que comeu a própria língua... e o dedo mindinho.

"Eu gostaria de saber que tipo de crime faria com que alguém perdesse o dedinho", Penny replicou.

"Meter o nariz onde não é chamado", disse Natasha.

"Mas então ele devia perder o nariz."

Natasha mostrou a língua (intacta) para Penny e foi para a cozinha.

Capítulo 11

ESTHER BRACKET ESGUEIRAVA-SE pelo balcão de recepção do Plaza, como se uma loura vestindo um conjunto negro de calça e *blazer* Jill Sander com enormes óculos escuros pudesse passar despercebida. A cada minuto um conhecido, um empregado do hotel, um estranho lhe oferecia condolências. Um casamento cancelado é como a morte. Toda de preto, Esther parecia estar de luto.

Fazia dez minutos que o recepcionista estava ocupado com uma senhora trêmula e senil. Esther olhava o relógio, já sabendo que àquela hora Penny devia estar acordada. Só precisaria de dez segundos para deixar a carta de Bram para Keith sobre o balcão, mas não podia fazer isso enquanto o recepcionista estivesse nas imediações.

Se dê uma folga, seu infeliz, pensava consigo mesma.

Era uma espera interminável. Já estava pronta para ler o folheto do hotel – no qual se estampava a palavra "elegante" repetida cinco vezes no primeiro parágrafo – quando finalmente o recepcionista se ausentou da recepção. Esther tirou a carta – escrita numa folha amarela – de dentro da bolsa. Furtivamente, virou-se de costas para o balcão e encostou-se nele. Depois, deixou que a carta escorregasse por trás da mão.

Afastando-se a passos largos (em frente!), ela olhou de soslaio para trás, apenas para se certificar de que a carta estava em segurança (e anônima) no balcão, de modo que o recepcionista pudesse encontrá-la quando voltasse.

"Merda!", disse Esther quando viu que o papel amarelo *não estava* em cima do balcão, e sim no chão. Além disso, o recepcionista acabava de voltar. Ela não teve outro remédio senão esperar. Outra vez. Sentou-se no sofá de veludo e, nervosamente atenta, cravou os olhos na carta. Talvez alguém a visse e a entregasse ao recepcionista ao perceber que pertencia a algum hóspede. Umas seis pessoas se aproximaram do balcão. Mas ninguém viu a carta nem se abaixou para pegá-la.

"É um amarelo tão escandaloso!", ela exclamou para si mesma. Quantos míopes havia entre os hóspedes do hotel? Ela sentiu pena de como eles se consumiam em si mesmos, da visão com antolhos e da assombrosa falta de capacidade de observação que todos tinham.

"Esther Bracket", uma voz masculina ecoou atrás dela. "É você?", Esther se virou com um esgar. Keith Shiraz sorria às suas costas.

"Oi", ela disse.

"Hoje você está parecendo mais misteriosa", ele falou. "Toda de preto. Como se estivesse a ponto de fazer uma extravagância."

"Não seja ridículo!", disse Esther num tom três oitavas acima do normal.

"O que veio fazer aqui?", perguntou Keith, parecendo não perceber.

"Algumas pendências na recepção", ela mentiu.

"Meus pais já voltaram para a Flórida", ele disse. "Meus outros convidados também já foram embora. Sou o último Shiraz no hotel. E odeio comer sozinho." Ele apontou para a entrada do Coq et Boule, o restaurante duas estrelas do hotel.

"Recomendo crêpes suzette", ela disse.

"Por favor, me acompanhe", ele convidou com franqueza, sem nenhuma insinuação.

"Preciso realmente ir pra casa ver minha filha", disse Esther enquanto se levantava.

"Dê-lhe lembranças minhas", Keith falou, claramente desapontado. E despediu-se com uma singular reverência. Esther exalava pressa. Agora não podia perder tempo. Sem se preocupar em olhar a folha amarela, caminhou apressada para a saída.

"Espere!", Keith gritou do saguão.

Esther gelou. De braços cruzados, virou-se para trás.

Keith corria na direção dela, sacudindo a folha amarela.

"Olha só isto!", ele falou, quase esfregando a carta no nariz dela.

A abordagem de Keith, o cheiro de lápis de cera, a tensão pela insônia, tudo isso combinado fez com que a cabeça de Esther girasse subitamente. Para não cair, ela se amparou no braço dele.

Keith segurou as mãos de Esther, que não deixou de notar a maciez das mãos dele.

"Está tudo bem com você?", ele perguntou.

"É só cansaço."

"Você precisa se alimentar", disse Keith enquanto entrava com ela no salão de paredes em tons de lilás e limão do Coq et Boule.

Keith segurou Esther pelos braços, com os dedos roçando perigosamente os seios dela, e instalou-a na cadeira estofada de uma mesa para dois diante de uma janela de onde se via o sol batendo no asfalto negro da rua.

Um jovem garçom se aproximou.

"Dois crepes de morango e chocolate, um bule de café, dois sucos de laranja, *bacon*, presunto, salsicha", Keith pediu, sem olhar o menu. E, disse virando-se para Esther: "Você gosta de carne?"

"Acho que sim."

"*Bacon* para dois", Keith disse ao garçom.

Depois de feito o pedido, ele falou:

"Vamos dar uma olhada nisto", e pegou a folha de papel.

Esther deu uma guinada para frente, não para enxergar melhor: a cadeira atrás dela a tinha empurrado.

Ela se virou: um homenzarrão sentava-se à outra mesa, bem atrás dela. E ajeitava-se na cadeira sem nenhuma consideração por quem estava ao redor. Por fim, ele pareceu se acomodar.

Esther sorriu para Keith. Já ia falar quando sua cadeira foi novamente atingida por trás, fazendo-a esbarrar na prataria.

"Ei, o senhor aí. O senhor está incomodando a minha amiga."

O homem simplesmente o ignorou. Keith repetiu o que havia dito, e o homem rebateu:

"Já ouvi".

Ela viu os olhos cinzentos de Keith se inflamarem.

"Com licença, Esther", ele disse, e foi na direção do homenzarrão. Inclinou-se e falou algumas palavras no ouvido dele. Esther tentou escutar, mas não ouviu nada. O homem, por sua vez, entendeu perfeitamente. Ficou sem graça e branco como um lençol. Seus lábios tremeram e seu queixo começou a bater. Enquanto Keith se sentava de novo na cadeira, o homem saía em disparada do restaurante, como se seu traseiro estivesse em chamas.

"O que você disse pra ele?", Esther quis saber.

"Disse que o pau dele estava pra fora", riu Keith, dando de ombros.

"E isso o fez sair apavorado?"

"Um pau pra fora pode ser bastante constrangedor."

"Qual é mesmo o seu negócio? Acabei esquecendo." Esther sabia que a família de Bram tinha dinheiro, mas não estava certa de onde vinha. Felizmente, bem administrado.

"Tenho uma frota de carros e limusines sediada em Manhattan, Staten Island e Newark", ele disse.

"Que ótimo!" Esther ficou perturbada, pensando: Ele tem conexões.

Keith exibiu outra vez a folha de papel.

"Isto estava no chão, perto do balcão da recepção! Reconheci a letra do Bram de cara! Afinal, trocamos cartas mensalmente, um hábito que começou quando ele foi para a faculdade. Chegamos a cogitar em substituí-las por *e-mails*, mas preferimos manter a tradição." Keith fez uma pausa. "Ele deve ter deixado essa carta ontem, e ela passou a noite toda no chão."

"É bem possível", ela disse.

Ele abriu a folha sobre a mesa. Leu rapidamente o conteúdo e passou-a para ela.

Querido pai,

Depois darei as explicações, mas agora preciso passar um tempo sozinho. Entrarei em contato com você assim que me sentir preparado. Não tente me encontrar.
Desculpe.

Bram

Esther já tinha lido a carta para vetar as ambigüidades. E, na ocasião, aprovou a concisão. Mas agora que soubera da correspondência habitual entre pai e filho, achava que a carta devia ter sido mais pessoal, mais carinhosa. Sentiu uma inesperada ponta de ciúme. Ela e Penny raramente trocavam palavras significativas – em cartas ou por qualquer outro meio.

"Você vê? Ele está bem. Está se preocupando por nada", disse Esther.

Keith releu a carta, dobrou-a e colocou-a no bolso.

"Por que diabos ele escreveria em folha de desenho, e ainda por cima com lápis de cera? Será que se escondeu num jardim de infância? E por que escrever em marrom? Ele odeia o marrom. E o amarelo. E mais ainda a combinação dessas duas cores. Ele não gosta de tons que evoquem funções biológicas."

"Ele é advogado, não decorador de interiores", Esther replicou.

Keith riu.

"Você não é tão séria", ele falou, ao ver que ela não o acompanhava no riso.

"Será que os homens já se preocupam com essas coisas e eu nem notei?", disse Esther, verdadeiramente confusa. Na verdade, fazia vinte anos que ela não observava os homens.

"Bram não é advogado!", Keith exclamou. "É cenógrafo e carpinteiro. Na Broadway e em outros teatros do país."

"Ele é advogado, sim", ela insistiu. "Lembro que ele disse que trabalhava para a família Newhouse."

"Ele é contratado do Newhouse Theater, do Lincoln Center", Keith replicou. "Foi assim que ele e Penny se conheceram. O Bram é que fez os cenários de *Anything Goes*. Penny dançava no coro."

"Sei que ela dançava. Vi a peça três vezes", ela frisou.

"O primeiro encontro deles foi na festa de estréia."

"Eu já sabia", disse Esther. Mas não sabia. Ela não costumava prestar atenção nas coisas que Penny falava sobre Bram... ou sobre qualquer outro namorado. Esther tratava todos eles com indiferença, uma atitude que podia ser interpretada (pelos mais sensíveis) como rejeição. Já no ginásio, Penny deixara de levar os namorados em casa. Na universidade, parou de falar sobre eles. E quando por acaso fazia comentários de sua vida afetivo-sexual, Esther mudava abruptamente de assunto. Ela se negava a ouvir o que a filha dizia de seus relacionamentos, fingindo que não existiam. Acontece que Bram não pudera ser ignorado. Penny praticamente o havia imposto.

"Bram se vestia como um advogado", disse Esther ao se lembrar de que ele se apresentava de terno em muitos jantares em sua casa.

"Só estava tentando causar boa impressão em você", Keith explicou.

Pois Bram tinha conseguido o oposto. Já no primeiro jantar que dera ao casal, Esther o vira como um advogado desprezível de Manhattan, que tolerava com condescendência o provincianismo dela. Ele falou muito pouco, como se estivesse bem distante da conversa dela. E quase não tocou no jantar, como se estivesse acima da comida que ela servia. Esther, então, lembrou-se da bandeja que tinha sido deixada no quarto de brinquedos na noite anterior. Ele raspou os pratos, ela pensou, sorrindo.

"Bram nunca trabalhou em escritório", disse Keith. "É um construtor nato. Com doze anos de idade, ele aproveitou as férias para desmontar algumas cadeiras velhas que iam para o lixo, e com a madeira construiu uma casa na árvore. Ainda me lembro que depois de sair da cidade nas sextas-feiras e dirigir até nossa casa em East Hampton, sempre o encontrava martelando numa plataforma em cima da árvore. Ele tinha inventado um sistema movido por uma corda que alçava as tralhas todas até a árvore. Fez tudo isso sem que ninguém o ensinasse. Fiquei pasmo. E ele continua a me surpreender. Com algumas ferramentas e uma pilha de sucata, é capaz de construir a Torre Eiffel."

Keith estava radiante. Como se orgulhava do filho! Esther se perguntava se Keith soubera das agressões que Penny sofrera desde que conhecera Bram, o construtor talentoso tão bom com as ferramentas.

"Sua esposa é falecida?", Esther perguntou.

Keith ficou surpreso com a rápida mudança no rumo da conversa.

"É, sim. Ouvi dizer que o seu marido morreu num terrível acidente, não é?

"Alguns dizem que foi 'terrível'", ela replicou. "Outros dizem que foi 'providencial'."

"Então nós dois somos viúvos", ele concluiu.

"Meu marido morreu durante o processo de assinatura do divórcio. Na verdade, me sinto divorciada."

"E quando foi isso?", ele quis saber.

"Há quinze anos", ela disse. "E quando sua esposa faleceu?"

"Há dois anos", ele disse.

"Doença longa e terminal?"

"Ataque cardíaco", ele esclareceu. "Ela estava fazendo compras na Pottery Barn, no Soho."

"Que coincidência!", exclamou Esther. "Meu marido também estava em frente à Pottery Barn do Short Hares Mall quando... morreu."

Finalmente, chegaram os crepes, o café e os derivados de porco solicitados. Keith acrescentou leite ao seu café e se serviu de salsichas.

"Olha esses crepes!", ele exclamou, sorrindo radiante para Esther, com uma expressão de gula que antecipava o prazer da refeição.

Esther também se flagrou sorrindo. Ele era um homem bom. Cheio de amor paterno, de apreço pelos prazeres simples e de autoconfiança. A despeito de seus sentimentos por alguns membros da família de Keith, ela gostava dele. Mas gostava até certo ponto. Afinal, aprisionara o filho dele.

"Você volta hoje pra cidade?", ela indagou enquanto cortava o crepe.

Ele bateu no bolso onde estava o papel.

"Agora que já tive notícias de Bram, não tem mais sentido continuar aqui."

"Tenho certeza de que logo você receberá notícias dele."

"Você fala como se soubesse de alguma coisa", ele disse de supetão.

"Só estou sendo positiva", ela gaguejou. "Pensando pra cima. Sou assim mesmo! Uma eterna otimista!"

"Não estou gostando nada do papel amarelo e do lápis de cera marrom", Keith falou enquanto mastigava o *bacon*. "A colcha desaparecida. O champanhe no chão. Tudo isso me preocupa."

Ele apertou os lábios, abaixando a cabeça, e se fixou no prato. Esther notou que ele não havia perdido um só fio de cabelo, que exibia a mesma tonalidade castanho-dourada dos cabelos de Bram, exceto pelo grisalho nas têmporas. E calculou a idade dele em torno dos cinqüenta anos, embora ele aparentasse quarenta e cinco.

"Bram sabe se virar", Keith falou enquanto cortava a metade de um crepe, engolindo-a de uma só mordida.

"Isso não passa de preocupação natural de pai", Esther afirmou.

"Se Bram estiver em perigo, ele se safa. Ele é engenhoso."

"Aposto que não está correndo perigo", disse Esther.

"Bram tinha oito anos de idade no dia em que ficou trancado no banheiro", Keith comentou. "Com uma tesourinha de unha, ele cortou uma toalha, uniu as tiras e desceu pela fachada de nossa casa da rua West 86. Alice, minha esposa, ouviu o barulho e deu de cara com ele na parede como se fosse um gato. Não preciso me preocupar. Se ele tiver os instrumentos certos nas mãos, qualquer coisa, um garfo, uma faca, escapa até de Alcatraz."

Esther suou frio. O pedaço de crepe bateu no seu estômago como uma pedra.

Toda vez que Natasha levava comida para Bram, deixava facas, garfos e colheres de aço inoxidável com ele.

"Acabei de lembrar que preciso fazer algumas coisas. Tenho que ir embora. Muito obrigada pela refeição", ela falou, levantando-se bruscamente. Com passos largos, saiu do Coq et Boule, atravessou o saguão, voou até a Volvo estacionada e disparou cantando os pneus, e quase bateu no fusca verde que descia pela via de acesso do hotel.

Capítulo 12

ONDE SE METEU O TAL CACHORRO?, Penny se perguntava. Tinha procurado por tudo quanto é canto, pelo jardim, pelo bosque e pelas cercanias. Enquanto subia pelo caminho que dava para a entrada principal da mansão, ela pensou que talvez o cachorro tivesse passado mal com toda aquela comida que Natasha lhe dera, ou se cortara ao morder o prato de porcelana (por que Natsaha servira um animal com um prato de porcelana ainda era um mistério). O bicho podia ter sido atacado numa briga com algum guaxinim furioso na disputa por uma costeleta. Além do mais, não havia nem sinal da bandeja. O tal lugar secreto de Natasha continuava secreto. Penny não conseguira encontrar nada nos três acres de propriedade.

Sentou-se na escada frontal da casa e mais uma vez assoviou para atrair o vira-lata que ela já chamava de Lester, mesmo sem saber se era macho ou fêmea. O gênero não tinha a menor importância. Ela o chamaria de Lester, e ele seria seu novo melhor amigo. Cuidaria dele e em troca receberia a lealdade e a afeição de um animal tolo.

É claro, ela teria que providenciar uma casinha. E uma guia. E uma coleira. E toda a parafernália que as pessoas usam para assegurar a devoção incessante dos cães. Ele seria afetuoso, mas só amaria a ela.

Enquanto Penny assoviava, a Volvo de Esther subia pelo caminho e freava bruscamente ao chegar. Bem atrás da caminhonete, o fusca verde de Vita também freava e quase batia na Volvo.

Esther saiu apressada, deu um tapinha na cabeça de Penny e disse:

"Já volto. Tenho que checar uma coisa."

"Mãe, eu quero adotar o cachorro", disse Penny. "E estou pensando em ficar aqui por um tempo."

"Daqui a pouco a gente se fala, tá?", Esther falou enquanto entrava em casa.

Vita foi mais lenta para sair do carro.

"Estou completamente zonza", disse para Penny. Trôpega, ela caminhou e sentou-se na escada ao lado da ex-noiva.

"Você acha que eu posso ser amada?"

"Você lembra que ontem, quando voltamos para cá, quase fomos atingidas por um motorista lunático?", perguntou Vita ignorando a questão.

"Vagamente", disse Penny. Quase tudo o que se referia ao dia anterior estava enevoado.

"Três minutos atrás o mesmo carro quase me pegou outra vez ao sair do Plaza em disparada. Aí resolvi seguir o maníaco. Não há nada que me irrite mais que motoristas agressivos. Fico fula da vida com essa gente."

"E por que... isso me interessaria?", Penny indagou, sorrindo.

"Porque é daqui, sua peste!", Vita rebateu. "O carro que quase me matou duas vezes é de sua mãe!", ela exclamou, apontando para a Volvo.

"Impossível!", Penny contestou. "Ontem mamãe estava no hotel quando voltamos pra cá."

"É o mesmo carro, o mesmo motorista", Vita afirmou.

"Você está sugerindo que mamãe mentiu sobre o seu paradeiro ontem?"

"Sim", disse Vita. "E você tem que dizer isso pra ela."

"De jeito nenhum", Penny retrucou.

"Então, eu é que vou falar com ela", disse Vita, agora vestida com um tubinho vermelho e branco arrematado por um *top* preto. "E você é adorável. Mesmo quando age como uma chata. Minhas pernas estão bambas. Você acha que a Natasha ainda será condescendente em relação ao Valium?"

"Vamos lá perguntar", disse Penny.

Entraram na casa e Vita se surpreendeu com a enorme pilha de presentes na entrada.

"Deve ter uma centena de caixas."

"Cento e trinta e cinco", afirmou Natasha, que já os tinha catalogado para devolução.

"Onde está a sra. Bracket?", Vita quis saber.

"Está com dor de estômago", disse Natasha.

"Algum sinal do cachorro?", Penny inquiriu.

"Esquece o cachorro", replicou Natasha.

"Pois vou pegá-lo, amá-lo e chamá-lo de Lester."

"Ele já foi embora. Desapareceu no bosque. A essa altura já deve estar em Newark", Natasha insistiu.

Penny negou com a cabeça.

"Em Newark nenhum vira-lata ganha costeletas. A menos que tenha sido atropelado, o que é perfeitamente possível, ele vai voltar pra cá. E estarei esperando por ele com uma casinha, uma guia e uma coleira." Mas antes Penny teria que comprar tudo isso. "Vita!", ela gritou.

"Fala, Penny!", sua amiga respondeu.

"Vamos ao *shopping*."

"Não até que eu fale com sua mãe sobre o modo como ela dirige."

"Me dá a chave do seu carro", Penny pediu estendendo a mão.

"Calma, já dou", Vita rebateu. "Primeiro você tem que se vestir, né?"

O *shopping* estava sempre cheio nas manhãs de sábado, justamente como ela gostava.

"Já vou", disse Penny, subindo a escada de três em três degraus. Virou à esquerda, entrou apressada no quarto e vestiu o jeans da época de colégio. A perspectiva de ir ao Short Hares Mall, com seus elevadores de vidro, seu piso de lajotas douradas e suas centenas de lojas sofisticadas, deixou-a excitada, a despeito da história infeliz de sua família naquele lugar. Ela se entregaria a uma espécie de terapia restauradora. Comprar para espantar o sofrimento. Proveria o seu futuro companheiro canino e depois proveria a si própria para uma vida nova.

Uma vida nova como noiva abandonada. Bem melhor que divorciada, ela pensou, com a experiência de quem tinha visto muito de perto como esse processo suga o fluido vital da medula das mulheres. Sua mãe tentara educá-la para tomar cuidado com homens e compromissos. Penny se rebelou, e a partir da oitava série começou a dizer sim para os rapazes toda vez que era solicitada. Manteve o corpo em ótima forma para as paqueras na piscina. E acabou ganhando com isso, porque sua vida de academias de ginástica e aulas de dança transformou-se em uma carreira.

Ter dito sim para a proposta de Bram talvez tenha sido o meu último ato de rebeldia, Penny pensava enquanto escovava o cabelo. Ela se perguntava se todas as noivas abandonadas se sentiam igualmente humilhadas, desapontadas, rejeidas e... aliviadas.

Plaft. Um barulho surdo veio de cima. Ela olhou para o teto.

Estranho, pensou. O quarto de cima era um depósito trancado. Será que a mãe estava lá?

Curiosa, Penny caminhou na direção do segundo lance de escadas. Olhou para baixo e viu o saguão vazio. Vita e Natasha deviam estar na cozinha. Olhou para o alto da escada, na direção do ático.

"Mãe?", ela chamou. "Você está aí em cima?"

Nenhuma resposta.

Já fazia dez anos que Penny não pisava no terceiro andar. Sua mãe o mantinha escuro, frio e abafado. Esther utilizava os cômodos para guardar a reserva de tapetes, cadeiras, máquinas de costura e tabuleiros de xadrez. Talvez um guaxinim tenha entrado pela claraboia no velho quarto de brinquedos e esbarrado nos móveis, Penny pensou.

"Alô! Tem alguém aí?", chamou de novo, agora mais alto. Silêncio. Esse barulho não foi nada, ela concluiu. Anotou mentalmente a necessidade de conversar com Natasha sobre a possível presença de animais no terceiro andar, e desceu alguns degraus da escada.

Plaft. Dessa vez Penny sentiu a vibração nas tripas. Isso não é um guaxinim, ela pensou. Era maior. Muito maior. Virou-se e foi investigar o terceiro andar.

Capítulo 13

De joelhos na mesinha de criança, Bram debruçava-se sobre a lista do seu inventário:

(3) cordas de pular
(4) estantes 2 x 3 x 1 – pregos reutilizáveis???
(1) raquete de tênis – cordas reutilizáveis???
(1) mesa – pernas destacáveis (checar)
(2) cadeiras – pernas destacáveis (checar)

Se eu tivesse um martelo, Bram pensou consigo mesmo. Ele tinha um martelo de manhã, ele tinha um martelo de noite: Esther Bracket. Estava acordado desde que o primeiro raio de sol brilhara pela clarabóia. As horas de solidão já pesavam. Bram estava preso havia aproximadamente vinte e quatro horas (segundo o que pôde contar), e não pretendia passar mais um dia trancafiado.

Ele havia zanzado pelo quarto por mais ou menos uma hora até que resolveu ir ao banheiro. Quando saiu, uma outra bandeja estava no chão, perto da porta. Seus olhos voltaram-se diretamente para o espelho. Será que sua monitoração seguia um horário? Obviamente, Esther Bracket tinha uma cúmplice. Talvez a russa.

Bram pôs a travessa na mesa, perto da lista do inventário. Enquanto comia, tentava calcular a altura do teto. Mas nisso sua habilidade de carpinteiro era falha: ele era péssimo em calcular distância. Por isso, sempre usava uma régua presa no cinto. Mas ela estava em seu estojo prateado, quadrado, pesado e compacto, sobre a cômoda do quarto em sua casa.

"Que falta você me faz", ele disse em voz alta, pensando na sua fiel régua portátil.

"Já?", alguém falou, fazendo-o derrubar o garfo. "Só se passaram algumas horas."

"Esther?", ele chamou. O sistema de som era velho (ele tinha examinado os alto-falantes, defasados em pelo menos vinte anos). Como na véspera, a voz dela estava distorcida e quase irreconhecível.

"Esperava por outra pessoa?"

"Se você quiser, posso começar a subscrever os envelopes", ele disse com um tom amistosamente fingido. "O meu tempo neste momento está mais ou menos disponível."

"Por que você me disse que era advogado?"

"Eu não disse. Você é que tirou essa idéia sabe-se lá de onde", ele respondeu, surpreso.

"Você podia ter me corrigido", Esther rebateu. "Se você tivesse colhões, teria me corrigido."

Bram (cujos colhões eram bem maiores que a média) explicou-se:

"Você tem razão. Desculpe. Bem que eu quis. Cheguei até a preparar as palavras, mas não tive chance."

"Você teve chance de sobra", ela replicou. "Todos aqueles jantares em casa."

"Destoaria das conversas", disse Bram. "Pelo que me lembro, meu trabalho nunca veio à baila nesses jantares. Você e Penny falavam sobre casa e notícias de pessoas que nunca conheci e nunca conhecerei. Toda vez que Penny tentava me incluir na conversa, você fazia de tudo para me cortar. Não era nada agradável ser o namorado invisível. O que você desejava mesmo era que eu sumisse de vez. E agora me mantém trancado em sua casa. Tenho certeza que você vê a ironia disso."

Não se sabe se Esther via ou não, porque não falou nada.

De braços cruzados, Bram esperou que ela dissesse alguma coisa. Depois de alguns minutos, voltou-se para a comida. O menu do casamento estava delicioso. Especialmente o salmão. Ele podia comê-lo o dia todo. E provavelmente comeria.

"Claro que esse quarto era o quarto de brinquedos da Penny", ele disse ao notar que Esther ainda o observava. "Acho que os alto-falantes foram instalados quando ela ainda era criança. E você ficava aí sentada no quarto de controle espionando a filha. Não compreendo por que uma criança precisava ser espionada. A não ser que tivesse algum problema."

"Os únicos problemas que Penny teve na vida foram um pai negligente e um noivo fracassado. Ambos razões de sobra", Esther falou, e arrematou: "Por que você esvaziou aquela estante?"

Merda! Ele tinha que ter reposto tudo no lugar, para não parecer que havia mexido. Levantou-se bruscamente e derrubou a cadeirinha.

Plaft.

"Desculpe." Ele se aproximou da pilha de livros infantis que estavam no chão. Pegou um dos livros, *Os Ovos Verdes e o Presunto*, e disse: "No ano passado jurei que ia reler esses clássicos".

"Seria melhor que você não usasse a palavra 'juramento'", ela o advertiu. "Você e Penny devem ter achado muito engraçado quando o confundi com um advogado. Devem ter rido muito às minhas custas."

"Não rimos, não", ele afirmou. "A situação não era engraçada."

"O que você está desenhando? Traz até o espelho."

"Apenas rabiscos. Besteira", ele falou, tentando voltar até a mesa para rasgar a lista. Na pressa, acabou tropeçando na pilha de livros e caiu no chão.

Plaft. Na queda, o maxilar de Bram colidiu com a cadeirinha, fazendo-o ver estrelas.

"Ai, meu Deus", ele gemeu. "Acho que desloquei o maxilar", disse entre dentes, segurando o queixo. "Chama um médico, isso é sério. Se você tiver um pouco de piedade no coração, me leva para o hospital, por favor!", implorou, rolando de dor no chão.

Silêncio. Bram continuava a se contorcer de dor, protegendo a parte inferior do rosto. E se manteve assim enquanto pôde. Talvez por dez minutos. Depois, começou a se sentir ridículo.

"Ok, estou de volta", disse a voz. "O que foi que perdi?"

Será que ela não tinha assistido à encenação dele?

"Acho que desloquei o... deixa pra lá."

"Eu quero os utensílios."

"Que utensílios?" O coração dele deu um pulo.

"Você sabe: faca, colher, garfo. Põe tudo perto da porta e depois se tranque no banheiro. Você vai ter que comer com as mãos até eu trazer talheres de plástico. Não tente ficar na porta, senão atiro."

"Pelo que sei, você não tem armas", ele zombou.

"Em Nova Jersey todo mundo tem arma", ela afirmou com convicção.

Ele acreditou e pôs a faca, a colher e o garfo perto da porta. Em seguida, trancou-se no banheiro.

Enquanto Esther pegava de volta as ferramentas de Bram, ele investigava (outra vez) o banheiro em busca de câmeras escondidas. Não encontrando nenhuma, colocou-se de cócoras e começou a procurar alguma coisa atrás da privada. Alcançou com a mão o que queria e puxou um embrulho de papel higiênico. Desembrulhou-o e sorriu: lá estavam uma faca, um garfo e uma colher.

Ele os havia roubado na noite anterior. A essa altura os pratos sujos já deviam estar na máquina de lavar louças, e ninguém se preocuparia em conferir os talheres que faltavam.

Capítulo 14

Aquele chamado de "mãe?" ecoando da escada paralisou o coração de Esther. A voz de Penny estava próxima. Muito próxima. Esther saiu correndo do quarto de controle (fechando a porta atrás de si) e deparou-se com Penny já no terceiro andar.

"O que está fazendo aqui?", Penny perguntou, olhando por cima dos ombros de Esther.

"Nada, só estava vendo algumas coisas no depósito."

"Ouvi um baque. Foram dois baques", Penny afirmou.

"Ah, era eu", disse Esther com energia. "Esbarrei com esses meus quadris enormes. Sou tão desastrada! Uma anta! Não é todo mundo que consegue ser tão elegante como você."

Penny apertou os olhos, e Esther notou que a filha não tinha se convencido.

"Você está se sentindo bem?", disse Penny.

"Ótima!", Esther exclamou.

"Eu sabia que você ficaria feliz com o que houve", Penny falou. "Mas não pensei que ficasse tão exultante."

"Não estou feliz, não", Esther contestou. "O que Bram fez com você foi horrível. Lamento muito, Penny."

"Isso foi quase sincero", disse Penny. "Quero falar sobre o cachorro."

"Cachorro? Você quer dizer Bram?". Que progresso!, Esther pensou.

"O vira-lata. Aquele que está sendo alimentando por Natasha desde ontem. Vou pegá-lo, e ele vai ficar comigo. E também vou me mudar pra cá por um tempo", disse Penny. "Eu e o cachorro vamos morar aqui. Juntos." Ela lançou um olhar penetrante com descarada petulância, um desafio óbvio. O corpo de Penny tinha crescido, Esther pensava, mas o rosto não mudara desde os cinco anos, especialmente quando se crispava com essa petulância. Esther sabia que se vivesse cem anos e a filha, setenta e oito, sempre a veria como um bebê cujas mãozinhas mais pareciam estrelas-do-mar.

Ela também sabia que o retorno de Penny naquele dia podia parecer uma boa idéia, mas certamente a filha mudaria de idéia no dia seguinte (ou na semana seguinte). A garota estava vulnerável. O apelo da casa – de companhia, de comida na mesa, de roupa lavada, de conta do telefone paga – parecia reconfortante. Esther sentia falta de Penny desde que ela havia se mudado para Nova York cinco anos antes, mas a sua obrigação de mãe era fortalecer a autoconfiança e a saúde psicológica da filha. Agora, porém, um problema preocupante: o hóspede aprisionado. Não, Penny tinha que voltar para a cidade. E quanto antes.

"Vamos descer a escada e sair daqui", Esther falou, tomando a iniciativa.

"Já me decidi e pronto", disse Penny.

"E seu apartamento?"

"De qualquer forma, eu ia mesmo sair de lá para morar com Bram." A voz de Penny tremeu ao mencionar o nome do noivo.

O que vou fazer com ele?, Esther se perguntava pela centésima vez. Levá-lo para Pine Barrens? Golpeá-lo outra vez na cabeça, torcendo por uma amnésia?

"Estou excitadíssima por você querer voltar pra casa! Mas você devia tirar alguns dias para pensar. Por que você e Vita não vão até a cidade? Fazer compras! Pode deixar que eu pago."

"Pensei que talvez você pudesse me ensinar a cultivar a capacidade de auto-recuperação."

"Você devia ter dito que o Bram não é advogado", disse Esther, já no segundo andar, distante da zona de perigo.

"O que isso importa?", Penny replicou. "Advogado, cenógrafo, encanador. Você o odiaria de qualquer jeito."

"Tenho razões de sobra!", Esther afirmou.

"Já sei, os meus ferimentos", disse Penny. "E se eu dissesse que foram consensuais?"

"Você se deixava ser agredida?"

Blém!

"É o Bram!", Penny exclamou com brilho nos olhos ao ouvir o som da campainha da porta.

"Não é", disse Esther, achando que era uma outra caminhonete que chegava do Plaza.

"Pode ser", Penny retrucou.

"Impossível", Esther afirmou.

"Você sempre tem que ser negativa!" Penny correu até a porta, irritada.

Esther teve que se conter para não dizer: *Não, não sou!*

Enquanto Penny se dirigia até a porta de entrada, Esther subia rapidamente até o terceiro andar para pegar os talheres que Bram tinha devolvido. Isso só levou um minuto. Depois ela desceu apressada para receber a pessoa que batera à porta.

Um homem. Abraçando sua filha.

"Keith!", espantou-se Esther, descendo a escada e escondendo os talheres no bolso do casaco. "O que o traz aqui?"

Abraçado a Penny, ele olhou para Esther. Ela achou que ele havia perdido o fôlego ao vê-la. Penny afastou-se do peito de Keith com os olhos vermelhos e inchados. Tinha chorado, e recebia o conforto do ex-futuro sogro. Esther sentiu uma ponta de ciúme. Penny sempre chamava a atenção dos homens.

"Bem-vindo", disse Esther, flanando pela escada para parecer o mais natural possível, e rezando para que Keith não pedisse para conhecer a casa toda.

"Quanto tempo!", ele disse com um sorriso para Esther. Para Penny, fez uma promessa: "Vou encontrá-lo. Nem que tenha que contratar vinte detetives e gastar um milhão de dólares, garanto que vamos até o fundo dessa história."

Keith apertou o ombro de Penny, de lábios comprimidos, transmitindo coragem. Seus olhos transmitiam segurança. As sobrancelhas arqueavam-se em consideração. Não era de estranhar que Penny tivesse desabado em sua presença. Era um homem bom. E como era... Mas Esther era melhor.

"O que o traz aqui, Keith?", ela perguntou.

"Eu precisava ter certeza que você estava bem", ele disse. "Você largou tão abruptamente o seu café-da-manhã!"

"Estou bem", ela disse.

"Café-da-manhã?", Penny inquiriu.

"Fui até o hotel para resolver um assunto e acabei encontrando Keith. Tive que voltar por causa de uma dor de cabeça repentina. Mas já passou."

"Que bom!", disse Keith, fazendo uma pausa ao entrar no saguão para olhar a parede de presentes. As flores do funeral. "Vocês têm uma bela casa."

"Mamãe é colecionadora de antiguidades. Quartos e mais quartos entulhados de coisas. Ela tem uma das maiores coleções de cadeiras Queen Anne do país", Penny falou.

"Verdade?", Keith admirou-se.

"Mostra a casa pra ele", disse Penny. "Além de todas as coisas expostas, ainda tem uma tonelada de objetos estocados no terceiro andar. O bastante para encher uma outra casa, não é, mãe?"

Esther engoliu em seco.

"Eu adoraria conhecer a casa", disse Keith.

Esther abria a boca pensando numa boa desculpa quando Vita entrou pela porta da cozinha. Pela primeira vez Esther ficou feliz ao vê-la.

"Senhora Bracket, disse ela, expandindo as palavras, tenho umas perguntinhas pra lhe fazer. Sobre o seu jeito de dirigir."

O que essa tagarela insignificante está falando?, pensou ela.

"Como disse?", Esther perguntou o mais educadamente possível.

"Hoje, aproximadamente às dez da manhã, a senhora foi vista saindo do Plaza Hotel, dirigindo tão loucamente que quase bateu num fusca verde... o meu. Sem que notasse, segui atrás da senhora até aqui. Ontem, aproximadamente às quatro da tarde, fui fechada na rua por um lunático que dirigia uma caminhonete Volvo vermelha."

"Não podia ter sido eu", Esther afirmou. "Nessa hora eu estava no Plaza."

"Fazendo o tipo da policial durona?", Penny questionou a amiga.

"Gostou?", Vita quis saber.

"Muito autoritária."

"Você prefere um tipo mais gentil e popular, não é?"

"E quem não prefere?"

Vita passou a língua nos lábios e voltou-se outra vez para Esther.

"Fica entre nós, querida, pode contar tudo. Sou toda ouvidos. Sou mesmo. A senhora sabe de algum vizinho que dirige uma Volvo vermelha igual à sua?

"Não só um como vários", Esther respondeu.

"A senhora não estaria mentindo?", Vita perguntou, caprichando na voz arrastada do seu vil personagem – e excluindo-se oficialmente da lista de convidados de Natal de Esther. "Imagine então se eu batesse em algumas portas. Só para fazer novos amigos."

"Você pode tentar", Esther replicou com sarcasmo. Seus vizinhos certamente trancariam a porta quando a vissem chegar.

"Algum sinal do cachorro?", Penny perguntou.

Vita parou de lamber os lábios (graças a Deus) e respondeu com seu tom normal (embora enfadonhamente nasalado) de voz.

"Eu e Natasha assoviamos por ele durante uns vinte minutos."

"Onde está Natasha?", Esther quis saber.

"Saiu", disse Vita.

Até então hipnotizado pela atuação canastrona de Vita, Keith perguntou:

"Desculpe, Esther. Mas isso em seu bolso é um garfo?"

"Ou é só felicidade por vê-lo?", Penny comentou em tom picante.

O comentário fez com que Vita e Penny começassem a rir como idiotas. Keith corou. Aquela simples pincelada de rubor suavisou a expressão daquele homem tão severo.

"Nós vamos fazer compras", Penny avisou.

"Na cidade?", Esther quis saber.

"No *shopping*. Você disse que pagava." Penny voltou-se para a visita e perguntou. "Você vem jantar com a gente, não vem? Por favor."

"Eu adoraria", ele disse olhando para Esther, "mas não quero incomodar".

"Infelizmente, ele está deixando a cidade", Esther falou.

"Mudei de idéia", ele disse. "Nova Jersey me parece mais cativante neste momento."

"Não, não, esta cidade é muito maçante", Esther corrigiu. "É um tédio. Se eu fosse você, caía fora logo que pudesse."

"Short Hares não é tão ruim assim. Alguns lugares são bem interessantes", Keith disse sorrindo, desta vez olhando nos olhos dela. Todos notaram. De repente, a calcinha de Esther ficou molhada. Ela pensou que podia ser incontinência urinária (tinha lido que essas coisas podem acontecer). Mas depois ela se deu conta: estava excitada.

"O que você quer dizer com cativante?", ela perguntou.

Penny deu uma tossida.

"Sei quando estou sobrando", ela disse, e logo saiu com Vita. Esther e Keith ouviram o motor do fusca até que todo o ruído cessou completamente – exceto por um crepitar tenso às suas costas.

"Você ouviu?", Keith perguntou.

"A crepitação?", disse Esther.

"O som de um martelo batendo. Está vindo lá de cima", ele falou.

Esther engoliu em seco. Tinha que tirá-lo de lá.

"Por que não começamos pela parte externa da casa?", ela sugeriu, segurando Keith pelo braço enquanto andavam.

Keith se deixou conduzir bem ao lado de Esther. Era mais alto que ela. Apesar de sua altura, ela nunca se sentira tão baixa.

Ela o levou pela sala de pingue-pongue, a sala de jantar, o solário, a galeria. Atravessaram as portas duplas que se abriam para fora, desceram pelo caminho pavimentado que rodeava a casa, passaram pela piscina e foram até o jardim. Esther gastava milhares de dólares por ano só para mantê-lo. Ela cuidava dele e o regava, mas contratara um profissional para fazer o trabalho pesado. Esther não pegava no pesado.

O jardim tinha dois canteiros principais encostados num muro de pedras. Esther se orgulhava especialmente da cerca viva de azaléias floridas que se estendia em torno de toda a propriedade. Ela instruíra o sr. Alonzo, o jardineiro, para podá-las ao estilo grego, de modo que a cerca parecesse o muro de um labirinto vista de fora.

"Tenho vizinhos abelhudos", disse Esther enquanto colhia uma flor rosada.

"Isso é quase uma cerca viva", Keith comentou.

Inexplicavelmente, ela se ruborizou vivamente. Malditos capilares!

"Seus vizinhos", ele disse. "O que é que você não quer que eles vejam?"

"Apenas preservo a minha privacidade."

"Deve ser horrível se sentir observado", ele concordou. "Como naquelas salas de interrogatório com espelhos de duas faces."

"Sim", Esther falou com pesar. "Isso seria horrível."

Russell é que tinha insistido em construir o quarto de brinquedos. Ele costumava dizer que Penny era uma filha preciosa. Não deixaria que nada de mau acontecesse a ela.

"Sob sua vigilância." Na época Esther não entendeu o que ele realmente quis dizer. Mas isso ocorrera no começo da década de 1980, quando a histeria em relação às crianças molestadas atingia o ápice. Um grande número de reportagens – o professor de um jardim-de-infância em Summit, o conselheiro de um acampamento em Perth Amboy – dominava os jornais de Nova Jersey. A cada dia o jornal *Star Ledger* publicava novas acusações contra babás, padrastos, padres. Surgiu no mercado a primeira onda de equipamentos de espionagem e câmeras espiãs. Russell comprou a histeria e a tecnologia. Contratou um profissional para deixar o quarto à prova de som e instalar alto-falantes e um espelho de duas faces. Esther não se opusera. A segurança estava em primeiro lugar. Russell pediu que ela observasse Penny e a babá inglesa – que ele mesmo havia escolhido (isso acontece) – pelo menos de quinze em quinze minutos.

Russell revelou-se melhor espião que Esther. Passava horas (quando não estava em viagem) observando as brincadeiras de Penny com a babá, tempo que ele podia aproveitar para brincar com a filha. Atenção que ele podia dedicar a sua solitária esposa.

"Você está outra vez pálida", disse Keith. "Sua dor de cabeça voltou? Talvez fosse bom dar uma descansada. Vou levá-la ao seu quarto."

"É bom que você fique fora do meu quarto", Esther resmungou.

"O que é isso?", espantou-se ele, arqueando as sobrancelhas.

"Esther! Querida! Cheguei!", ouviu-se uma voz afetada atravessando o enorme gramado. Esther e Keith voltaram-se para a fonte, e lá estava a figura de Ashley Longmead, a doce vizinha de Esther, vestindo uma blusa de seda marrom e uma saia envelope creme, com os cabelos castanho-acobreados soltos e volumosos ao estilo de Ann-Margret. Ashley tinha nos pulsos braceletes de diamantes tão escandalosos que refletiam a luz do sol.

Esther acenou aliviada ao ver a amiga. Conhecia Ashley desde que chegara a Short Hares, trazida por Russell depois de duas semanas de namoro e um casamento relâmpago. No primeiro dia de mudança – vinte e cinco anos atrás –, Ashley recebeu-a com beijos nas bochechas e um alvo e deslumbrante sorriso. Agora Esther recebia a mesma afetuosidade; beijos e um abraço apertado. O rosto de Ashley não mudara quase nada desde o dia em que a conhecera, graças ao seu amado e finado marido, um cirurgião plástico. Lawrence tinha oitenta anos quando falecera, no ano anterior. A idade de Ashley ninguém sabia. Esther achava que ela beirava uns cinqüenta e poucos anos.

Ashley carregava um buquê de rosas em um dos braços. No outro, uma sacolinha com o logotipo da Gourmet Bakery.

Flores e comida. Exatamente o que Esther não precisava.

"Queridinha!", disse Ashley. "Lamento tanto por ontem! Procurei você como uma louca pelo hotel, para ver se estava precisando de ajuda, mas ninguém sabia onde você tinha se metido! Tenho certeza que você vai gostar de saber que Short Hares inteira está do seu lado. De verdade. Isso é tudo o que podemos dizer."

"Muita gentileza de sua parte me dizer isso", disse Esther.

Ashley estendeu a mão impecavelmente cuidada para Keith e apresentou-se.

"É o pai do noivo?", ela perguntou. "Eu me lembro de você, eu o vi ontem."

Keith fez uma reverência.

"Eu também prestei atenção em você. Seu vestido era estonteante."

Esther não tinha visto, mas podia imaginar. Ashley tinha o corpo de uma mulher de trinta anos e gostava de exibi-lo, geralmente em roupas de tons suaves (caramelo, chocolate, creme, etc.). Embora o sexo fosse o único tema que as duas vizinhas nunca discutiam (Ashley insinuava o assunto e Esther não tinha nada a relatar), Esther sabia que a amiga tinha alguns casos.

"Vamos pôs as flores na água?", Ashley quis saber.

Os três voltaram à casa e entraram pela porta da cozinha. Esther pediu a Ashley que levasse Keith até o solário enquanto procurava um vaso.

Ao vasculhar os armários, encontrou um vaso de cristal (que ganhara de presente de casamento). Colocou as rosas no vaso (o cheiro estava começando a lhe fazer mal) e depois espiou o conteúdo da sacola da confeitaria. Como de costume, Ashley trouxera os famosos biscoitos de lá: *palmiers*. Algumas pessoas costumavam chamá-los de "orelhas de elefante". Eram biscoitos amanteigados, cortados em círculos e assados com uma leve camada de açúcar por cima. A massa era leve, crocante e deliciosa. Ashley sabia que Esther adorava *palmiers* e que podia comê-los compulsivamente. Ela se sentiu incrivelmente bem, tocada pela gentileza da amiga – talvez a única amizade verdadeira que fizera em Short Hares.

Dispôs os biscoitos num prato e preparou um bule de café. Depois, colocou os biscoitos, o café, as xícaras, o creme e o açúcar numa bandeja e levou-a para o solário – seu cômodo favorito da mansão, com janelas que se abriam do teto ao chão e proporcionavam uma vista completa do jardim.

À medida que se aproximava, ouvia a conversa entre Ashley e Keith.

"É aquela com telhados de lajotas cinzentas", Ashley apontava.

"Então você mora bem aqui do lado", ele disse.

"Esther e eu somos muito próximas, de diversas maneiras", ela afirmou.

Esther sentiu um nó na garganta. Estava feliz pela visita da amiga. Entrou no solário e pôs a bandeja sobre uma mesa de vidro.

"Seus favoritos", disse Ashley.

"Obrigada", Esther agradeceu com os olhos marejados.

"Querida, seu jardim está mordiscado", Ashley falou. "Ah, já sei por quê."

Enquanto os três se deleitavam com a vista, uma família de esquilos aparecia num dos canteiros e começava a cavar e a roer as plantas.

"Não, de novo não", Esther comentou. A população de esquilos vinha se transformando vertiginosamente num dos maiores problemas de Short Hares. "O estado sancionou a caça aos ursos-negros e aos cervos. Quando é que vão sancionar a caça aos esquilos?", ela indagou.

"Deixa comigo", disse Ashley enquanto sacava de sua elegante bolsa uma pistola 22 de cabo de madrepérola que seu marido lhe dera de presente.

"Não antes do almoço", Esther contestou, descartando a oferta de Ashley.

Se Keith achou estranho que uma mulher de meia-idade carregasse uma arma na bolsa (embora não passasse de mais um acessório para Ashley), ele não comentou. Esther presumiu que na administração dos negócios dele (ou seja lá do que fosse que ele disse que fazia), todos portassem armas. Keith sentou-se no sofá de *chintz* e serviu-se de um biscoito. Enquanto o saboreava, Esther observava a expressão dele. E sorriu quando ele fechou os olhos para lamber os resíduos de biscoito que restavam nos lábios, soltando um *hummm* de aprovação.

Observando-o, Ashley também emitiu o mesmo *hummm.*

"Isto é ótimo", ele disse.

"Mas farinhento", Ashley replicou, apontando os resíduos nos lábios de Keith. Sentou-se ao lado dele no sofá e espanou os pedacinhos de biscoito para o piso de lajotas terracota.

Se Keith se incomodou com as mãos daquela estranha mulher limpando seus lábios, não deixou que ninguém notasse.

Esther sentou-se na poltrona à frente do sofá, avaliando a situação. Do seu jeito habitual, Ashley flertava com Keith descaradamente. E qual era o problema? Ele era um homem interessante, e ela, uma mulher livre.

"Então, Keith", disse Ashley. "Você é casado?"

"Sou viúvo."

"Somos três, então", ela afirmou.

"Eu sou divorciada", Esther frisou.

Ashley negou com a cabeça.

"Se você fosse realmente divorciada, não teria nada. Como viúva, você é uma mulher rica. Assuma de uma vez o que você é, querida."

Esther já ouvira Ashley expor essa lógica. Até que fazia sentido. Se Russell não tivesse resolvido passar no *shopping* – e morrido – antes de ir ao escritório do advogado, ele teria assinado o acordo injusto que Esther combatera por anos e no final se vira obrigada a aceitar. Ela teria perdido o direito sobre os bens de Russell e também a custódia de Penny.

Keith olhava fixo para Esther, com um misto de curiosidade e satisfação.

"O meu Lawrence era um anjo caído na terra. Sinto muita falta dele", Ashley comentou. Depois, tomando o maior cuidado para não estragar a maquiagem, passou um lenço sob os olhos.

"É duro perder a pessoa amada", disse Keith.

Grata, Ashley sorriu para ele e aproximou-se um pouco mais.

Esther observava, pasma e repugnada. A repugnância era um fato novo. Já estava acostumada com o jogo de sedução da amiga. Mas agora, ao vê-la jogar charme para Keith, ela estranhava.

Ele é meu, ela pensou. *Além do mais, é o pai do homem que mantenho trancado no ático.*

"Que náusea horrível me deu de repente! Ashley, depois você mostra a saída para Keith? Mas não se apressem. Vocês parecem estar tão bem... Odiaria incomodá-los", Esther falou, e levantou-se de supetão.

Keith levantou-se rapidamente. Ashley o seguiu.

"Penny falou algo a respeito de um jantar hoje à noite", ele disse.

"Eu adoraria jantar com você", disse Ashley. "Esther está tão adoentada que não poderá organizá-lo."

Ashley piscou para Esther. A mesma piscadela de quando saía furtivamente com algum homem das recepções beneficentes e dos jantares, alegando que precisava espairecer na varanda ou falar com o chefe ou encontrar o bar. Geralmente os homens logo mostravam interesse por Esther, mas eram interceptados por Ashley, vestida de maneira sedutora. Durante anos Ashley livrara Esther de situações desconfortáveis um sem-número de vezes. E toda vez que se via jogada entre um homem e Esther, ela dava aquela piscadela de cumplicidade para a amiga.

Dessa vez Esther não piscou de volta.

"Tenho certeza que depois de uma soneca estarei novinha em folha", ela disse para Keith. "Jantar, às seis."

Capítulo 15

"Apresento o lendário Short Hares Mall, conhecido em três estados como a mais bem-sucedida experiência comercial", Penny falou à entrada majestosa do *shopping*. "Tem gente de Connecticut, Nova York e até de Delaware que vem até aqui só pelo privilégio de percorrer esses pavilhões suntuosos, comprar nessas lojas, degustar a comida mais famosa do estado. Os preços podem ser salgados, mas em Nova Jersey o vestuário é isento de taxas, e isso acaba trazendo uma compensação."

"Sai da frente", Vita falou com impaciência, empurrando Penny para que as portas hidráulicas de vidro do *shopping* se abrissem.

Quando se abriram, soou uma melodia divina, um coro de anjos.

"O que é isso?", Vita perguntou.

Penny apontou para os alto-falantes no teto.

"Sensores de movimento. Toda vez que as portas se abrem, cantam os querubins."

Três passos dentro do *shopping* e elas já estavam sendo abordadas por moças elegantemente vestidas com um conjunto amarelo de saia e *blazer*.

"*Foie gras?*", uma delas oferecia, estendendo uma travessa de prata cheia de torradas cobertas pelo patê.

"Relaxamento facial?", outra moça perguntava com atomizadores prateados a postos.

"Não, obrigada", disse Penny.

"Não, obrigada?!", Vita objetou.

Puxando Vita pelo braço, Penny explicou:

"No estande da Chanel tem amostra grátis para os membros do *shopping*. Ou seja, para nós. Mamãe é membro do Círculo de Ouro. Com uma única doação de cinco mil dólares, ela, e nós, por extensão, temos direito a amostras grátis, descontos em lojas, degustação grátis, estacionamento grátis e transporte grátis dentro do *shopping* para sempre."

"Isto não é um *shopping*", Vita comentou. "É um *country club*."

O projeto arquitetônico do *shopping* o fazia parecer uma roda, com eixo e raios. Penny conduziu Vita pelo saguão até que elas chegaram ao ponto central da construção, uma fonte composta por um alto globo de vidro.

"Está vendo as cinco setas?", Penny perguntou enquanto rodeavam a fonte. "Indicam a entrada para cada pavilhão."

Penny, então, apresentou um pequeno sumário do esquema dos pavilhões:

"À frente, você tem o pavilhão de roupas e acessórios", ela disse. "Roupas masculinas, femininas, infantis e também para cães e gatos. Relógios, óculos, jóias, bolsas, cintos."

E continuou explicando:

"Depois, o pavilhão de entretenimento. Aparelhos eletrônicos, livros, música, filmes, e ainda um cinema. Seguindo à direita, o pavilhão da beleza. Spas e salões de cabeleireiro, uma academia, perfumarias, um centro de tratamento a *laser* especializado em olhos, pele e depilação. Adiante, o pavilhão do lar. Lojas de móveis, antiquários e uma filial da Sotheby" para leilões. Por último, o pavilhão da alimentação. Lojas especializadas em artigos para cozinha e mesa, confeitarias, *delicatessen*, bufês, dois restaurantes três estrelas e a escola de culinária Cookings. É uma escola patrocinada pela Kings, uma cadeia local de supermercados caríssimos. Certa vez mamãe fez um curso nessa escola para aprender a obter carne tenra."

"Como?", Vita quis saber.

"Fale para a vaca que sua filha adolescente está grávida."

Vita riu. Conseguia rir de qualquer coisa, e era isso que Penny sempre apreciava nela. Sorrindo, Penny compartilhou a admiração de Vita pelos grandes elevadores de vidro, as escadas cromadas, o piso de mármore e as lojas. Naquela hora a horda de clientes dos sábados estava presente. Mulheres de meia-idade vestidas dos pés à cabeça pela grife Moschino, com os filhos impecavelmente limpos mastigando *cookies* enormes e as babás caribenhas carregadas de caixas e sacolas que exibiam logotipos da D&G, Beth Johnson, Godiva, Domain. Adolescentes com rabos-de-cavalo vestidas com jeans idênticos (da Seven), camisetas (da DKNY) e tamancos (da Birk). Homens dependurados em celulares, famílias que subiam e desciam pelas escadas rolantes e grandes filas no cinema, nos restaurantes e nos salões.

"Estou de queixo caído. E aqueles carros, o que significam?

Ela se referia a uma fila de carros luxuosos estacionados ao redor do saguão, ladeados por cordas de veludo.

"Estão à venda, claro", Penny respondeu.

Ficaram a observar um homem de terno cinza que rodeava um Lamborghini amarelo. Ele deu umas quatro voltas em torno do carro antes de pedir ao recepcionista um prospecto das condições de venda.

"Dá uma olhada na fonte", disse Penny apontando para uma esfera de vidro dentro da qual borbulhava água, que saía por uma abertura no topo e escorria pelas laterais, precipitando-se numa piscina negra de aproximadamente quatro metros de diâmetro cheia de moedas cintilantes. As moedas caíam dentro d'água a intervalos curtos de tempo.

"Moedas caindo do céu?"

Elas estavam no térreo. Penny apontou então para cima, para que Vita soubesse de onde as moedas caíam. No balcão do segundo piso, em frente ao Pottery Barn, no pavilhão do lar, um grupo de pessoas atirava moedas.

"É dali que o *shopping* permite que se lancem moedas", disse Penny. "As pessoas miram a abertura no topo da esfera e jogam as moedas dentro da fonte."

"Por quê?", Vita perguntou.

"Porque sim."

"Isso me parece um desperdício de dinheiro."

Penny sorriu. Pelo que já tinha visto, o *shopping* inteiro e tudo o que havia dentro dele era um tremendo desperdício de dinheiro.

"Olha aquela criança dependurada no parapeito", Vita mostrou, assustada. "Foi de lá que o seu pai..."

"Caiu e morreu?", Penny completou a frase da amiga. "Exatamente dali. Do mesmo ponto. Ele se inclinou demais e despencou de cabeça."

"E ele se afogou?", perguntou Vita com uma expressão de horror.

"Morreu pelo impacto. Quebrou o pescoço. O estranho é que o vidro relativamente frágil não se estilhaçou. Parece que os bombeiros levaram três horas para resgatar o corpo."

"Você presenciou?", Vita quis saber. "Quantos anos você tinha? Doze?"

Penny refutou com a cabeça.

"Só oito anos", ela disse. "Não vi o acidente; vi a foto no *Star Ledger*. A manchete dizia: 'Queda Fatal no Centro Comercial'. Foi o primeiro artigo de jornal que li na vida."

Uma das razões para que Penny quase nunca falasse das circunstâncias da morte do pai era simplesmente a dificuldade que tinha em explicá-la. Num de seus primeiros encontros com Bram, ela até que tentou ilustrar, mas era uma péssima desenhista e não conseguiu passar uma idéia clara do ocorrido (embora tivesse desenhado figuras e uma linha pontilhada que evidenciava a trajetória a partir do balcão). Bram só foi entender quando viu a fonte com seus próprios olhos seis meses antes, no dia em que os dois tinham ido fazer compras no *shopping* para o casamento.

Uma moeda maior foi arremetida pela abertura, seguida pelos aplausos das pessoas no balcão. A moeda caiu na piscina e parecia maior com a distorção causada pela água. Penny se perguntava se a cabeça de seu pai parecia maior quando o corpo ficara no fundo da fonte.

"Eu tinha três anos quando ele saiu de casa, e depois disso raramente o encontrava. Foi morar na cidade com Jemima, sua namorada inglesa. Minha antiga babá estava com ele no balcão quando houve a queda. Iam se casar naquele mesmo dia, depois que ele assinasse os papéis do divórcio. Desde então ela entrou para uma dessas seitas cristãs fanáticas. Ainda me manda cartas, tentando me converter."

"Parece que este lugar não lhe traz boas lembranças", Vita falou.

"Você não faz idéia", disse Penny.

"Mas acho que nenhuma delas supera a 'Queda Fatal no Centro Comercial'."

"Como você me subestima!"

Penny puxou Vita pela mão e cruzou o pavilhão de roupas e acessórios. No primeiro piso havia poucas lojas, e ela parou em frente à Laura Ashley Boutique, só de vestidos de noiva.

"Eu sabia!", Vita exclamou. "Não me arrisquei a falar, mas suspeitei o tempo todo."

Penny assentiu com a cabeça.

"Tá legal; assumo que comprei um vestido de noiva assinado pela Laura Ashley. Eu e Bram viemos ao *shopping* só pra espiar. Achei que teríamos algumas idéias, eu principalmente. Estávamos passando por essa loja quando ele insistiu que eu experimentasse alguns vestidos. Rindo, de mãos dadas, tudo era tão simples... então entramos na loja. Ele disse pra vendedora que queria que eu ficasse parecida com uma noiva de bolo de casamento. Um vestido de noiva *bem* tradicional. A cada vestido apresentado, Bram dizia: 'Mais franzido! Mais laços!' Foi hilário, pode crer."

"Posso imaginar como é divertido experimentar vestidos", Vita admitiu. "Mas por que você acabou comprando aquele?!"

Penny deu de ombros com indiferença.

"De repente, lá estava eu na cabine, enfiada naquele vestido que me tirava toda a dignidade. Bram se aproximou e nos entreolhamos pelos espelhos da cabine. Ele me beijou. O beijo iniciou toda a ironia. Ele disse: 'Eis a minha noiva maravilhosa'. Com o coração na boca, parei de opinar. E o mais irônico é que comecei a acreditar que aquele momento era um dos mais românticos da minha vida."

Vita segurou as mãos de Penny e apertou-as com carinho.

"Momentos melhores virão."

Os olhos de Penny marejaram um pouco e ela desviou o olhar para se livrar das lágrimas. Felizmente, seus olhos se cravaram em outra vitrine.

"E prepare-se para mais uma porrada", ela disse enquanto se encaminhava até a Precious, uma loja sofisticada de roupas. "Bem aqui, na frente dessa loja, fui seqüestrada."

"*O quê?*"

"Eu tinha sete anos. Entrei na loja com mamãe, e ela começou a falar com a vendedora. Falava, falava, falava. Fiquei entediada e saí da loja. Uma mulher estranha me pegou pelas mãos e me levou pelo corredor até o banheiro. Lá, ela me cobriu com um casaco de capuz negro e me levou para fora do pavilhão de roupas, e por pouco para fora do *shopping*."

"Não acredito!"

Penny assentiu enfaticamente.

"Pois é, estávamos a poucos passos da saída quando apareceram cinco seguranças do *shopping* armados e começaram a gritar para que eu me deitasse no chão. Agarraram a seqüestradora e a empurraram contra a parede com tanta violência que quebraram dois dentes dela. Aterrorizada, fiquei estirada no chão, em choque. Depois mamãe chegou. Chorava histericamente, me agarrava e gritava. Completamente descontrolada. Foi ela que chamou a segurança quando notou o meu desaparecimento. Os guardas foram orientados para prestar atenção numa menina de sete anos de cabelo castanho escuro, usando um casaco verde e botas vermelhas. Mesmo com os cabelos encobertos pelo capuz negro e o casaquinho debaixo do casaco da mulher, um guarda esperto identificou as botas vermelhas."

"Estou sem fala", disse Vita com os olhos arregalados.

"O seqüestro frustrado também foi parar nos jornais. Um ano antes da Queda Fatal. O jornal *Star Ledger* fez uma matéria elogiando a presteza dos guardas da segurança. Da noite para o dia o fluxo de gente no *shopping* dobrou. Todo mundo passou a se sentir mais seguro aqui."

"E quem era a seqüestradora?", Vita perguntou.

"Uma doméstica da República Dominicana que trabalhava para uma família rica de Short Hares. Quase não falava inglês. Aparentemente, a saudade da filha que tinha ficado em Santo Domingo a fez enlouquecer. Solidão traz loucura. Ela me viu, e de alguma forma despertei a lembrança da filha. Da lembrança ao rapto foi um pulo. Nunca mais a vi. Foi deportada. Ela também escreve pra mim, mas tudo em espanhol, e nunca me preocupei em traduzir. Só sei que tem um monte de Jesus Cristos e *Dios mio*. É outra que entrou para uma seita cristã. Se sentiu tão culpada que virou fanática."

"Quer dizer que você e sua mãe se ligaram a um time internacional do cristianismo."

"Nada mau para uma dupla de Nova Jersey, não é?", disse Penny.

Vita balançou a cabeça, impressionada com a série de acontecimentos vividos por Penny no *shopping*.

"O maior drama da minha infância foi quando fiquei com a cabeça presa numa cerca", contou Vita.

"Você é sortuda", Penny comentou enquanto pensava na centena de episódios que nem chegara a mencionar. "Foi poupada do drama, e hoje seu trabalho é o melodrama."

"Não necessariamente por muito tempo", Vita replicou. "Já transei com todos os caras do elenco... na vida real *e* na tela. Não falta acontecer mais nada com Cherry Bomb em *House of Blusher*. A não ser ficar doente e ter uma morte maravilhosa... com os cabelos intactos e a maquiagem impecável, é claro. Ou então começar a transar com mulheres."

"Só na tela", Penny comentou.

"É claro!", disse Vita. "O que eu preciso é do meu próprio seriado. Quero representar uma personagem que não seja cortada nem sacaneada no *show*."

"Adorei sua interpretação da detetive", disse Penny.

"Cherry Bomb, a Detetive Particular", Vita exclamou, pensativa. "Vou pensar nisso. Mas vamos logo, Penny. Temos algo urgente para resolver."

"Os apetrechos caninos?"

"Temos que comprar um novo par de sapatos vermelhos."

Vita arrastou-a para dentro da Well Heeled, uma sapataria badalada. Como sempre, Penny se viu impelida para o setor de sapatilhas. Com sua altura, os sapatos baixos eram uma dádiva. Desde os tempos de colégio era superconsciente da altura que tinha. Era a criança mais alta da sala, e aprendera a andar curvada quando entrara na universidade, hábito que só deixava de lado nas aulas de dança e nas apresentações.

Vita surgiu com um par de sapatos vermelho-romã.

"Salto oito?", Penny balançou a cabeça.

"E daí?"

"Vou ficar enorme!", Penny alegou. "Vai ser difícil me curvar."

"Dá uma experimentada", Vita falou tentando engambelar a amiga. "E fique ereta. Por favor."

Penny gemeu, mas acabou cedendo. O vendedor lhe calçou os sapatos. Calçada, em pé, Penny oscilou.

"Tudo parece pequeno daqui de cima", ela disse.

Enquanto isso, Vita experimentava um par de sandálias de correias trançadas do tornozelo até a metade da barriga da perna.

"Você sempre teve panturrilhas tão bonitas?", Penny perguntou, observando as pernas da amiga.

"São as sandálias", Vita retrucou. "Cem paus o par. Quarenta paus mais cara que todas as que já tive."

Do alto, Penny olhou para o vendedor, dizendo:

"Ficaremos com os sapatos. E já vamos sair daqui com eles". Apresentou o cartão ouro de sua mãe, assinou o recibo e pegou as sacolas.

"Agora vamos andar", ela falou. "Ou tentar."

Incapaz de curvar a coluna e forçada a mantê-la ereta, Penny era a cabeça mais alta do pavilhão. Avistava sinais de calvície, caspas e raízes por tingir. Àquela altura, o ar era rarefeito e provocava tontura.

"Olha lá a Pampered Pooch", Vita apontou.

Ao entrarem no paraíso dos animais de estimação, ambas se dirigiram ao setor de roupas para cães. Capas de chuva, botinhas, suéteres, jaquetas, capas de Batman. Penny puxou um cabide com um tutu de balé com (quatro) sapatilhas cujo preço era cento e cinquenta dólares.

"Seria adorável se não fosse obsceno", ela disse. Vita se sentia igualmente chocada com tanta frescura. Os olhos das duas amigas foram então atraídos para um balcão de vidro trancado, com gargantilhas, braceletes e até brincos.

"Quem é que gastaria quatro mil dólares com uma gargantilha de diamantes... para um cão?", Vita perguntou.

"Você não faz mesmo idéia de quem são os consumidores daqui", Penny rebateu.

"A bem da verdade, até que esse pequeno item está baratinho", disse Vita, desviando o olhar para uma coleção de coleiras de couro negro adornadas com espetos pontudos. "Você gastaria quatro vezes mais em qualquer loja do Village especializada em sadomasoquismo."

"Olha só pra isso", Penny falou de outro balcão. "Maquiagem pra cães."

O balcão exibia vidros de esmalte de unhas, escurecedor de focinho, delineador marrom para os olhos, *gloss* para gengivas, pó-de-arroz para pêlo, *glitter* para iluminar pelagem. Vita abriu um vidro de esmalte negro e começou a passar nas unhas.

"Você já reparou que há um fio condutor que vai da história do seqüestro até o vestido de noiva? Já sacou a influência disso na sua capacidade de persistência e de auto-afirmação?", ela falou.

Penny brincava com os lápis para olhos e focinho.

"Isso aqui parece ótimo", ela comentou com a amiga de unhas pintadas de negro. O esmalte era de "secagem instantânea". Fazia sentido. A maioria dos cães não teria paciência para esperar secar debaixo de ventiladores.

"Você precisa se conectar com sua cadela interior", disse Vita.

"Este seria o melhor lugar para isso", Penny afirmou. Escureceu as pálpebras com sombra negra para focinho e passou o *gloss* de gengivas nos lábios. Depois tentou colocar uma coleira no pescoço. "Mas isso traz à baila um dilema interessante."

"Qual?", disse Vita enquanto passava delineador nos olhos.

"Se a fêmea do cachorro é uma cadela, por que os cachorros machos não são bastardos?"

"Talvez sejam", Vita rebateu. "Muitos filhotes nascem de cruzamentos clandestinos."

"O que significa que as cadelas também são bastardas", Penny afirmou.

"Como você chamaria o cachorro que usa uma gargantilha de diamante?"

"Cadela real."

"Você está ótima", disse Vita. "Está parecendo uma *punk* amazônica."

"E você", Penny completou, "uma ninfa diabólica".

Já transformadas, as duas cadelas góticas encheram o carrinho de compras com brinquedos mastigáveis, biscoitos, cama acolchoada, guia e coleira (igual à que Penny tinha no pescoço) e um suéter vermelho tamanho médio (Natasha tinha dito que o vira-lata era grandinho).

Maquiadas e carregadas de caixas, bolsas e sapatos novos, as duas andaram (Penny tentando equilibrar-se nos saltos) até a praça de alimentação, passando ao longo do caminho por um Porsche Spider e pelo Lamborghini amarelo. As pessoas que estavam no *shopping* olhavam mais para elas que para os carros.

Na praça de alimentação, instalaram-se numa mesa da Risotto Hut.

"Você gosta de ser notada?", Vita perguntou.

"Fico nervosa", admitiu Penny, dando de ombros.

"Pois eu vivo pra isso."

"Eu nem imaginava!"

"Tá vendo aquele cara ali?"

"Aquele?", perguntou Penny, apontando para um homem musculoso de aparência intocável, sentado no Panino Cart.

"Vou usar uma técnica que aprendi na escola de teatro pra fazer com que ele me note", disse Vita. "Chama-se espelhamento. Vou imitá-lo. Tudo que ele fizer. Seus tiques nervosos, seus movimentos de ombros, seus movimentos de mãos. Mesmo distante de nós, o subconsciente dele captará meus sinais. Ele vai me achar familiar, vai pensar que já me conhece, mas não se lembrará de como, onde e quando me conheceu. Na verdade, o que ele reconhece é sua própria linguagem corporal."

"Isso é besteira", Penny debochou.

"Olha só."

À medida que Vita agitava as mãos e sem nenhuma razão virava a cabeça aleatoriamente, Penny observava. Vita balançava as pernas, esticava o pescoço e (meu Deus) tocava as partes íntimas. Por incrível que pareça, o homem acabou notando e se voltou para elas. Estranhamente, Penny achou que ele era familiar.

"Lá vem ele", Vita cochichou. "Eu não disse?"

De fato, o bonitão levantava-se e encaminhava-se para...

"Pega o telefone, disfarça", Penny falou. "É Morris Nova!"

"Ora, ora, é ele mesmo. Barbeado e de cabelo cortado."

Morris se aproximava com hesitação, forçando os olhos. E Penny então se deu conta: ele não as reconhecera. A maquiagem vulgar o deixara confuso.

"Oi, Morris", disse Penny.

Ela analisou a expressão dele ao reconhecê-las. Confuso, cambaleou para trás. Ou será que estava embaraçado por vê-la outra vez, depois de ter se precipitado tanto no dia anterior? Nada mais adequado, se fosse o caso.

Embora estivesse atordoado, ele já não podia recuar.

"Penny, você está diferente", ele disse.

"Ainda quer que eu quebre a janela?", ela perguntou.

"Sobre isso...", ele começou a falar.

"Deixa pra lá", Penny o interrompeu. "Morris, nós sempre seremos bons amigos."

Vita escutava, mas graças a Deus não fez comentários a respeito.

"E aí, Morris, veio ao *shopping* pra variar um pouco?", ela perguntou.

"Eu tinha que matar o tempo até a hora da partida do meu trem", ele explicou, passando a mão no cabelo cortado.

"Seu corte de cabelo me deu vontade de beber", Vita falou, sorrindo para o ex-futuro padrinho de casamento.

"Será um prazer te oferecer uma bebida", ele rebateu prontamente.

Uma hora mais tarde, após ter degustado alguns itens da Risotto Hut e do Buffet Bellini, as três ratazanas do *shopping* se empoleiraram nos banquinhos do Raw Sky Bar e encheram a cara.

"Não e não, Morris. Tá tudo errado", disse Penny, que não tinha o hábito de (1) beber, (2) criticar, (3) comer com as mãos. "É pra fazer assim."

Segurando uma ostra crua, Penny despejou duas gotas de Tabasco numa dose de vodca. Depois, deslizou a ostra para dentro do copo e bebeu o conteúdo de um gole só.

"Foi a Natasha que te ensinou?", Vita quis saber.

"Ela bebia vodca na mamadeira", Penny falou com voz arrastada. "Ela pode matar um homem com um palito e um pote de pasta de amendoim."

"A pasta de amendoim devia ser um verdadeiro luxo na Rússia comunista", Morris comentou.

"Cala a boca e bebe", disse Penny do alto de sua coleira de cachorro e de suas unhas negras.

"Não sei se gosto de você desse jeito", Morris comentou enquanto deixava escorrer uma ostra para dentro do seu copo com maestria.

"Você me prefere encurvada e passiva?", Penny perguntou, embriagada. "Ou só existia atração porque eu estava comprometida com outro homem?"

"Antes você não era tão espalhafatosa", ele afirmou.

"Me diz uma coisa, Morris", Vita falou, "o que você faz? E você já fez o bastante?"

Penny soltou uma gargalhada do nada.

"Sou dramaturgo *freelance*."

"Dramaturgo *freelance*? Eu não sabia que isso existia." Vita sorriu. "Você deve ter muito trabalho."

As bochechas de Morris se ruborizaram.

"Tenho trabalho suficiente. Faço parte da Craiglist e colaboro com quem precisa escrever discursos ou monólogos. Já escrevi propostas de casamento para três homens diferentes. E escrevo discursos para quem quer pedir aumento de salário ou confessar seus casos para a esposa. Acabei de escrever uma peça de dois atos e estou à cata de produtores."

"Eu pensava que você vivia às custas de crédito", disse Penny.

"Crédito de cérebro", ele resmungou.

"Em que consiste a peça?", Vita indagou com rapidez, interessada. Para Penny, o súbito interesse da amiga por Morris não passou despercebido. Por mais sedutora que fosse, Vita era antes de tudo uma atriz. Os homens vêm e vão (literalmente). Mas uma peça pode durar para sempre.

"O título é *Edina Spanky: Investigadora Particular*."

"Particular?", Vita perguntou.

"É uma investigadora sexual. Um detetive da libido. Ela descobre o que está errado na vida sexual dos clientes e os ajuda a corrigir os erros. Ao fazer isso, ela ajusta todos os problemas que eles tenham. É uma heroína, uma sábia. Naturalmente, a vida sexual dela é uma merda."

"Aqueles que não conseguem transar... *não* transam", disse Vita, citando Raymond Chandler.

Morris olhou embasbacado para ela.

"Cito essa frase na minha peça."

"Você acha realmente que os problemas das pessoas podem ser explicados pela disfunção sexual?", Penny perguntou.

Ele assentiu com um gesto de cabeça.

"Dependendo do que a peça pretende, por que não?"

"Edina Spanky vai *fundo* em cada mistério sexual", Vita concluiu, chegando mais perto de Morris.

"Posso roubar essa frase?", ele disse.

Vita lhe deu um sorriso fatalmente doce, tal como Cherry Bomb.

"Talvez eu possa dar uma olhada no seu *script*", ela sugeriu. "Eu adoraria oferecer minha opinião profissional."

"É uma peça", Morris afirmou.

"Melhor ainda", Vita replicou com brilho nos olhos.

Morris não fazia a menor idéia do que podia tirar dali. Se *Edina Spanky: Investigadora Particular*, estava chamando a atenção de Vita, a amiga dela poderia acabar com a peça e com ele. Penny sentia na garganta o gosto azedo da inveja. Não de Morris, nem de Vita. Mas do roteiro, da matéria-prima, do início de algo que podia crescer e mudar e acrescentar. Ela ouvia os dois, excluída da conversa, relegada ao pano de fundo como uma boa moça do coro: linda, na periferia. Vista de relance.

Os olhos de Penny voltaram-se para os sapatos vermelhos. Talvez Bram não a tivesse abandonado no dia anterior se ela estivesse usando esses sapatos. Talvez a tivessem salvado, da mesma forma que as botinhas vermelhas de caubói a tinham salvado dezesseis anos atrás. Naquele dia ela e a mãe tinham ido ao *shopping* com uma missão. A entrada na Precious era para ser breve, uma parada rápida antes de chegarem ao verdadeiro alvo. Mas o grande plano foi deixado de lado quando ela foi raptada. Nunca mais pediu à mãe para tentarem outra vez. Trazer o assunto à baila poderia ser muito cruel para Esther.

Mas agora Esther não estava presente.

"Tenho que fazer uma coisa", Penny falou. Nervosa, apresentou o cartão de crédito para o garçom.

Vita e Morris se viraram para ela, ambos espantados com sua expressão determinada.

"Acho que os banheiros ficam à esquerda", disse Vita.

"Temos que sair daqui", Penny comunicou, gesticulando e se levantando. "Agora!"

Os três pegaram as sacolas. A passos largos, Penny saiu do pavilhão de alimentação, cruzou o eixo central do *shopping* e de lá se dirigiu para o pavilhão de acessórios. À medida que passavam apressados pelas lojas, Vita olhava para cada fachada e repetia:

"Sei que é por aqui... ah-ha! Achei!", ela disse em frente à Glimmer, a loja de todas as coisas cor-de-rosa, vermelhas, brilhantes, cintilantes. O paraíso das pulseirinhas e pregadores de cabelo.

Os três olharam para o apelo resplandecente que vinha de dentro da Glimmer.

"Você precisa tanto assim de uma agenda felpuda?", Vita perguntou.

"Vem comigo", Penny ordenou, arrastando a amiga para o interior da meca dos adolescentes. Morris as seguia com relutância, como se sua entrada no covil das meninas pudesse fazer aflorar suas idiotices púberes.

"Depois de todos esses anos você já deve ter notado que minhas orelhas não são furadas", Penny disse para Vita.

No balcão do fundo elas encontraram uma adolescente espinhenta com um diamante cravado no nariz e a cara enterrada na revista *InStyle*. Uma plaqueta presa à camiseta estampava o nome dela: DAWN D.

Fechando preguiçosamente a revista e pegando a pistola de trabalho, Dawn perguntou:

"Quem vai primeiro?"

De repente, Penny sentiu o peso das ostras e da bebida. Dando um passo para trás, ela disse:

"Vou pensar um pouco mais."

"Posso fazer um outro furo na minha orelha só para te mostrar como é tranqüilo", Vita falou.

"Faz na minha", disse Morris, dando um passo à frente.

"Você vai fazer?"

"Caras de brincos ficam uns gatos", a adolescente comentou.

"Se isso vai te deixar feliz", Morris disse para Penny. "É o mínimo que posso fazer por você. Sabe, depois do que houve."

"O que houve?", Dawn quis saber.

"Ontem ela foi abandonada no altar. No Plaza, do outro lado da rua."

"Era você?", a punturista perguntou.

Notícias ruins correm depressa em Nova Jersey.

"Era o meu *antigo* eu", Penny replicou.

Dawn embebeu os chumaços de algodão no álcool e se aproximou Morris.

"Só uma orelha ou as duas?"

Morris olhou para Vita e Penny e perguntou:

"O que vocês acham?"

Em uníssono, ambas responderam:

"As duas."

A adolescente acomodou Morris numa cadeira reclinável de metal. Depois, com uma caneta, marcou pontos nos lóbulos das orelhas dele.

"Definitivamente, dois furos. Um é para homossexual", ela dizia enquanto avaliava os pontos. "Agora, paradinho. Um tiquinho de antisséptico. Um beliscão de nada, pressão e... já foi uma."

"Deus do Céu!", Morris gritou, segurando o lóbulo da orelha agora dotado de uma bola de ouro.

"Mais um convertido", Vita brincou.

Penny riu. Naquele momento amava Morris, que só furava a orelha para lhe dar apoio moral. E amava Vita, que lhe dava as mãos.

"Uma beliscada, uma pressão e... pronto", disse a garota. "Vai querer também no nariz?"

"Não!", Morris e Vita gritaram.

Ele voltou-se para Vita, curioso pela veemência dela.

"Não costumo sair com homens com metal no rosto", ela disse.

"Você sairia comigo?", ele quis saber, vendo seus projetos em relação a Penny desaparecerem nos olhos verdes de Vita.

Como resposta, Vita beijou os dois lóbulos das orelhas dele. Morris saiu da cadeira, deslizando com charme. Penny assumiu seu lugar. Puxou os cabelos para trás para que a adolescente passasse álcool e marcasse os lóbulos de suas orelhas com a caneta.

"Ok", Dawn falou enquanto carregava a pistola com um par de brincos de prata no formato de bolinhas. "E agora vamos nós."

À primeira espetada, Penny sentiu-se desfalecer. Respirou fundo, decidida a relaxar e não sentir medo. Quantas vezes ela contivera o medo? Lembrou-se daquele dia no *shopping*. Dos homens que lhe apontavam armas. Da histeria de Esther e de como se mantivera imóvel como uma boneca nos braços da mãe.

"Agora, paradinha", disse a adolescente. "Nossa, ela está muito estranha."

"Vamos logo com isso", Vita falou, fechando os olhos junto com Penny.

"Uma beliscada, uma pressão e..."

Penny soltou um grito. Não um grito qualquer. Era como uma janela que batia com violência, comprimindo o ar e causando uma explosão no ouvido, uma explosão que expelia o ar para fora de sua boca a uma velocidade supersônica. As pessoas que estavam no estacionamento olharam para cima. Os pássaros fugiram das árvores. Taças de cristal se quebraram a meio quilômetro de distância. Penny gritava pela beliscada. Pela pressão. Pela cabeça do pai no fundo da fonte. Pelos dez minutos de terror que vivera ao ser levada por uma estranha.

As pessoas se agruparam do lado de fora da loja para ver quem estava sendo torturado.

"Fura a outra", Vita gritou para a garota. "Rápido!"

Mais cinco segundos e tudo estava acabado. Dawn inclinou-se para trás, dizendo:

"Acabamos."

Penny fechou a boca, e agora o silêncio era um aspirador que sugava todos os ruídos do *shopping*. O coro dos anjos, o som do elevador, o arrastar dos passos, o farfalhar das sacolas de compras, o tilintar das moedas na fonte.

Gemendo, Penny tocou os lóbulos das orelhas. A adolescente segurou um espelho para que ela visse como tinha ficado. Os brincos estavam perfeitamente simétricos.

"Você fez um ótimo trabalho", disse Penny, abrindo a carteira e dando uma nota de cem dólares para a garota.

"São dez dólares."

"Fique com o troco."

"E você", disse Dawn, que era mais corajosa e sábia do que Penny pensara, "não se esqueça de desatarraxar os brincos e limpá-los com água de hamamélis três vezes ao dia durante um mês."

"Você ouviu isso, Morris?", Penny perguntou.

"Não ouço mais nada", ele disse. "Você tem uma garganta de ouro, Penny."

Os três saíram da loja. Penny nunca se sentira tão leve, tão alta. Flutuava pelo pavilhão.

"Eu não teria feito isso sem vocês dois", ela disse para os amigos. Caminharam em direção ao saguão e passaram pelo Lamborghini amarelo. "Quanta gente!", ela comentou.

"Você está coberta de razão", Vita falou. "Acho uma vergonha desperdiçar isso. Diz aí, Morris. O que Edina Spanky pensaria de uma mulher que adora trepar dentro de carros?"

Pensativo, ele segurou o queixo e disse:

"Acho que Edina pensa... *o que você está fazendo?*"

Vita o agarrava pelo cinto e o puxava na direção do Lamborghini, que por sorte não era vigiado naquele momento. Ela abriu a porta do carro e empurrou Morris para o banco do passageiro. Depois, sentou-se no peito dele e fechou a porta.

Os vidros escuros das janelas garantiam a privacidade. Penny ficou de guarda. Quando o carro começou a sacolejar, uma recepcionista do *shopping* vestida de amarelo (combinando com o carro) chegou apressada para investigar.

"Que diabo está havendo aqui?"

Do alto de sua formidável estatura, Penny cruzou os braços e disse:

"Quando o Lamborghini balança, ninguém avança."

"Vamos ver", disse a recepcionista enquanto sacava o *walkie-talkie*. "Segurança!"

A porta do passageiro se abriu. Vita saiu primeiro e depois, Morris.

"Essa foi rapidinha", disse Penny.

"Lamborghini, minha filha", Vita falou enquanto ajeitava a saia. "Para ser honesta, até agora não sei se toquei uma punheta no câmbio ou no cara."

"No câmbio", disse Morris. "Mas ele adorou."

E eles correram (em ziguezague, serpenteando) até a saída do *shopping*. Penny sentia os pés estufados como berinjelas. As alças das sacolas cortavam seus dedos. A maquiagem canina lhe dava coceira nos olhos. Os buracos nas orelhas latejavam ritmadamente. Ela não se divertia assim há vários meses.

Quando finalmente se viram a salvo no estacionamento, Morris perguntou:

"Que tal uma dose de uísque? Vamos até a cidade e depois pra minha casa. Mas não me julguem pela bagunça. Eu não esperava visitas?".

"Até que seria interessante", disse Vita, "mas por que não vamos para o meu quarto no hotel? Ainda não fechei a conta."

"Será que vocês podem me deixar na minha casa?", disse Penny. Ela queria mostrar os brincos para a mãe.

Capítulo 16

"O QUE VOCÊ FEZ?", PERGUNTOU Esther, apontando atônita para a trouxa que Natasha segurava. Ambas estavam na cozinha da mansão de Overlook Lane.

"É um *terrier* moscovita miniatura. É macho, tem um ano de idade. Só no abrigo de animais de Short Hares você encontra uma raça tão rara."

"Leva de volta!", Esther gritou, deixando bem claro a aversão que tinha por cachorros, mesmo sendo pequenos, de pernas finas e orelhas de marciano mutante, como aquela coisa canina enrodilhada feito uma trouxa.

Natasha aninhou o filhote nos braços e pressionou o focinho dele contra o peito.

"Em Moscou, tínhamos um cachorrinho assim. Nikita. Seu lugar favorito era um enorme sofá perto da fornalha da sala, que também servia de cama para os meus cinco irmãos. Na minha casa viviam dezenove pessoas."

"Enquanto em Short Hares uma mulher de meia-idade vive sozinha numa mansão", Esther rebateu. "Correção: duas mulheres de meia-idade."

"Trinta e seis anos não é meia-idade", Natasha afirmou, corrigindo a própria idade. "Pois é, o tio Ványa perdeu uma perna na Segunda Guerra; ele sofria do coração e ainda por cima tinha psoríase. Costumava descascar a pele e jogar as cascas na fornalha. Um dia se sentou no sofá sem olhar e esmagou o Nikita. Ele o matou. Ficamos com o sofá e nos livramos do cachorro."

"Não estou nem um pouco interessada em saber se o seu tio perdeu as pernas. E um braço. Você não pode ficar com esse cachorro", Esther afirmou.

"Meu tio não perdeu braço nenhum!", protestou Natasha. "Ele foi atropelado por um ônibus na praça Vermelha. O coitado teve que esperar quatro horas por uma ambulância, e o braço dele gangrenou."

"Eu gosto muito dessas histórias coloridas da sua terra natal", Esther ironizou.

"Eu quero esse cachorro", Natasha declarou. "E a Penny também quer."

"Como é que ela ia querer um cachorro que nunca viu?"

"Mas essa é a natureza do querer! As pessoas querem coisas que elas não conhecem", disse Natasha. "Pega ele. Olha só que carinha linda!"

A russa estendeu o filhote para Esther, mas o fedor fez com que ela desse um passo para trás.

"Esse cachorro fede que nem carniça."

"Vou dar um banho nele", a russa falou enquanto se movia furtivamente na direção do seu quarto para dar banho e amor ao cachorro.

"Mas não vamos chamá-lo de Nikita", Esther foi logo avisando. Ele é castrado?"

"Se não for, pode deixar que eu mesma o castro", a voz de Natasha ecoou enquanto ela se afastava.

O fusquinha verde de Vita apareceu do lado de fora da janela. Instintivamente, Esther se escondeu atrás do balcão. Ela odiava Vita desde o dia em que Penny a levara para casa na época em que as duas estudavam na NYU. Vita era uma influência negativa para Penny, com sua mania de caçar homens e atuar em novelas idiotas. Os melhores atores atuam na Broadway, Esther pensava. E os outros têm que se contentar em atuar num canal a cabo. Além disso, com que direito ela podia acusá-la de barbeiragem no volante? Não tinha esse direito, mesmo se isso fosse verdade.

Uma sombra insinuou-se na cozinha. Era alguém que entrava. Do seu esconderijo, Esther só conseguia enxergar um par de sapatos altos vermelhos que caminhava sobre os ladrilhos de terracota. Depois, teve a visão completa de uma mulher. Esther a observava de baixo para cima. Sapatos vulgares, jeans esfarrapados, sacolas de compras em mãos com unhas pintadas de preto, camiseta apertada, coleira de cachorro no pescoço, batom preto, delineador e sombra pretos nos olhos, cabelo cheio de musse.

Olhou mais uma vez. Por mais incrível que fosse, era sua própria filha.

"Oi, mãe", Penny falou. "Perdeu alguma coisa?"

"Já achei", ela disse enquanto se levantava.

"Furei as orelhas. Você tem água de hamamélis? Imagine só, Vita fez sexo num carro. Ah, eu me fartei com seu cartão."

"Foi a moça do balcão da Chanel que fez isso?", Esther quis saber, referindo-se à maquiagem vulgar de Penny.

"Eu mesma me pintei", ela respondeu toda orgulhosa.

"Você está horrorosa", Esther rebateu. "Vê se sobe e lava o rosto."

"Como é que você pôde deixar uma criança de sete anos vagando pelo Short Hares Mall? Por que você não ficou me vigiando?", Penny inquiriu.

Como Esther não respondesse (ela perdeu a respiração só de ouvir a mera menção daquele dia medonho), Penny completou:

"Nunca tocamos nesse assunto. Parece que você acha que nada aconteceu ou que não me lembro. Mas lembro. Claramente. Você estava pechinchando na Precious. Fiquei entediada e saí da loja. E depois a mulher me agarrou pelo braço e me levou para o banheiro."

Se fosse possível, certamente o queixo de Esther se soltaria da boca e rolaria pelo chão. Ela estava chocada e ferida pela acusação de Penny. E também pela culpa. Quando finalmente recuperou o fôlego, ela conseguiu dizer:

"Eu não estava pechinchando".

"Então, o que é que você estava fazendo?"

"Estava tentando vender um casaco do Valentino", Esther respondeu. "O vendedor me ofereceu um quarto do que valia, e eu não podia vendê-lo por menos da metade."

"Você estava vendendo suas roupas? Por que faria isso?", perguntou Penny, incrédula. Pelo que sabia, Esther só acumulava. Juntava qualquer coisa – um hábito que adquirira quando começara a luta pelo divórcio.

Russell deixou Esther à míngua desde que saíra de casa com Jemima, a babá. Fechou as contas conjuntas, cancelou os cartões de crédito. Mas continuou pagando a hipoteca e as contas do Kings, o supermercado. Esther ficou então por sua própria conta, com uma criança de três anos de idade. Como Penny ainda não freqüentava a pré-escola e Esther não tinha dinheiro para pagar uma babá, obviamente não podia procurar emprego.

A estratégia de Russell era arruiná-la completamente, para que ela logo concordasse com os termos dele para o acordo judicial. Mas Esther agüentou firme, vendendo algumas jóias para comprar roupas e livros para Penny e para pagar as contas do telefone. Passados quatro anos, Russell se cansou de esperar pelo fracasso total de Esther. Anunciou (por meio do seu advogado) que não pagaria mais as contas do Kings. Russell pretendia matar Esther (e também sua própria filha) de fome para que ela assinasse os papéis. Ela recebeu essa notícia quando saía de casa a caminho do *shopping*, onde mandaria furar as orelhas de Penny e lhe daria os brincos que ela tanto ansiava. Como não havia mais jóias para vender, ela tirou do armário alguns casacos de estilistas famosos.

"Eu precisava de dinheiro", ela se justificou.

"Você estava tão preocupada em faturar umas poucas centenas de dólares que me deixou escapulir", Penny argumentou.

Esther já tinha vivido esse dilema. Devia conversar com Penny sobre a crueldade do pai ou seria melhor deixá-la acreditar que ele era um homem decente, apesar de fraco? Ela morria de vontade de contar para Penny que muitas vezes fora ameaçada por ele com uma faca. Mas também queria proteger a filha da verdade sobre as águas turvas que havia em sua piscina genética. O que ela mais queria era apagar todo aquele período, mas mantivera-o intacto na memória, aguardando com terror e ansiedade o dia em que teria que compartilhá-lo com Penny.

Ela se perguntava: será que enfim havia chegado o momento? Suas costelas pareciam estar comprimidas, partidas, como se os seus segredos se espremessem para fora do corpo.

"Não sei por que tudo isso está de volta agora", Esther explodiu. "Para mim, Bram é o grande culpado. A tensão entre nós começou no dia em que você o conheceu. E a tensão continua até mesmo agora que ele..."

"Ele o quê?", Penny perguntou.

"Se foi", Esther respondeu. "Bram se foi, sumiu, escafedeu-se. Que bons ventos o levem; ele é o único de quem você devia ter raiva. Nunca fiz nada para magoá-la. Eu a protegi de milhares de sofrimentos. E aquela tarde, pode acreditar, me partiu o coração. Eu me senti cortada ao meio. Na manhã seguinte acordei diferente. Eu estava lutando pela nossa vida, Penny. Da missa, você não sabe a metade."

Penny olhava embasbacada para Esther, e sua boca formava um círculo perfeito. Com a luz da cozinha, seus novos brincos cintilavam. Mesmo no auge da raiva pela filha ingrata, Esther esperava do fundo do coração que Penny não tivesse sofrido muito ao furar as orelhas.

"A verdade é que eu estava pensando em vender meu anel", disse Penny, girando-o no dedo. "Ou devolvê-lo ao Bram."

"Oh", disse Esther.

"Mas não posso. Não agora. Com o anel eu me sinto perto dele. E nesta casa também me sinto perto dele. Não consigo explicar a razão, já que nunca passávamos muito tempo aqui.

A conversa foi interrompida por um tamborilar de pés peludos seguido pelo ruído característico de sapatos plataforma.

"Você o encontrou!", disse Penny. Com o rosto iluminado, ela saiu apressada da cozinha rumo ao objeto de sua comoção.

Esther aproveitou a ocasião para se acalmar. Depois seguiu a filha pelo saguão de entrada, a tempo de ver o cachorrinho correr desajeitado pelo chão e escorregar com as patas molhadas até colidir contra a parede de caixas de presentes e derrubar uma delas, que na queda emitiu um barulho de coisa quebrada.

"Travessa de cerâmica", Esther conjeturou.

Natasha pegou a caixa e balançou-a.

"Aposto dez dólares que são castiçais de cristal."

"Fechado", disse Esther.

"Ah, ha!", Natasha exultou quando os castiçais apareceram.

"De qualquer forma, você não me pagaria se fosse eu que ganhasse", Esther comentou.

"Alô, amiguinho", Penny agarrou o cachorrinho ainda trêmulo e com resquícios de espuma. "Ele ainda está molhado, mas acho que deve pesar uns dois quilos."

"Ele estava lá fora, numa armadilha", Natasha mentiu.

"Uma ratoeira?", Esther falou baixinho.

"Você tinha dito que ele era de tamanho médio", Penny comentou enquanto o animal lambia seu rosto (o que fez Esther agradecer por ele estar limpando um pouco daquela maquiagem horrorosa).

"Pequeno, médio, isso não faz diferença", Natasha replicou.

"Este cachorro comeu três frangos assados?", Penny quis saber. "Ele é quase do tamanho de uma baqueta de bateria!"

"E faz um cocozão", disse Natasha, mostrando um saquinho plástico como se fosse necessário confirmar a informação.

"Você pretende premiar isso?", Esther resmungou.

"O cocô é para o veterinário", Natasha objetou. "Para checar os vermes."

Cerrando os olhos (mas visualizando anéis de vermes por tudo quanto é canto), Esther anunciou:

"Odeio esse cachorro".

"Eu gosto dele", disse Penny enquanto o segurava no ar e rodava com ele. "Quero que fique comigo para sempre. É tudo que eu sempre quis e esperei... ai, meu Deus, eu preciso sentar."

Natasha esticou as narinas.

"Você está bêbada", ela falou para Penny. "Bebeu vodca com ostras!". Suas narinas se dilataram outra vez. "Sete doses."

Esther se questionava sobre a possibilidade de estar perdendo o olfato; não detectara um só átomo de álcool no ar. A bebedeira explicava a explosão de Penny na cozinha, o andar cambaleante e o sentimentalismo quando ela pegara o frágil *terrier*.

Agora o cão tinha que ficar.

"Que nome vamos dar a ele?", ela perguntou.

"Nikita", Natasha sugeriu.

"De jeito nenhum."

"Que tal Snuggles?", Natasha replicou.

"Bram!", Penny gritou.

"Onde?", disse Esther, virando-se para olhar o alto da escada.

"Eu quero dizer é que devemos chamar o cachorro de Bram."

Esther pôs a mão no coração, que palpitava fortemente contra a blusa. Conjeturava se conseguiria agüentar um outro susto como aquele.

"Que tal Boris?", ela sugeriu.

"Eu gosto de Boris", disse Natasha.

"Alô, Boris", Penny falou, esfregando o nariz no focinho do cão.

Capítulo 17

"QUE QUANTIDADE DE CAMARÃO um homem consegue comer?"

A bandeja estava tão cheia que arqueava sob o peso de cinqüenta camarões, uma tina de molho de coquetel, quarenta metades de batatas, um salmão inteiro, um litro de San Pellegrino e a parte superior do bolo de noiva.

Bram franziu o cenho quando viu os talhares de plástico. Queria trocar os talheres de aço inoxidável. A faca e o garfo com que havia trabalhado estavam amassados e tortos. Fizera um bom uso deles, desmontando as estantes. Fora obrigado a trabalhar freneticamente no escuro, com medo de ser flagrado. Mas as horas da manhã se passaram sem que nenhuma visita aparecesse, de modo que ele pôde diminuir o ritmo e se concentrar, aproveitando cada minuto.

As estantes tinham sido repostas no lugar mais ou menos uma hora antes. Ele acabou cochilando no sofá, e acordou com a visão da comida perto da porta.

"Tem alguém aí?", ele chamou, achando que podia haver alguém do outro lado do espelho.

Não obteve resposta. A senhora Bracket e sua capanga eslava não tinham se preocupado em falar com ele durante o dia todo. O confinamento solitário começava a pesar. Fazia dois dias que não se comunicava com outro ser humano. Bram encontrava-se completamente sozinho.

Tome cuidado com seus desejos, disse para si mesmo, ainda na expectativa de alguma resposta.

Nenhum retorno; só silêncio.

Bram pôs a travessa sobre a mesa. Puxou a cadeirinha e ajeitou as pernas para comer. A refeição estava maravilhosa, e ele exagerava nas garfadas. Mesmo que se engasgasse com um camarão, ninguém chegaria apressado para socorrê-lo. Podia ter um ataque cardíaco. Podia sofrer um derrame. Afinal, quem é que sabia que tipo de coágulo poderia se formar sob o ovo de ganso que tinha na cabeça? Podia ter uma hemorragia.

Ele enfiou uma fatia de salmão na boca. As pessoas comem demais por tédio. Comem demais porque estão solitárias. Porque não são amadas e não há ninguém para detê-las. Os que se amam sempre têm o outro para controlar o tamanho de seus quadris.

Penny tinha pernas longas e fortes, e gostava de dobrá-las e comprimi-las contra o peito. Sua bunda empinada e redonda era tão firme que nela se podia ricochetear uma moeda. Ele se lembrou de Penny reclinada em sua cama, no apartamento da Sullivan Street, com as pernas ligeiramente abertas deixando entrever a sombra que havia entre elas.

Bram levou a travessa de volta à porta e se deitou no sofá com as pernas pendendo para fora. Depois, desabotoou as calças, pôs o antebraço sobre os olhos e percebeu surpreso que estava a ponto de chorar.

Levantou-se de um salto, dizendo:

"Que loucura! *Me deixem sair daqui!*

Movendo-se furtivamente do jeito que sua barriga estufada permitia, ele retornou para as estantes à procura de algum brinquedo ou utensílio que pudesse utilizar para forçar a fechadura, sem ter a menor noção de como se fazia isso. Olhou de relance a sua imagem refletida no espelho de duas faces. Apalpou o estômago. Já tinha engordado. Ele teria que sair rolando do quarto, isso se conseguisse passar pela porta.

Bram precisava urgentemente de uma distração. Ao pesquisar a seleção de vídeos, só encontrou os clássicos que estimulavam a imaginação das garotinhas. *A Bela Adormecida. Cinderela. Branca de Neve.* Histórias de princesas aprisionadas e libertadas pela força do amor. Penny crescera com aquela baboseira toda. O cérebro dela absorvera os contos de fadas. Mas ele não era o príncipe de Penny, e sim o homem que transava com ela. E se perguntava se haveria alguém que pudesse satisfazê-la ou que soubesse como fazê-la feliz.

Bram cerrou os olhos e apertou o nariz, concluindo que devia parar com esses pensamentos depressivos. Pegou o vídeo *Cinderela* e o colocou no VCR. Depois, segurou o prato de bolo e acomodou-se no sofá para comer a sobremesa e assistir ao filme. Dez minutos depois, ele estava impressionado com a pobre órfã.

"Cinderela é corajosa", disse para si mesmo.

"Estou feliz por ver que você está tão confortável", ecoou a voz dos alto-falantes.

Ele levou um susto e derrubou o bolo no colo.

"Vai pro inferno", disse enquanto limpava o jeans.

"Está bem", ela falou, e desligou os alto-falantes.

"Espera!" Ele estava louco por uma conversa.

Nada.

"Eu queria saber se a Penny está bem", ele insistiu.

"Está ótima", respondeu a voz. "Está feliz. Aliviada. Você fez um favor quando fugiu, e agora ela está começando uma nova vida sem você."

"O que você quer dizer?", ele perguntou. Penny já estava saindo com outro homem? Ele começou a passar mal; o camarão e o salmão travavam uma luta em seu estômago. O rosto de Morris Nova surgiu em sua mente. Seu amigo sempre tivera uma queda por Penny. Será que já tinha atacado? Será que Penny tinha aceitado a cantada?

"O que digo é que ela está seguindo em frente", disse a voz. "Preste atenção. Vou sair para jantar. E enquanto estiver fora eu gostaria que você acabasse de subscrever os envelopes."

"Preciso ter notícias de Penny", ele disse levantando-se e deixando cair migalhas de bolo no chão. "Onde ela está? Alguém está cuidando dela?" Alguém que não seja você, sua maníaca desalmada, ele pensou, mas não disse.

"Ela voltou para Nova York", a voz respondeu. "Posso garantir que tem toda a assistência que precisa."

Bram sentiu um nó na garganta. Começou a tossir sem parar. Espasmos violentos tomavam-lhe todo o peito. "Socorro!", ele mal conseguia gritar. "Me ajude! Estou doente! Preciso de um médico" Sufoco, escarro, contorção. "Você não pode me deixar morrer aqui!", Bram apoiava uma das mãos no peito e estendia a outra em desespero, com os dedos rígidos.

Esther soltou uma risada.

"Bela tentativa", ela falou. "E trate de comer tudo. Você ainda tem cento e cinqüenta refeições para engolir."

Bram suspirou. Voltou a sentar no sofá, temporariamente derrotado.

"Você está pronto para admitir que bateu na minha filha?"

"Não foi isso que aconteceu", ele afirmou.

"Foi o quê, então?"

Ele cerrou os lábios.

"Estou saindo", ela disse. "Se você notar um gás verde tóxico passando pelos respiradores, ignore."

"Uma outra coisa", ele disse.

"Fale rápido", ela rebateu.

"Se fosse possível voltar atrás, eu casaria com ela."

"Grande coisa", ela falou. "Seu cabeção de merda."

Ela desligou o sistema dos alto-falantes.

Ele estava sozinho outra vez. Esther tinha dito que ia sair. Penny tinha voltado para a cidade. E provavelmente a russa se trancara no quarto, bebendo vodca. Ele podia tentar escapar nessa noite, mas correria um risco desnecessário. A melhor ocasião seria na manhã de domingo.

Bram começou a imaginar como seria o resgate dele. Um aríete contra a porta da frente. E uma equipe da SWAT irromperia casa adentro.

Na hora certa, ele pensou. Tinha que ser paciente, tinha que esperar a hora certa. Sua atenção se voltou outra vez para Cinderela. O filme estava naquela cena em que as irmãs postiças de Cinderela rasgam o seu vestido de baile.

Em outro contexto essa cena seria quente, falou consigo mesmo, lambendo o glacê do prato.

Capítulo 18

Seis horas da tarde. Da amurada da escada do segundo andar, Penny assistia à conversa entre sua mãe e Keith.

"Espero que você não se incomode em sair para jantarmos", Esther falou, ao mesmo tempo em que abria a porta para ele. "Não quero nada do menu desse casamento."

"Você melhorou?", disse Keith, elegantemente vestido. "A soneca ajudou?"

"Estou ótima, muito obrigada."

"Onde está Penny?", ele quis saber. "Não vem?"

"Ela está... cansada e emotiva."

Keith sorriu e disse:

"É assim que o inglês descreve quem bebeu em excesso."

"Penny não bebe", Esther replicou energicamente. "Só está cansada e emotiva por causa de tudo o que aconteceu."

Penny franziu o cenho. A verdade é que estivera bêbada. Estava bêbada antes da ressaca. Sua mãe sempre fora exaltada. Por que não conseguia relaxar? Penny passara metade da infância tentando acalmá-la em suas irritações por qualquer coisinha como compromissos esquecidos, bilhetes da professora, torneiras que pingavam.

O rosto furioso de Esther fez Keith sorrir, mas sem indulgência.

"Talvez você também esteja cansada e emotiva", ele falou.

"É claro que estou!", ela rebateu.

"Então, tenho que arrumar alguma coisa interessante para fazemos." Ele segurou o braço de Esther (pelo que Penny se lembrava, era a primeira vez que via um homem tocando em sua mãe) e levou-a para fora da casa.

Enfim Penny e Boris, seu novo amor, estavam sozinhos.

"Esta noite é só nossa, Boris", ela disse baixinho na orelha esquisita do cão.

Ela o segurava como se tivesse um bebê nos braços.

"Pelo que entendo de cães, vou lhe dar comida e você vai gostar de mim para sempre, e me olhar com esses olhinhos carinhosos por toda a vida."

Muitas vezes os homens são comparados com os cachorros. Penny já tinha visto um monte de livros de auto-ajuda com títulos como *Homens: Manual de Adestramento,* ou: *Como Adestrar Seu Homem.* No ano anterior lera um romance cujo primeiro parágrafo dizia: "Peg Silver era capaz de fazer o homem se aproximar dela, mas era incapaz de fazê-lo ficar".

Penny acarinhou o focinho triangular de Boris e concluiu que a comparação entre homens e cães não era correta.

"É um insulto para os cães", disse para Boris, que parecia sorrir.

Levou-o para o quarto dela. Seu apartamento de Nova York cabia todinho dentro de seu quarto de Nova Jersey. Quando criança ela o chamava de "salão de baile" por causa das cortinas que pendiam do alto das paredes, fazendo-a lembrar-se dos filmes de princesas. Por volta dos quinze anos de idade ela se deu conta de que podia confundir as pessoas se chamasse o quarto de "salão de baile". Afinal, nunca havia dançado com ninguém nem ali nem em qualquer outro lugar da casa. Seus romances sempre aconteciam do lado de fora, nos arredores da piscina ou sobre cobertas no campo. Ela e Bram jamais tinham passado uma noite naquele quarto. Ele não quisera. Disse que morria de medo de Esther, de que ela o visse enquanto dormia.

A política de proibição do prazer não se aplicava apenas ao quarto de Penny. A casa inteira era uma mansão assexuada, um palácio de abstinência.

E mesmo assim quero me mudar pra cá, ela disse a si mesma.

Penny removeu a maquiagem gótica, tirou o jeans e a camiseta e vestiu um conjunto confortável de moletom. Talvez para uma soneca. Deitou-se então em sua cama *king-size* com cabeceira acolchoada, onde um dia (no passado distante ou seria mera imaginação?) fora chamada pelo pai de "minha princesinha". Boris brincava sobre a colcha, cheirando-a e dando cambalhotas em círculos. Ela queria que ele se aquietasse e deitasse. Até que ele se aninhou na colcha. Penny *estava* cansada e emotiva. Cansada, principalmente.

Mas não conseguia dormir. Boris pulava em cima dela e mastigava seus cabelos e sua camiseta. Lambia seu rosto e arfava em seu ouvido.

"Você é mesmo um cachorrinho hiperativo. Até parece que sofre de transtorno de déficit de atenção", ela falou. Ele olhava fixamente para Penny com seus grandes olhos molhados, e abanava o rabo, e ficava à espera, e observava e pedia brincadeiras e afagos. Era enervante ser encarada daquela maneira. E quanto de carinho aquela criatura precisava?

"Será que você quer sair?", disse Penny. Boris saltou imediatamente da cama e arranhou o chão. Penny saiu da cama de chinelos, resmungando. Depois, abriu a porta do quarto – Boris tinha tentado empurrá-la com o próprio corpo – e seguiu na direção da escada; com ele correndo à frente. Mas em vez de descer, o filhote deu uma guinada brusca para a esquerda e subiu desembalado até o terceiro andar.

"Não, Boris. Vem aqui. Vem!", Penny ordenava.

Exatamente nesse instante, fez-se um clarão em sua memória: ela e Bram na cama dele; ele por cima dela, sussurrando em seu ouvido: "Vem, vem".

Penny engoliu em seco e varreu a imagem da mente. Não devia pensar em Bram. E, definitivamente, não devia pensar em sexo.

Da escada, ela chamou outra vez pelo cachorrinho.

"Desça já daí!" Boris latiu de volta. E continuou latindo forte, um latido incompatível com seu tamanho.

Ele farejava alguma coisa no ático, talvez esquilos ou um guaxinim.

Olhando para a escuridão do terceiro andar, Penny não acreditava no que estava acontecendo. Naquela hora devia estar em sua lua-de-mel, e não caçando um filhote desvairado.

Talvez Boris comesse os esquilos. Ou então os esquilos o comeriam. Um esquilo grande de Short Hares chegava a ser maior que Boris. Penny começou a subir a escada. Boris continuava latindo e rosnando.

Devia haver alguma coisa por lá. Talvez maior que um guaxinim. De repente, Penny começou a sentir frio – tremores e arrepios na espinha. Ela se deteve. Se houvesse algum guaxinim ou marmota por ali, seria mais apropriado usar jeans, botas e casaco. Seria mais prudente. Podia ser um animal hidrófobo. E ela devia primar pela segurança.

Natasha deve saber o que fazer, Penny pensou.

Deu meia-volta e desceu voando pela escada.

Mas estancou no meio do caminho.

Foda-se a segurança, ela disse para si mesma.

Tomou de novo a direção do terceiro andar. Ela mesma teria que encarar a criatura. Por mais que fosse grande e hidrófoba.

Capítulo 19

"Para onde estamos indo?", perguntou Esther, no banco do passageiro do carro de Keith.

Fazia pelo menos uma hora que rumavam ao sul da Garden State Parkway. Keith estivera o tempo todo taciturno, sem matar o tempo com conversa fiada. Esther gostava disso. Os homens tagarelas lhe faziam lembrar-se de Russell (também conhecido como mentiroso). Ele era capaz de falar durante vinte minutos a respeito de qualquer coisa, sabia tudo de tudo. Quando se conheceram, Esther tinha apenas vinte anos e se deixava impressionar com facilidade, de modo que Russell lhe pareceu o cara mais inteligente que já vira. Houve um tempo em que ela gostava de ouvir os discursos dele. E naquele tempo Russell não era tão tagarela.

"Para o mar", disse Keith.

Lua cheia. Brisa de verão na calçada. Bater de ondas na praia vazia, à noite. Andar descalço na areia com sapatos nas mãos. Tudo indicava uma aventura romântica. Esther não vivia um romance desde os vinte anos.

"Você planejou isso?", ela disse.

"Foi de estalo". Ele tirou os olhos da estrada com rapidez e sorriu para ela. "Quando soube que Penny não vinha."

Afastada do viúvo charmoso que estava ao seu lado, Esther olhava pela janela. O brilho das luzes dos carros que passavam a deixava hipnotizada. A cada quilômetro que percorriam ao afastar-se de Short Hares ela se sentia mais livre, mais leve. Mais jovem.

"Achei que seria bom dar uma volta de carro", ele argumentou.

"Isso é a cara de Nova Jersey", ela falou. "Nós adoramos carros. Você já reparou que na abertura de *A Família Soprano*, Tony aparece em seu Range Rover? Isso diz tudo."

Ele assentiu com a cabeça.

"Então, vamos à praia?", perguntou.

"É claro", ela respondeu. "Estou sempre aberta para anéis de lula empanados." A última vez que tinha ido ao litoral (em NJ ninguém dizia "vamos à praia") fora em sua lua-de-mel improvisada, em Atlantic City. Ela e Russell tinham se hospedado na suíte Maharaja do Taj Mahal Casino. Nesse lugar e nessa ocasião perdera a virgindade. "Há muito tempo que não vou ao litoral."

"Bom saber disso", ele comentou, mostrando-se satisfeito.

"Você gosta de anéis de lula empanados?"

"Gosto mesmo é de espontaneidade", ele disse. "Como a sua. Eu sabia que você gostaria de dar uma volta de carro."

Keith a achava espontânea? Esther não se preocupou em corrigi-lo. Ele que pensasse o que quisesse. Afinal, estava no carro dele.

"Desde que minha mulher morreu, é a primeira vez que tomo café-da-manhã e janto com uma mulher, tudo no mesmo dia", ele disse.

"A verdadeira proeza seria jantar e depois tomar o café-da-manhã", ela replicou. "E isso não vai acontecer."

Keith balançou a cabeça.

"Eu disse que você é espontânea e não fácil."

"Definitivamente, não sou fácil", Esther concordou.

Ele sorriu. Ele é que é fácil, ela pensou.

"Alice, minha esposa, não era impulsiva nem fácil. Refletia muito antes de fazer qualquer coisa. Antes de fazer reserva em um restaurante, ela estudava o menu; antes de assistir a qualquer filme, tinha que ler pelo menos dez críticas; antes de se deitar, guardava as roupas. Antes de se decidir por uma viagem, estudava os guias turísticos durante um ano. Quando nos conhecemos, adorei essa meticulosidade. Eu também era um pouco espontâneo demais naquela época, se é que você me entende."

"Nem desconfio", disse Esther com cara-de-pau.

Ele sorriu com os olhos fixos na estrada.

"Eu confiava no julgamento dela. Se ela optava por um restaurante, era sempre o melhor e o mais limpo. Se fosse um filme, era o mais inteligente e engraçado. Um *resort*, o mais em conta e confortável. Alice tomava conta de tudo e me deixava livre para cuidar dos negócios. Era uma mulher adorável e afetuosa, mesmo com sua compulsão de planejar tudo com antecedência. Sinto até vergonha em dizer, mas quando o oncologista falou que o câncer dela estava muito adiantado, tive vontade de rir."

"Eu achava que ela tinha sofrido um ataque cardíaco", Esther falou.

"E sofreu", ele afirmou. "O coração enfraqueceu com os meses de quimioterapia. Ainda estava se tratando quando morreu. Foi um caso típico daquele ditado: 'se não morrer da doença, morrerá da cura'."

"É engraçado como aquilo que à primeira vista nos atrai em algumas pessoas é justamente o que acabamos odiando com o passar do tempo", Esther comentou.

Ambos olhavam fixo para o pára-brisa. À frente, nada mais que uma estrada negra e cheia de curvas.

"Nunca falei que odiava alguma coisa em Alice. Amei minha mulher até o seu último suspiro.

Esther dissera a coisa errada. E se lamentava por dentro. A inexperiência que tinha com os homens tornava-se gritantemente óbvia. Mas que importância isso tinha? Seu objetivo se resumia em afastar aquele homem. Keith Shiraz não era só um sujeito de peito largo, com feromônios poderosos. Era o pai de seu inimigo. Por conseqüência, também era seu inimigo, por mais que a presença física dele mexesse com ela.

De repente, Esther sentiu claustrofobia dentro do carro e pediu:

"Pega a saída. Ali, logo à direita. Por favor!"

Ela agarrou o volante e o puxou para a direita. Keith deu uma guinada, atravessou duas faixas e saiu da estrada. Fizeram o contorno e desceram pela rampa até parar com um solavanco no sinal vermelho lá embaixo.

"Em frente", disse Esther, apontando para uma construção rústica que exibia uma enorme lagosta no telhado. O nome do restaurante piscava em néon na vidraça: ABRUZZI'S.

Keith estacionou o carro. Esther abriu a porta e saiu. A brisa salgada do mar era um alívio. Agradecida, inalou sal e areia, a essência sólida de Nova Jersey. Não fora à toa que eles tinham parado em Sea Grit, cidade litorânea cujo nome quer dizer Mar Sólido.

"Qual é seu problema?", perguntou Keith batendo a porta do carro e aproximando-se dela com o rosto rubro.

"Eu queria beber", ela disse, entrando no restaurante.

Era um lugar escuro e frio; a única claridade vinha de sete ou oito luminosos de marcas de cerveja: Budweiser, Miller, Pabst, Heineken. Esther sentou-se no balcão e acenou para o *bartender*, um rapaz na casa dos vinte anos, de calça jeans desbotada e rasgada nos joelhos e camiseta branca com o logotipo dos Rolling Stones. A manga esquerda fora arrancada, e a direita, enrolada, prendia um maço de Marlboro. Seu cabelo era castanho, comprido, farto na parte de trás e curto e encorpado na parte superior da cabeça. No bolso traseiro dos jeans, uma carteira estufada presa a uma corrente. No outro bolso, um prendedor de cabelo de metal.

"Um copo d'água, por favor", disse Esther.

"Só água?", perguntou o *bartender*.

"Só água. Muito obrigada."

"Mineral ou da torneira?"

"Aliás", ela refletiu um pouco, "pode ser um martíni duplo com duas azeitonas", e cochichou para Keith, que se sentava ao seu lado: "O álcool deve matar os germes do copo".

"Traz o mesmo pra mim", disse Keith.

O rapaz anotou o pedido e trouxe as bebidas. Esther tomou um gole.

"É o pior martíni que já bebi na vida.

"Pavoroso", Keith concordou ao experimentar o dele.

"Dez dólares cada. Dinheiro vivo", disse o rapaz.

Eles beberam.

"Lamento pela sua esposa. Não era minha intenção fazer comentários sobre o seu casamento", disse Esther.

"Fiquei na defensiva", Keith falou. "Além disso, tenho quase certeza que você se referia ao seu próprio casamento."

Ela assentiu com um gesto de cabeça.

"Foi um casamento curto e já faz muito tempo", ela disse com displicência, tentando mudar de assunto.

"Não entendo por que você não se casou de novo. Aposto que foi bastante assediada pelos homens. Afinal, ficou solteira muito nova. Vinte e poucos anos, não é?"

"Eu tinha vinte e cinco anos quando ele... quando nos separamos. Estava com trinta quando ele morreu. E o assédio não foi tanto assim." Muitos candidatos potenciais se mantiveram à distância devido a uma suspeita – fortalecida pelas fofocas – de que ela poderia estar envolvida na morte de Russell, já que ele morrera uma hora antes de o divórcio ser assinado – o que fizera dela uma mulher muito rica. Esther não gostava de ser vista como assassina, mas por outro lado agradecia por ter sido deixada em paz. Depois de tudo o que passara, ela não podia confiar em ninguém, sobretudo considerando-se o seu novo e obsceno *status* de viúva milionária. Ela se colocara na mira dos caça-dotes. Durante todos aqueles anos, qualquer homem, caça-dote ou não, que demonstrasse interesse era logo rechaçado por Ashley Longmead. "Eu não quis e ainda não quero me casar de novo", ela afirmou. "Tenho uma filha para proteger."

"Você fez um ótimo trabalho com Penny", Keith retrucou. "Ela é uma mulher maravilhosa." Ele enfatizou a palavra "mulher", dando a entender que Penny já era bem grandinha para ser cuidada pela mãe.

"Ela é tão ingênua quanto eu na idade dela", Esther rebateu com rapidez. "E olha que cometi grandes erros."

"Onde estavam as pessoas que poderiam ajudá-la? Onde estava sua família?", ele quis saber.

"Meus pais vivem em Columbus", ela respondeu. "Quando casei com Russell; uma semana depois de nos termos conhecido, cortaram relações comigo."

"E por que fizeram isso?"

Eles o haviam detestado de cara. Russell tinha vinte anos a mais que Esther. E era astuto como uma lontra. Mas o verdadeiro motivo dessa rejeição...

"Ele era judeu", ela disse.

Em vez de se sentir ofendido (Keith também era judeu), ele riu. Depois, balançou a cabeça em sinal de descrédito, comentando:

"Então, você não é um membro da tribo. Eu estava em dúvida; Esther é um nome judeu clássico."

"Diz isso para os meus pais católicos", ela falou. "Russell fazia questão que Penny fosse educada na tradição judaica, e para mim tanto fazia. Nunca disse à filha que não sou judia. Quando Penny era pequena, eu não queria confundi-la. E agora não vejo que diferença isso faria. Gostaria muito que você não contasse para ela."

Keith se mostrou surpreso com as palavras de Esther. Olhou-a de modo estranho, triste, como se quisesse perguntar o que mais Penny desconhecia sobre sua mãe, sua identidade e sua infância. Ou sobre qualquer outra coisa de Esther que ele não sabia ou não imaginava.

Sentindo-se desconfortável com a conversa, Esther esvaziou o copo. Jamais comentara com ninguém – exceto com Natasha – sobre Russell ou sobre o assunto que se negara a revelar para Penny. Embora Ashley fosse amiga dela, não era totalmente confiável.

"Com licença", disse Keith, dirigindo-se depois ao rapaz: "O banheiro masculino?"

Enquanto Keith caminhava até o banheiro, Esther desfrutava um pouco mais o traseiro dele. Como tudo nele, sua bunda era sólida, masculina. As mãos de Esther eram grandes para o padrão feminino, e naquele instante ela as imaginava cravadas naquelas nádegas.

A porta do restaurante se abriu e o odor de ar salgado varreu seus pensamentos. Entraram dois sujeitos. Era bem possível que fossem irmãos do *bartender*. O mesmo estilo praiano, o mesmo corte de cabelo, os mesmos jeans, a mesma camiseta apertada e os mesmos tênis de basquete. Debruçaram-se no balcão, cumprimentaram o rapaz atrás dele e pediram uma rodada de cerveja Budweiser. Em vez de ser bem-educado, deixando um banco vago ao lado de Esther em respeito à privacidade dela, o idiota mais alto sentou-se imediatamente ao seu lado. Onde Keith se sentara.

Ela sorriu com condescendência para ele (como se isso ajudasse) e disse:

"Este banco está ocupado".

"Opa", ele falou enquanto recuava. "De costas, você parecia muito mais nova. Que merda, podia ser minha mãe."

Esther não se deu ao trabalho de imaginar a aparência da mãe do garoto, mas levando em conta que era dentuço e tinha a pele inteiramente detonada, certamente o comentário não fora um elogio.

"Se não se importa, gostaria que você saísse daí", ela completou.

"Me importo, sim", ele rebateu. "O banco é meu. Sento nele toda noite. E se você se sente tão incomodada com isso, beije aqui a minha bunda branca e ossuda." De certa forma os pensamentos de Esther a respeito do traseiro de Keith se estragaram.

Como uma dama bem educada de Short Hares deveria saber que a melhor maneira de lidar com os inconvenientes é a indiferença, Esther virou de costas para o boçal e fixou os olhos em seu copo vazio.

"Que bom, você não caiu fora. Isso significa que foi com a minha cara. Não sou de ficar com nenhuma mulher com mais de vinte e cinco, mas não vejo outra por aqui. E você tá me parecendo uma coroa legal."

O cretino ousou pôr a mão no joelho de Esther; isso, como se diz em NJ, fez com que ela perdesse as estribeiras.

Jogou o martíni de Keith na cara do idiota.

"Isso queima!", ele gritou, pondo as mãos nos olhos.

"Guarde essas mãos maltratadas para si mesmo, senão acerto sua cabeça com uma garrafa e desovo você em Pine Barrens!", ela ameaçou.

"Sua vadia!" Ele avançou para ela com um prendedor de cabelo.

O safado não teve tempo de se aproximar. Keith Shiraz voltava do banheiro e agarrou-o pela gola da camiseta. Ele revidou, mas a favor de Keith havia vinte e cinco quilos e trinta anos de experiência a mais. Quando o rapaz se deu por vencido, Keith soprou alguma coisa em seu ouvido.

O garoto perdeu a cor, literalmente.

Keith largou-o. O idiota saiu do bar arrastando-se pelo chão. O amigo e o *bartender* observavam abestalhados enquanto a porta batia em sua bunda branca e ossuda.

"O que você disse pra ele?", perguntou o *bartender*.

Keith deu de ombros.

"Que ele tinha deixado os faróis da frente acesos."

Os rapazes riram entusiasticamente (também eram descontraídos).

"O que você realmente disse?" Esther quis saber.

Keith se negou a dizer, meneando a cabeça.

"Por favor", ela suplicou.

"Me aborrece, e você vai ficar sabendo."

Uma sugestão amedrontadora e pavorosa. Esther se abalou com a lisonja. Ser defendida por Keith tinha sido uma grande virada. Mais ainda: ela estava à mercê dele.

"Podemos ir?", ela disse.

Keith sacou a carteira e deixou vinte dólares no balcão. Não perguntou por que ela queria sair dali ou para onde queria ir. Talvez tivesse deduzido que era mais uma exibição da alegada espontaneidade de Esther. Mas ela não era uma pessoa impulsiva. Afora uma exceção marcante (quando golpeara Bram), sua vida era rígida e cercada de proteção. Keith, no entanto, exercia uma grande influência sobre ela. Era como se, ao ter atingido a cabeça de Bram, ela também tivesse atingido alguma coisa que estava esquecida em sua própria mente.

Saíram do bar. Nos arredores, silêncio. Keith destravou as portas do carro. Em vez de sentar no banco do passageiro, Esther abriu a porta traseira e sentou no banco de trás.

"Agora eu sou seu motorista?", ele disse.

"Senta aqui perto de mim", sugeriu ela, apontando o assento ao seu lado.

Ele entrou e fechou a porta atrás de si. Depois, trancou-a com o controle remoto.

"Nunca sei o que se passa em sua cabeça, o que você está planejando", ele falou.

"Besteira", ela disse.

Aproximaram-se um do outro; primeiro a boca, depois, as mãos. Esther aninhou-se no colo de Keith. Ele era tão grande, tão poderoso, que ela se sentia pequena. Segurando-a pela nuca, Keith deitou-a no banco. Em seguida deitou-se sobre ela, mordendo seus lábios, apertando seus mamilos.

Erguendo-se um pouco para trás, ele disse:

"Isto significa que *vamos* tomar o café da manhã juntos?"

"Como é que você pode pensar em comida numa hora dessa?"

Capítulo 20

"Pelo amor de Deus, cala a boca!", Penny gritava com Boris, que latia sem parar, pulando em frente ao quarto de brinquedos.

Penny encostou o ouvido na porta e teve a impressão de ouvir vozes. Não muito audíveis. Era como se estivessem sintonizadas em alto volume; chiavam, cantavam.

Ela girou a maçaneta. Trancada. Tentou olhar pela fechadura, mas estava selada com fita adesiva pelo lado de dentro da porta.

Os guaxinins entraram, mas não conseguiram sair, ela pensou. Talvez haja uma chave por aqui.

Penny começou a apalpar a superfície da porta para ver se encontrava a chave. Não a encontrou e voltou-se outra vez para a maçaneta, tentando forçá-la. Depois, investiu o peso de seu corpo contra a porta, várias vezes, a fim de arrombá-la.

Boris assistia a tudo com expressão de aprovação. Esticava a cabeça e gania toda vez que ela demonstrava dor, como se para animá-la. Uma última investida fracassada.

"Ai", ela esfregou o braço.

Com as mãos nos quadris, Penny passou os olhos pelo terceiro andar. Móveis aglomerados ao longo das paredes, cadeiras amontoadas, mesas empilhadas. De repente, notou alguma coisa sobre uma das mesas. Parecia uma fatia de queijo. Aproximou-se para inspecionar o que era.

Não é uma fatia qualquer, disse consigo, é *a* fatia. Ela apertou o sapato direito com força, lembrando-se claramente da ocasião em que vira aquilo.

Seus olhos recaíram na porta oposta às mesas empilhadas, especialmente na mancha em cima da fechadura. Chegou mais perto e viu que era uma mancha branca. Cheirou.

É cobertura de bolo, disse consigo.

Do bolo de seu casamento.

Sem dificuldade, ela girou a maçaneta. Abriu a porta, acendeu a luz e passou a investigar aquele aposento que nunca tinha visto – aliás, nem sabia que ele existia.

Nele se via um console com diversos botões e interruptores. Uma janela ampla que não dava para o lado de fora; e sim para o quarto ao lado. Duas cadeiras. Uma mala no chão. Uma foto emoldurada em cima do console. Pegou-a para ver de quem era a foto.

Era dela.

Penny olhou pela janela de vidro. Mesmo mal iluminado, reconheceu seu velho quarto de brinquedos. A mesinha, as estantes, o brilho da tevê, o sofá cor-de-rosa.

De repente, algo inesperado. Uma sombra escura projetada na parede perto da porta. A sombra de um homem. Um homem com os braços sobre a cabeça e uma das mãos segurando alguma coisa. Uma boneca de plástico?

A sombra moveu-se. Ligeiramente, apenas um passo à direita. Era um homem de carne e osso. Estava vivo. Penny precisou de um algum tempo para processar a informação. Um estranho dentro daquele quarto. Armado com uma Barbie, disposto a atacar quem passasse por aquela porta.

Penny soltou um grito. Sua pele gelou, o sangue congelou. Instintivamente, deu um passo para trás, contra a parede oposta, e acabou caindo em cima da mala que estava no chão. Boris latia em seu ouvido, pulava em sua barriga. Trêmula, ela tentou se levantar, mas como não tinha o controle dos pés, teve que se apoiar com as mãos. Puxou a mala e fez dela um escudo. A mala não estava trancada e abriu-se, fazendo o conteúdo – malhas, roupas e outros itens – despencar aos seus pés.

O cheiro de Bram impregnava todo o quarto, entrando pelas narinas de Penny.

Ela afastou as roupas e se pôs de pé. Olhou outra vez para a sombra masculina, debruçando-se sobre o console para ter uma visão mais nítida, e acionou sem querer o interruptor.

De repente, um zumbido eletrônico espalhou-se pelo ar. Além disso, ela ouviu uma respiração. Superficial, acelerada... e *familiar*. Ela conhecia bem aquela intensidade e aquele ritmo, uma ligeira dificuldade no fim de cada inspiração. Era o mesmo som que entrava pelos seus ouvidos quando se deitava com o homem que amava.

"Bram?", ela gritou. Ele olhava para o espelho, cara a cara com ela. Mas não podia vê-la. "Não entendo. O que você está fazendo aí?"

Ele abaixou os braços e disse:

"Estou fazendo... alguns exercícios de alongamento."

"Você ia me atacar com a Barbie!"

Ele se aproximou do espelho de duas faces e se deteve ali, falando consigo mesmo, um pouco à esquerda do ponto em que ela estava do outro lado. Penny podia vê-lo, mas Bram não a via.

"Não esperava que você voltasse tão cedo", ele disse.

"Voltar de onde?", ela quis saber, desnorteada.

"De onde você foi", ele respondeu com impaciência. "Você disse que ia sair."

Ela não tinha dito nada a ele! Não trocara uma sílaba com ele desde o jantar de ensaio.

"Você está enganado", ela falou.

"Não faz uma hora você disse que estava saindo para jantar fora. E queria que eu subscrevesse os envelopes de devolução. Eu ia começar a fazer isso depois que a Cinderela enfiasse o pé no sapatinho que o príncipe levou.

Caiu a ficha. Ele está pensando que sou a mamãe. Isso significava que sua mãe sabia que Bram estava no seu antigo quarto de brinquedos. Será que ele está se escondendo? Não, ele está trancado. Aprisionado. Contra a vontade dele.

"Que merda!"

Penny estava pensando justamente nessas palavras quando elas ecoaram pela porta aberta. Lá estava Natasha, plantada à porta. Ela arrastou o seu peso para dentro do quarto, desligou o interruptor e o cômodo ficou completamente em silêncio, sem nenhum zumbido.

As duas mulheres se encararam por dez segundos até que começaram a discutir.

"Você está metida nisso!"

"Não é o que você está pensando!"

"Isso aqui é seu!", acusou Penny, exibindo a fatia de bolo para Natasha.

"Vou ficar encrencada com sua mãe."

"Não vai ficar encrencada, não", Penny replicou. "Você já está no meio da encrenca. Pode acreditar!"

"Você devia ver o seu estado", Natasha falou com displicência.

Penny olhou o seu reflexo no vidro da janela, sua expressão enlouquecida, os cabelos desgrenhados, a roupa folgada. Logo saiu do foco, com medo de que Bram visse sua triste figura.

"Ele não consegue enxergá-la. Nem ouvi-la, a menos que você aperte o botão", disse Natasha.

"Este?", Penny perguntou, com o dedo indicador no interruptor vermelho. Natasha assentiu. Ela apertou o botão, e a voz de Bram inundou o pequeno cômodo.

"... você está aí? É uma crueldade me deixar aqui completamente afastado do resto do mundo. Pelo menos me dá um rádio. Ou uma tevê comum. Ou um telefone."

"Um telefone?", Natasha deu uma risadinha e desligou o microfone. Era só o que faltava!

"Como foi que isso aconteceu?", Penny inquiriu.

"Não sei de nada."

"*Me diz!*"

Natasha deu de ombros.

"Sua mãe ficou furiosa depois que ele te abandonou. Então, golpeou a cabeça dele e o trouxe pra cá."

Penny olhava para Bram, espantando-se por tê-lo tão perto. A alguns centímetros de distância. Vendo-o um pouco inchado, ligou o microfone.

"Você está gordinho", ela disse.

"O que você queria?", ele rebateu. "Estou comendo vinte refeições por dia!"

"Aquelas bandejas eram então pra ele", Penny cochichou no ouvido de Natasha. "Não havia vira-lata algum! *Bram* é que era o cachorro, o que aliás pra mim é um insulto aos cães." Ela esperou um pouco até esfriar a cabeça. "De onde então veio o Boris?"

"Do abrigo de animais de Short Hares."

"Vocês adotaram um cachorro só pra encobrir um seqüestro?"

"Do jeito que você coloca, parece errado", Natasha falou enquanto aninhava Boris nos braços. "Mas você sempre quis um cachorro, Penny. E ele precisava de um lar."

"Ele é uma gracinha", disse Penny, acariciando o cãozinho.

Enquanto isso, Bram continuava falando:

"Você pensa que acho engraçado engordar? Você se diverte com o meu rosto inchado de tanto comer bolo de noiva? Deve se divertir muito com isso, não é? Vai fundo. Arrebenta de tanto rir."

Ele pegou o prato do chão ao lado do sofá e começou a devorar o bolo, sem nenhuma pausa para mastigar e respirar. Penny olhava, horrorizada, dividida entre o nojo e a fascinação. O isolamento tinha acabado com ele. E com tanta rapidez! Ela começou a rir do absurdo da situação, do rosto de Bram enlouquecido e coberto de glacê, do cativeiro, do crime da mãe, da cumplicidade de Natasha. O riso deixou Boris excitado e o fez pular do colo de Natasha para rodear as pernas de Penny.

"Tá legal", Bram falou com a cara cheia de glacê branco. "Pode rir, sua vaca. Ri à vontade, sua vadia."

Ele deixou o prato cair, e os pedaços de bolo se espalharam pelo carpete, formando uma trilha de glacê. Agarrou então a própria garganta e se dobrou. Seus olhos se esbugalharam com dramaticidade, ao mesmo tempo em que ele tentava expelir alguma coisa que parecia ter obstruído sua garganta.

"Ele está sufocando", Penny gritou.

"Que nada, está fingindo", replicou Natasha.

"Temos que ajudá-lo! Ele está ficando vermelho!"

O rosto de Bram parecia um tomate prestes a se tornar beterraba. Ele caiu de joelhos, batendo contra o próprio peito.

"Ele está tentando fazer a manobra de Heimlich sozinho", disse Penny, agarrando Natasha e puxando-a para o quarto de brinquedos. Mas logo se deu conta de que sem a chave não poderia entrar lá para ajudá-lo.

"Destranca a porta!"

"É encenação dele. Sei muito bem quando alguém está sufocando."

"Ele está ficando roxo!", Penny gritou, acrescentando: "Você já viu alguém morrer engasgado?"

"Muitas, muitas vezes", Natasha respondeu com ar de tédio. "Eles não ficam vermelhos. Ficam azuis."

"Você está fingindo", disse Penny ao microfone.

Bram parou de se contorcer. Esticou-se no chão e ficou imóvel, com a cara cheia de glacê.

"Agora ele está se fingindo de morto?", Penny cochichou no ouvido de Natasha.

"Infelizmente", sussurrou a moscovita. "Logo, logo ele rola."

Não deu outra: após trinta segundos Bram começou a se mexer.

"Agora ele vai se sentar."

Bram empinava-se.

"Observa agora."

Ele levantou-se e sentou-se no sofá, com o brilho da TV refletido em sua face resignada.

Penny estudava a expressão deprimida de Bram, os patéticos resquícios de glacê em seu rosto, em seus jeans, a postura arqueada. E sentiu pena dele.

Natasha desligou o microfone e disse:

"Logo que sua mãe chegar, conversaremos sobre o que fazer depois. Por mim, o melhor seria dopá-lo, vendar seus olhos e desová-lo em Pine Barrens."

"Nunca o vi dessa maneira. Vulnerável, desesperado, à mercê dos outros. Com uma aparência tão triste", Penny comentou.

"Ele é que a deixou tão triste", Natasha rebateu.

"Então é assim, olho por olho?"

"Em Moscou, é perna por olho", disse Natasha. "Bram fez um bom negócio."

Penny assentiu com um gesto de cabeça e não se conteve:

"Bram, por que você fez aquilo?"

Ele lançou um olhar gelado (ou seria lambuzado?) em direção ao espelho.

"Aquilo o quê?"

"Fugir do casamento."

Ele desviou os olhos diretamente para o lugar onde Penny estava, como se pudesse vê-la. Ela engoliu em seco.

"Não aja como se desse a mínima, Esther", ele disse. "Você está radiante com o fracasso do casamento. E não só porque me odeia. Mas porque seu maior desejo é que Penny nunca se case. Se fosse possível, aposto que você a trancaria neste quarto."

Deve ter acontecido alguma coisa lá com ele, ela pensou.

"A questão em pauta: é por que você abandonou Penny no altar?", ela inquiriu, fingindo ser a mãe.

"Já lhe disse, isso não lhe interessa. E francamente, não entendo por que você quer saber tanto. Penny voltou a ser toda sua. É isso que lhe interessa. Muito mais que a própria Penny. Se eu tivesse uma chance, explicaria diretamente para ela."

"Fala pra ele que é você", Natasha sussurrou.

Penny podia fazer isso. Podia pedir que Natasha lhe desse a chave para libertá-lo. Podia confrontá-lo sem a intermediação dos vidros; podia questioná-lo e expulsá-lo de sua casa, de sua vida, de seu futuro.

Mas ele insultara Esther. Anulara a relação que havia entre mãe e filha. É claro que no caso em questão essa relação podia parecer um pouco tensa, mas elas estavam unidas por laços sagrados que se sobrepunham às críticas de qualquer um que estivesse de fora. Ele não tinha o direito (quem ele pensava que era?) de se referir a Esther daquela maneira.

Penny pegou o microfone e falou:

"Você não vai a lugar nenhum, seu egoísta, desalmado, seu bastardo de merda. Você não faz a menor idéia de como me relaciono com Penny, do muito que significamos uma para a outra nesses anos todos. Sempre fiz tudo o que pude pra deixá-la feliz, e tanto que você nem pode imaginar. Seu bundão.

Bram ficou boquiaberto.

Penny desligou o microfone.

As sobrancelhas riscadas a lápis de Natasha quase foram parar no início da testa.

"Você está furiosa", ela disse. "E com razão."

Penny agarrou Boris, apertou-o nos braços e saiu para o corredor. E deu um pontapé na porta do quarto de brinquedos quando passou por lá.

Capítulo 21

KEITH AFASTOU A BOCA DOS lábios de Esther, comentando:

"Namorando nesse banco traseiro, me sinto com dezessete anos. Se não fosse minha coluna. Ela ainda tem cinqüenta".

A coluna de Esther tinha virado uma gelatina, não lhe permitindo contestar.

"Vamos voltar para o hotel", ele sugeriu. "Podemos pedir o serviço de quarto. E champanhe. Vamos abrir aquela garrafa que você deu para Bram e Penny."

Ao ouvir o nome de Bram e a menção à arma que usara, ela ficou petrificada.

"Você não gosta de champanhe?", ele perguntou.

"Adoro", ela respondeu. "O hotel é uma ótima idéia."

Foram para o banco da frente e voltaram à estrada. Com o movimento, Esther teve a chance de pôr os pensamentos em ordem, de enfiar Bram, Penny e toda a confusão do casamento numa caixa e arrumá-los numa prateleira de seu cérebro. Ela só conseguia pensar em Keith, naquela noite e em sua sexualidade por tanto tempo ignorada. No dia seguinte teria que encarar a realidade que ela mesma havia criado, e tentaria ajeitá-la.

"É uma longa viagem de volta", ele disse. "Estou louco pra deitar em cima de você e atacá-la."

"Mãos no volante, olhos na estrada", ela disse, abrindo a braguilha da calça dele para masturbá-lo durante o percurso de volta até Short Hares. Ele estava esplendidamente ereto, silencioso e focado na estrada (na medida do possível).

Fizeram o caminho de volta com um tempo excelente. Esther nem se deu conta de quanto Keith havia acelerado.

Pararam na entrada do Plaza e se beijaram apaixonadamente até que o manobrista bateu na janela do passageiro com um sorriso envergonhado e ruborizado, obrigando-os a se separar.

"Não se mova", disse Keith.

Depois de sair do carro, ele foi para a porta de Esther, abriu-a e estendeu a mão. Ela lhe deu a mão e ele ajudou-a a sair do carro, com distinção. Keith abraçou Esther com firmeza e amparou-a pelos degraus da entrada como se ela fosse frágil como vidro.

Elegância ao extremo. Fazia tempo que ela não via isso! As mulheres da geração de Esther tinham sido treinadas para reagir negativamente ao cavalheirismo. Ela se lembrava de como fazia questão de frisar para Russell que era perfeitamente capaz de abrir portas e empurrar a cadeira à mesa. Mas naquela hora, com tamanha demonstração de cortesia, seria ridículo assumir uma postura feminista. Ela aceitaria a cortesia, todo o cavalheirismo que ele pudesse oferecer, e curtiria as atenções.

"Agora é a sua vez", disse Keith assim que entraram no saguão.

"Minha vez?" De me mostrar magnânima?, pensou ela. Será que ele lera a sua mente?

Ele sorriu com malícia e apalpou um ponto estratégico do vestido de Esther.

"Ei!", ela reclamou, sem graça, notando os olhares da recepcionista e do mensageiro do hotel.

Ele a empurrou na direção do bar.

"Vamos lá pra cima", ela retrucou.

"Primeiro eu quero brincar com você por baixo da mesa", ele falou.

É um pervertido, ela pensou. Mas a simples idéia de ele a tocar quase que na frente de outras pessoas fez a vagina dela se contrair.

Sou uma pervertida, ela pensou. Todos aqueles anos de abstinência só para saber que tinha desejos eróticos excêntricos. Ou talvez Keith é que estivesse estimulando a excentricidade, embora ela é que tivesse dado a pista disso.

O bar do Plaza era perfeito para a tarefa. Era um ambiente de estilo europeu – polido, sóbrio e tradicional. Carpete com padronagem saxônica, lambris de carvalho, papel de parede verde e gravuras que exibiam cenas de caça à raposa, típico da Inglaterra do século XIX. No salão, mesas baixas acompanhadas de cadeiras de veludo estofadas. No bar, o garçom, um imaculado senhor de meia-idade, de bigode e vestindo terno preto e camisa branca, limpava o balcão com um pano branco.

"Boa noite, senhor. Boa noite, madame", ele disse. Umas doze pessoas ricamente trajadas para a noite bebiam uísques e coquetéis gelados, sentadas nos bancos altos do balcão.

"Direto do Abruzzi's para essa orgia esnobe. Parece outro planeta", Keith cochichou no ouvido de Esther.

"Nova Jersey tem de tudo", ela comentou enquanto se sentavam num canto escuro. O restaurante exalava um aroma de madeira e hortelã, e não de fritura e cerveja.

"Precisamos de uma toalha de mesa", disse Keith.

"Quer que eu peça ao garçom?", ela sugeriu, espantada com o descaramento dele.

"Põe o meu casaco no seu colo", ele falou, ajudando-a a colocá-lo. "Assim está bom."

Esther se sentia aliviada por não estar usando meia-calça. Em julho isso significava uma graciosa castidade.

Keith se aprumava ao lado, com a mão direita infiltrando-se por debaixo do casaco até as coxas de Esther.

"Mãos sobre a mesa; olhos... em mim", ele disse.

Ela suspirou quando os dedos dele atingiram o ponto. Talvez tenha deixado escapar um ligeiro gemido, com os olhos voltados exatamente para onde ele queria. Focou-se na boca de Keith. Ele falava suavemente com ela, dizia coisas sem sentido; por vezes parecidas com rimas infantis, só para fingir que de fato conversavam.

"Você está encharcada", ele disse quando ela sentiu uma contorção na virilha, uma sensação de zumbido, o começo de algo que...

"Oh, meu Deus", ela gemeu.

"Oh, meu Deus!", uma outra pessoa exclamou.

Esther e Keith se viraram para ver quem era.

"Ei, vocês dois! Não acredito! Que coincidência encontrar vocês aqui!"

"Ashley?", Esther engasgou ao ver sua amiga.

Keith retirou a mão de debaixo da mesa, o que fez Esther lamentar.

"Boa noite, Ashley", ele disse.

"Achei que podia encontrá-lo aqui, Keith. Mas nem me passava pela cabeça que podia encontrá-los juntos. E sentados aí conversando, parecendo tão íntimos. Nem pediram as bebidas...

Instintivamente, Esther se afastou um pouco de Keith e disse:

"Você gostaria de...

"Adoraria." Ashley sentou-se à mesa que era de dois e agora, de três, deixando Keith no meio.

Ela se debruçou sobre o colo dele para beijar Esther. E ao se afastar, deu sua piscadela habitual de cumplicidade. Esther balançou a cabeça. *Não*, ela sussurrou. Mas Ashley já tinha voltado a atenção para Keith. Alguns anos antes ela havia se empenhado em fazer alguns "resgates" similares para Esther, que não queria necessariamente ser salva. Acontece que Esther nunca conseguira achar uma maneira educada de afastar Ashley. Mas na ocasião não se importara muito.

Com Keith, entretanto, Esther se importava.

"Ainda estou boquiaberta por ter encontrado você!", disse Ashley.

"É tão surpreendente assim encontrar Keith no hotel dele?", Esther perguntou com sarcasmo.

Ashley lançou para sua amiga um olhar de interrogação.

"Estou interrompendo alguma coisa? Estão desabafando as mágoas pelos filhos? Pelo casamento? Pela tragédia de tudo isso?"

Sim, pelo coração partido, pensou Esther. Pela dor de cabeça também. Pela sua empregada desmiolada. E pelo Bram, por Penny e o casamento. As caixas de pensamentos voavam das prateleiras e despencavam no colo de Esther, agora fria e impenetrável.

"Está bem, confesso. Vim procurar vocês. Espero que não se zanguem. Eu estava tão entediada, sentada naquela minha casa enorme!" Ashley olhou para Keith e acrescentou: "Desde que o meu marido morreu, sinto-me muito só à noite".

"Eu entendo o que você sente", disse Keith.

Esther também se sentia assim. Não pela falta de seu falecido marido. Ela chegara até a dançar quando recebera a notícia pelo telefone. Mas sobre as noites solitárias, tinha o que dizer. A característica da sedução de Ashley era a empatia. Sua incrível capacidade de perceber qualquer coisa que o seu alvo sentisse, e de retribuir a esse sentimento. O efeito era imediato. Keith, no entanto, não era bobo. Não cairia na trama sedutora de Ashley.

Pelo menos era o que Esther pensava. Virou-se para Keith na expectativa de que ele estivesse olhando para ela. Mas ele olhava a blusa de seda cor de café de Ashley, embasbacado.

"Que blusa linda", disse Esther para a amiga, com uma faísca de ciúme.

Ashley empinou os seios de silicone, como para fazê-los saltar da blusa.

"Esta coisa velha?"

Elas riram juntas, como velhas amigas que eram.

"Não é bom estarmos todos aqui?", Esther falou, dando um tapinha no joelho de Keith.

"Ainda mais quando penso que Esther me odiou quando fomos apresentados", ele replicou.

"É verdade?", Ashley quis saber.

Esther não estava com a menor vontade de passear pela memória. Na verdade, não estava disposta a dar um só passo.

"Eu tentei impressioná-la com uma piadinha. E me lasquei completamente", ele disse.

"A piada era engraçada?", disse Ashley.

"Não muito."

"Tadinha da Esther", Ashley comentou com simpatia.

"Se olhar matasse, eu já estaria morto", ele falou, rindo. "Então resolvi que faria qualquer coisa para que ela mudasse de idéia a meu respeito."

"Você gosta de desafios?", perguntou Ashley.

"Vocês gostam de falar das pessoas como se elas não estivessem presentes?", perguntou Esther.

"Eu queria deixá-la feliz", ele se justificou, olhando nos olhos de Esther. "Me parecia que você não conseguia resolver isso sozinha."

"Eu sempre precisei de um homem para me sentir feliz", disse Ashley. "Todas as mulheres precisam. Exceto as lésbicas. Mas esse não é o caso de nossa Esther."

Esther não sabia como lidar com aquilo. Keith então resolvera salvá-la emocionalmente? Quem disse que ela precisava ser salva? Ela odiava a idéia de ser uma mulher parecida com Ashley. Rejeitava a noção de que as mulheres não podem ser felizes sem os homens. Geralmente, acontece o oposto.

Ashley colecionava homens. Esther jogava a afetividade em outras coisas como tapetes, cadeiras, máquinas de costura, violinos e tabuleiros de xadrez. Mas, contrariando o juízo convencional, alguns itens de sua coleção (as colchas antigas, por exemplo) a deixavam aquecida nas noites geladas de inverno. Por que Ashley tinha que exibir sua coleção de homens para ela? Em oposição às cadeiras de Esther, os homens não tinham necessariamente que ficar no mesmo lugar. Todos os homens caçados por Ashley partiam de manhã, deixando a cama vazia. Pelo menos com as cadeiras ela já estava acostumada, pensava Esther.

"Ela tem razão", Esther falou. "Não sou lésbica. Mas estou muito cansada." Levantou-se. Dormir com Keith fora uma adorável fantasia. Mas com o aparecimento de Ashley, era como se as deusas que regem o destino sinalizassem o perigo. Se tivesse transado com ele, será que ficaria viciada em sexo, como algumas pessoas se viciam em *crack*? Será que uma noite com Keith a deixaria como Ashley Longmead? Essa perspectiva a fez tremer.

"Aonde você pensa que vai?", Keith falou rapidamente, levantando-se.

"Para casa", ela respondeu. "E como você vai deixar a cidade amanhã, acho que não nos veremos outra vez. Cuide-se, viu?"

"Tínhamos outros planos para esta noite", ele disse.

"Planos que mudaram", Esther replicou. "Mas não vejo razão para você deixar de aproveitá-la". Ela lançou um olhar para Ashley.

"Os planos continuam", ele afirmou. "Tenho que insistir", disse com mais firmeza. Esther não sabia se ele queria esmurrá-la ou beijá-la.

"Sem essa, amigos. Vamos parar com essa discussão, principalmente porque estamos com a garganta seca. Joffrey!", disse Ashley.

"Uma garrafa de champanhe. Coloque-a na conta do senhor Shiraz. E vocês dois, por favor, sentem-se."

"Sim, senhora Longmead", o garçom respondeu do balcão.

Esther e Keith permaneceram sentados. Keith a olhava com intensidade, a poucos centímetros de distância. A vulva de Esther pulsava (ela não podia negar).

"Joffrey, cancele o champanhe", ela ordenou.

"Sim, senhora Bracket."

"Joffrey", disse Keith.

"Pois não, senhor Shiraz."

"Mande o champanhe para o meu quarto."

"Sim, senhor."

Ashley levantou-se, excitada, pegou com suas mãos cheias de jóias as mãos de Keith e disse:

"Que idéia excelente! Eu adoraria conhecer sua suíte. Esther, você precisa mesmo ir pra casa? Ah, bem, talvez precise".

Keith pôs a mão no colo macio de Ashley e empurrou-a de volta ao assento. Ela caiu sentada.

"Foi ótimo revê-la. Boa noite, Ashley", ele disse enquanto abraçava Esther, levando-a para fora do bar na direção do elevador.

Ele apertou o botão. Sobe. Depois, sob o lustre de cristal e ouro, enlaçou a cintura de Esther, puxou-a para si e beijou-a da forma mais apetitosa que ela já sentira na vida. Um filé de beijo ao ponto, sangrento, mastigável e fortificante. Um alimento. Um beijo que poderia sustentá-la por dias ou, se necessário, pelo resto da vida.

Os dois estavam tão agarrados que não notaram quando a porta do elevador se abriu com um *ping*, dando saída a um monte de gente.

"Ora, ora. Olha só pra isso, Morris. Eu bem que avisei pra eles encontrarem um quarto, mas acho que já encontraram."

Esther abriu um olho e lá estava Vita, a amiga degenerada de sua filha, na frente de Keith. Os braços longos da moça estavam cruzados contra o peito. Ao lado dela, o padrinho de Bram, o neandertal que entregara a carta-bomba para Penny no dia de casamento. Esther e Keith se desgrudaram e olharam para os amigos de seus filhos.

"Vita", disse Esther, confusa.

"Senhora Bracket", Vita cumprimentou.

"Olá, senhor Shiraz", disse o rapaz.

"Olá, Morris", Keith respondeu, colocando-se atrás de Esther a fim de esconder os traços de ereção.

Os dois casais sorriram, sem graça. O encontro com a amiga de Penny, que obviamente acabara de fazer uso de um quarto daquele hotel, era um jato de água fria no desejo de Esther.

"Você teve alguma notícia de Bram?", Keith perguntou para Morris.

"Nenhuma", respondeu o rapaz.

"Parece que vocês não estão preocupados", disse Keith.

"Não, ele deve estar... ocupado com alguma coisa."

"Ocupado? Você tinha falado que talvez ele estivesse em alguma praia", Vita comentou, metendo-se na conversa.

"Que praia?", Keith sussurrou para Esther. "Não em Sea Grit."

"Como você acha que Edina Spanky faria esta cena?", Vita perguntou para Morris. "A mãe da noiva com o pai do noivo? Curioso. E muito doido, considerando as circunstâncias. Seria o mesmo que a mãe de Julieta transar com o pai de Romeu."

"Edina ficaria intrigada pela motivação sexual."

"Oportunismo?", Vita conjeturou. "Desejo como fruto de estresse e de ansiedade? Sexo como fuga de problemas grandes demais para se enfrentar?"

Enquanto Vita falava, Esther observava que a boca da moça era rosada, compacta, adorável, e que seus olhos verdes brilhavam como o mar da Irlanda. A garota era uma coisinha adorável; pequena, açucarada. Um bolinho.

"Sua presunçosa retidão é deprimente", disse Esther, demonstrando a aversão que tinha pelos bolinhos.

"Só estou explorando uma personagem", Vita se justificou. "Não é nada pessoal. Mas, se for o caso, Penny já sabe sobre isso? Talvez ela tenha algumas questões a colocar."

"Não há 'isso' algum", Esther replicou.

"Não há?", Keith interveio.

"Por ser a melhor amiga de Penny, minha obrigação é contar pra ela tudo o que vi. Aliás, vou agora mesmo pra lá. Ela acabou de me telefonar e pediu que eu fosse pra lá."

Esther olhou o relógio. Dez horas. Penny estaria bem? Ligando numa hora daquela para pedir apoio emocional (mesmo insignificante)? E por que não conversara com Vita só pelo telefone? Que razões teriam feito Penny solicitar a presença de Vita? Será que Penny queria mostrar alguma coisa?

O estômago de Esther revirou e suas pernas ficaram bambas. Penny o encontrou, ela pensou.

"Vou com você", disse Esther para Vita.

"Não vai, não", disse Keith, mostrando-se mais exasperado que resoluto.

"É claro que a Penny precisa de apoio", Esther se justificou. "Sou a mãe dela. Tenho que ficar ao lado dela."

"Eu posso lidar com isso", disse Vita.

Esther bufou.

"Vita, se a senhora Bracket quer ir, você pode ficar", disse Morris.

A garota sorriu.

"Prometo que voltarei logo. E se não voltar tarde da noite, volto amanhã cedo. Ah, fica com isso antes que eu me esqueça." Vita terminou a frase estendendo o cartão de seu quarto para o rapaz.

"Preciso estar na cidade por volta das dez", disse Morris. "Tenho, hum, um compromisso comercial."

"No domingo?"

"É, sim", ele respondeu de supetão, com os olhos voltados para os tênis.

"Você tem realmente um trabalho?", Keith perguntou.

"Ainda sou escritor *freelance*."

"E vai ter um encontro comercial", disse Keith. "No domingo."

"É um cliente novo", Morris comentou com displicência. "Ele quer um discurso."

"Sobre o quê?", Keith inquiriu, olhando-o nos olhos à espera de resposta.

Esther imaginou aqueles olhos cravados em seus olhos enquanto Keith a carregava para a cama.

"Senhora Bracket", Vita falou, "a senhora está respirando na minha orelha."

"É um discurso, hum, de trabalho."

"Fale mais sobre isso", disse Keith.

"Já vou indo", disse Vita.

"Eu também", disse Esther juntando-se a ela.

Keith se despediu de ambas com um beijo no rosto.

"Vamos deixar o café-da-manhã para outra hora", ele comentou com Esther.

Vita deu um sorriso matreiro enquanto registrava mentalmente a cena para contar para Penny. Esther seguiu-a pelo saguão.

"Lamento por ter estragado a sua noite", disse a garota, caminhando apressada.

"De qualquer forma, eu já estava de saída." Esther esforçava-se para acompanhá-la.

"É vergonhoso apressá-la."

"Não tem importância."

"O hotel pode chamar um táxi mais tarde, se você quiser ficar."

"Pelo amor de Deus, Vita, a casa só está a três quilômetros daqui", Esther retrucou. "É claro que pode se agüentar sozinha comigo por uns três minutos."

"Claro que posso", Vita declarou com a mão no peito. "Só estava preocupada com o seu conforto. Pela sua idade, não desejo de maneira nenhuma estressar seu coração."

Esther olhou de relance para trás, na direção de Keith. Ele apoivava a mão no ombro de Morris, como para mantê-lo no lugar. Morris parecia nervoso. Keith queria saber de alguma coisa. Os olhos de Morris se movimentavam da esquerda para a direita como se procurassem fugir.

Vita e Esther atravessaram a porta de entrada. O manobrista chegou com o fusquinha verde exatamente no instante em que elas desciam a escada do hotel.

Capítulo 22

PENNY PROTEGIA OS PÉS DOLORIDOS. Natasha aninhava Boris no colo, acariciando as orelhas esquisitas do cão.

"Da próxima vez, use botas." A russa supostamente tinha alguma experiência em chutar portas.

Blém.

"Quem será agora?" Penny desceu mancando pela escada. Depois do encontro com Bram no ático, ela estava preparada para qualquer coisa. "Talvez o fantasma de papai tenha vindo para me resgatar."

"Talvez seja o meu finado marido", Natasha rebateu enquanto abria a porta.

"Boa noite", ela falou para a mulher à soleira da porta.

"Olá, dona Molotov. Que bom ver você, Penny", disse Ashley Longmead.

Ela beijou o rosto de Penny.

"Você não está me parecendo muito bem", disse a mulher quimicamente preservada vestida de conjunto de seda. "Você tem que passar um dia inteiro em algum *spa*, Penny. Agende um fim de semana. Vou telefonar para o Reynaldo, lá do Short Hares Wellness. Garanto que ele vai arrumar uma vaga pra você."

A porta da cozinha bateu à esquerda. Era Natasha que se evaporava. Boris também recebeu mal a vizinha de cabelos castanho-avermelhados, latindo com adorável hostilidade. Penny pegou-o no colo (gentil e amorosamente) e apertou o focinho dele.

"Mamãe não está em casa", ela disse.

"Pensei que ela estava jantando com o maravilhoso Keith Shiraz." Ashley esticou os olhos sobre os ombros de Penny à procura de sinais masculinos.

"Eles saíram."

"Por acaso você sabe aonde foram?"

Penny deu de ombros.

"Keith ainda está no Plaza?", Ashley perguntou.

"Acho que sim."

"Muito obrigada, Penny. E não se esqueça. O Reynaldo é um gênio. Ele faz qualquer coisa por mim. Só preciso dizer *buu*."

"Você quer dizer 'doida'?", disse Penny.

Ashley deu uma pausa e sorriu.

"Você sempre foi uma criança estranha, Penny. Boa sorte com a sua solidão. Espero que você tenha momentos melhores que sua mãe."

Penny bateu a porta com violência. E abriu-a depressa.

"Desculpe, a porta bateu", ela falou atropeladamente.

Mas Ashley já estava dentro de seu Porsche. Acenou com a mão cheia de brilhantes, buzinou e se foi.

A culpa se apresentou imediatamente. Ela havia batido a porta na cara de Ashley. Por mais gratificante que isso fosse, Penny sabia que logo se arrependeria. E Esther ficaria furiosa quando soubesse.

Penny entrou na cozinha. Natasha não estava lá. Então, pegou o telefone de parede e discou para o celular de Vita.

O telefone só tocou uma vez.

"Vem pra cá", ela disse.

"Estou com Morris", Vita respondeu. "Estamos lendo o romance. Quer dizer, a peça. É boa, Pen. Talvez seja a peça que eu estava procurando."

Será que ela devia contar a Vita que Bram estava no ático? Deus, como ela queria contar! Afinal, eram notícias fresquinhas. E que deliciosa ironia! Logo ele, que buscava a liberdade. Olha só pra ele agora. Ela abriu a boca para exprimir esses pensamentos, mas alguma coisa a fez hesitar.

"Você está legal?", Vita perguntou ao telefone.

"Estou ótima", disse Penny. "Muito bem."

"Tem alguma coisa errada."

"Esqueça." Penny pesou um pouco mais e resolveu não contar nada para Vita. A atriz tinha uma tendência ao exagero; ela e Esther não poderiam ir mais longe. Se descobrisse alguma coisa sobre Bram, Vita cometeria alguma loucura como, por exemplo, chamar a polícia.

"Você não está nada bem", Vita falou. "Já estou indo pra aí. Só preciso de vinte minutos." E desligou.

Penny tentou ligar outra vez, mas o celular de Vita já estava desligado.

Agitada demais para esperar na cozinha, Penny atravessou-a na direção de uma entrada estreita onde havia uma escada de serviço que ela raramente usava e que dava no segundo andar, exatamente em frente ao quarto de Natasha.

Penny chegou com Boris no colo e bateu na porta.

"Ela já foi?", disse Natasha logo que abriu a porta.

"Saiu voando", Penny respondeu.

"Aquela mulher", Natasha cuspiu no chão, "me trata como uma empregada."

"E qual seria exatamente a descrição de seu trabalho?", Penny inquiriu.

"Eu sou uma governanta", Natasha falou de nariz empinado.

"E co-seqüestradora", Penny acrescentou. "Co-criminosa, co-torturadora."

"Pode ser, mas não sou uma empregada!"

Penny entrou naquele quarto decorado com dramaticidade, admirando como sempre o tapete oriental vermelho-maçã, a colcha cor de morango e as paredes cor de cereja. O armário era uma relíquia asiática laqueada em tons escuros de romã.

Natasha gostava de vermelho. E de frutas.

E Penny amava aquele quarto. Quando era criança, implorava para que Esther a deixasse pintar também o seu quarto de vermelho-berrante, mas a mãe se recusava, dizendo:

"Vermelho é para prostitutas e comunistas, não para menininhas."

E Penny sempre perguntava:

"Então, por que o quarto de Natasha é vermelho?"

Invariavelmente, a pergunta provocava em ambas uma sonora gargalhada que encerrava o diálogo.

Natasha continuava tecendo comentários sobre a vizinha.

"Ashley Longmead só se sente feliz quando sua mãe está na pior."

"Parece que ela tem o dom de adivinhar quando as coisas não vão bem", Penny comentou enquanto se reclinava na cama cor de morango. Ashley chegara voando no dia em que Russell fora embora, como se estivesse esperando lá embaixo que o carro dele tomasse a estrada. E também chegou bem depressa quando Russell morreu. Era então natural que ela marcasse presença por ocasião do casamento fracassado.

"E Esther ainda acha que Ashley é amiga dela", disse Natasha com ironia. "Talvez agora você entenda melhor a sua mãe."

"Sim, eu me dei conta de que ela tem um porrete pronto para qualquer emergência", Penny replicou. "Não passa de uma criminosa fracassada."

"Sua mãe está sozinha no mundo. Ela só tem você e eu", Natasha rebateu.

"Faço então uma correção: mamãe é uma criminosa triste e sozinha", Penny falou baixinho, do fundo da alma.

"Na Rússia, a turba jogaria Bram no fogo e deixaria o corpo carbonizado para os ratos, só pelo que ele fez."

Penny sabia que Natasha era capaz de atos cruéis e covardes. A russa era uma excelente cúmplice. Mas ela não podia imaginar que sua mãe seria capaz de golpear a cabeça de uma pessoa e depois seqüestrá-la. Durante anos ouvira os cochichos das pessoas que comentavam que Esther estava envolvida de alguma maneira no mergulho fatal de Russell.

Penny abraçou uma almofada vermelha, lembrando-se de como Esther tentara dissuadi-la do noivado. E quanto mais Esther a desencorajava, mais ela se unia a Bram. Só depois de muita terapia é que percebeu que um dia alguma coisa se colocaria entre ela e sua mãe. Bram fora seu amado e seu sustentáculo. Mas o que ela significava para ele?

"Se toda vez que falar com Bram eu fingir que sou a mamãe", disse Penny, "poderei falar o que quiser sem pensar nas conseqüências."

"Você não terá essa chance", disse Natasha. "Esther vai soltá-lo assim que chegar."

"Não!", Penny exclamou.

"Se ficar provado que houve seqüestro, é bom que você não esteja envolvida. E agora que você já sabe, acabou. Mas que foi divertido enquanto durou, isso foi!"

"É só não contar pra ela", disse Penny.

A russa podia ser tão inflexível quanto a cortina de ferro.

"Ele tem que sair daqui", ela insistiu.

"Fale um pouco a respeito do quarto de brinquedos. O que significa aquele sistema de vigilância? Mamãe o usava pra me espionar?"

"Não era a sua mãe", respondeu Natasha. "Era o seu pai. E não era pra te espionar. Era pra espionar a *ela*."

Ela, Penny entendeu imediatamente, era Jemima, sua babá inglesa. A mulher que fizera com que Esther fosse abandonada. Aquela com quem ele estava quando morreu.

"Ele era um pervertido, um tarado", Natasha acrescentou.

A mãe de Penny tinha um parafuso a menos, e o pai dela era um *voyeur*. As notícias eram tão constrangedoras como renovadoras. Desde que saíra da sala de controle, cerca de vinte minutos antes, Penny estava se coçando para subir as escadas e espiar Bram. Seria bom observá-lo. Aliás, sempre gostara disso. E daquela forma podia observar tudo o que quisesse sem a pressão e a ansiedade de ter o olhar dele sobre ela.

"Talvez eu também seja uma tarada", ela disse.

"Talvez seja", Natasha assentiu. "São os mesmos genes. A maldade pode aflorar em você. Isso pode acontecer a qualquer hora com qualquer um que esteja sob pressão. É só ver o que a Esther fez com o Bram. Uma vez, o meu irmão Misha fez um ninho com jornais que ele encontrou na sarjeta e começou a dormir dentro dele. Ele dizia que tinha virado um pombo. Até que um dia pulou do telhado, achando que podia voar."

"E ele se machucou?", Penny perguntou.

Natasha negou com um gesto de cabeça.

"Nossa casa, se é que aquilo podia ser chamado de casa, era baixa. Eu e meus irmãos vivíamos pulando do telhado por pura diversão. Não havia parques nem pracinhas em Moscou. Éramos obrigados a ficar o tempo todo dentro de casa para não sermos pegos pela polícia e enviados a um campo de trabalho para jovens lá na Sibéria."

"Pelo menos uma única vez eu gostaria que você me contasse a verdade sobre sua vida antes de Nova Jersey", disse Penny.

"Cada palavra dita por mim é verdadeira!", Natasha insistiu.

"Você não se casou por correspondência."

"Casei, sim! Fui capa do primeiro catálogo de agenciamento. Meu irmão Serguei tirou uma foto minha, nua, e de minha prima. Isso foi em 1991, um dia após terem derrubado o Muro de Berlim. Dois meses depois recebi uma carta de um americano. Ele mandou dinheiro, documentos e passagem de avião. Fui para Chicago e nos casamos."

"E ele morreu?"

"Está mortinho", disse Natasha. "Era um idiota. Só mesmo um idiota ligaria o aparelho de barbear dentro da banheira para morrer eletrocutado. Chorei muito tempo pela morte dele."

"Você? *Chorou?* Agora tenho certeza que está mentindo." Penny balançou a cabeça e riu.

"Tá bem, a parte do choro é mentira", Natasha admitiu.

"Você não vai contar pra mamãe que encontrei o Bram, não é?"

Elas ouviram uma porta batendo.

"Tem alguém aqui", disse Natasha.

"Eu chamei a Vita", Penny comentou.

"Você não pode contar pra ela!", Natasha foi incisiva.

"Não vou contar!"

"Eu vou me livrar dela."

Penny não gostou de como a frase soou. Natasha, então, corrigiu:

"Vou pedir pra ela ir embora."

As duas mulheres se espremeram para sair ao mesmo tempo pela porta e se apressaram pelo corredor, disputando a escada principal.

"Pára de empurrar", Natasha falava.

"Sai da minha frente", Penny replicava.

Esse mesmo clima era compartilhado pelas duas outras mulheres que se engalfinhavam para subir a escada.

"Você não pode me deter", Vita dizia, subindo.

"Esta casa é minha", Esther rebatia.

Todas elas se encontraram no *hall* do segundo andar.

"Sua mãe e Keith Shiraz estavam se agarrando lá no saguão do Plaza", Vita falou para Penny.

"Não estávamos nos agarrando, não!", exclamou Esther. "Estávamos nos despedindo com um beijo."

"Ele estava de pau duro!", Vita declarou.

"E você não devia ficar olhando a virilha dos homens", disse Esther.

"E quem disse que eu podia evitar? Aquilo era um pau-de-sebo. Uma tora de carvalho. Ele podia até furar meus olhos com aquela coisa."

"Tal pai, tal filho", Penny comentou.

Esther corou e disse:

"Essa conversa é grosseira e imprópria; não quero mais ouvir uma só palavra. Natasha, me acompanha até a cozinha? Estou morrendo de fome."

"Pensei que você tinha saído para jantar", disse Penny. "Algumas horas atrás."

"O que você está querendo dizer?", Esther rebateu.

"Esquece o que eu falei", disse Penny.

Esther abriu a boca para falar, mas as palavras não saíram. Talvez porque não soubesse o que dizer ou porque estava faminta, embaraçada e confusa para se defender. Ela parecia triste, emocionalmente desgastada.

O coração de Penny se apertou. Ela pensou: Mamãe estava parecendo tão velha!

Capítulo 23

MEIA-NOITE. *SÓ MAIS DOZE HORAS*, Bram pensou debaixo do chuveiro, enquanto se ensaboava com o aromático sabonete líquido da Barbie. Se fosse necessário, ele agüentaria mais doze dias, mais doze semanas. Mas se tudo saísse como previra, estaria livre na metade de um dia.

O perfume do sabonete o levava de volta à coleção de figurinhas de beisebol, às bicicletas e aos *skates*. Na época em que ele não ligava para as meninas – nem tinha que lidar com suas mães patológicas e possessivas.

O primeiro ato de Bram como homem livre? Ele se deleitava ao imaginar a contratação de uma equipe de advogados. A arregimentação de algumas testemunhas e psiquiatras capazes de declarar que Esther Bracket era demente, mas responsável por suas ações. E se divertia ao imaginar o súbito aparecimento dos homens da SWAT fazendo o cerco a Esther Bracket no instante em que ela tomava chá no solário.

Bram ria e se ensaboava. Limpava minuciosamente as costas e as pernas. Desde a sua captura dois dias antes, pela primeira vez se sentia bem, limpo, purificado.

Mas quando ele ouviu um rangido e o som de passos no quarto de brinquedos, a magia do banho se quebrou.

"Merda!", disse para si mesmo, pulando fora do chuveiro e do banheiro e dirigindo-se para o quarto, onde se chocou contra a porta que se fechava. A colisão se deu bem na hora em que a porta se trancava, e ele quase tropeçou na nova bandeja. A comida estava empilhada numa montanha de proteínas, com uma batata sobressaindo precariamente no topo.

Bram investiu contra a porta trancada e lhe deu uma última pancada com a mão. E fez tudo que pôde para se cobrir com as mãos (grandes, mas inadequadas para essa função) na longa jornada de volta à privacidade do banheiro.

"Da próxima vez, te pego", ele prometeu.

Sem resposta, retornou ao chuveiro.

Ouviu um outro rangido e passos vindos do quarto de brinquedos.

"Porra!", ele gritou. Com xampu nos olhos, correu novamente para o quarto com os braços esticados e o pênis balançando entre as coxas. Agarrou a maçaneta e tentou girá-la. Mas seus dedos estavam escorregadios. A porta bateu mais uma vez. O som da chave que travava a fechadura era bem claro.

"Espero que você esteja se divertindo!", ele berrou enquanto tentava esconder outra vez as partes íntimas com as mãos.

"Dê uma olhada no saco", disse uma voz.

"Que saco?", ele perguntou.

"Perto da bandeja", disse a voz. Ela continuava distorcida, mas naquela noite estava mais leve. Mais amistosa.

Bram olhou para o chão e lá estava uma sacola de compras com o logotipo The Pampered Pup. Olhou para dentro dela. De cara, viu uma toalha de banho branca e limpa, que enrolou na cintura. Depois, um barbeador, creme de barbear, escova de cabelo, escova de dentes, um jeans limpo, uma camiseta e um par de cuecas. Cada item, exceto a toalha, viera de sua mala.

"Muito obrigado", ele disse sorrindo na direção do espelho.

Nada. Aproximou-se do espelho e pela milionésima vez tentou vislumbrar o que estava atrás, do outro lado. Mas só pôde ver seu próprio reflexo (visivelmente mais largo). Recolheu então o barbeador e o creme de barbear e levou-os para o banheiro.

"Você é bem-vindo", ela disse com suavidade, com terna reflexão.

Pego de surpresa, Bram girou rapidamente. A toalha se desprendeu e caiu aos seus pés.

"Sua atmosfera é reveladora", ela disse, rindo das tentativas que ele fazia para se cobrir. "Vamos conversar."

"Sobre minha libertação?"

"Vamos chegar lá."

"Fiz uma descoberta fascinante", Bram falou enquanto se sentava na cadeira.

"Então, conte."

"A tecnologia do chega-de-lágrimas realmente funciona. O xampu da Barbie é tão suave nos olhos quanto a água pura."

Ela riu. O som da risada o deixou aquecido e aliviado, como o banho quente que acabara de tomar. Era uma sensação estranha, pois Esther Bracket era sua inimiga declarada. A risada de Penny é que costumava aquecê-lo por dentro. Nada mais lógico que mãe e filha tivessem o mesmo timbre.

"Nunca tinha ouvido você rir", ele disse. "Devia fazer isso mais vezes."

Ela ignorou o comentário.

"Você falou com alguém sobre a sua decisão de abandonar Penny?", ela perguntou. "Um amigo, um psicanalista, seu pai?"

Bram cruzou as pernas e discretamente puxou a toalha até os joelhos.

"Não falei com ninguém."

"Por quê?", ela inquiriu em tom gentil. "É difícil tomar uma decisão tão importante sozinho."

"Achei que ninguém entenderia."

"Por que você não conversou com a Penny?"

Ele balançou a cabeça.

"Se eu contasse o meu problema pra ela, a situação ficaria pior."

"Você terá que se explicar."

"Não posso", ele falou e levantou-se, mostrando desconforto com a conversa. "Tenho que me barbear e me vestir."

"Está bem", ela disse.

Interrupção na estática.

"Espera", ele disse repentinamente, diante da perspectiva de ficar mais tempo sozinho (como ele tinha ansiado por uma conversa!).

O sistema de som foi outra vez ligado.

"Sim?", ela disse.

"Eu posso explicar."

"Mas?"

"É pessoal."

"É claro!", ela exclamou, paciente.

"Você me odeia", ele acrescentou.

"Todo ódio começa com um mal-entendido."

Bram almejava compreensão. Sofrera na tentativa de encontrar um confidente. Alguns meses antes do casamento, ele chegara até a pensar em procurar um psicanalista. Mas sabia perfeitamente que qualquer terapeuta o faria compartilhar seu problema com Penny. Noite após noite sentava-se à mesa com Penny para jantar o que ela preparava com tanto amor, sentindo a preocupação dela com sua aprovação e seu silêncio a cada garfada. A presença de Penny o paralisava.

"Se você confiar em mim", disse a voz de Esther Bracket, "eu te solto".

"Quando?"

"Amanhã de manhã", ela respondeu em tom tentador.

Ela estava mentindo. Mas isso não importava. De um jeito ou de outro, ele fugiria nas próximas doze horas. Ela não fazia a menor idéia do inferno que a esperava e de como Bram gostaria de desabafar, mas ele não podia.

"Agora estou muito cansado", ele se desculpou. "Mas podemos nos encontrar amanhã na hora do almoço. Explicarei tudo. Inclusive as agressões em Penny."

"Então, temos um encontro."

"E agora já posso me vestir pra isso", ele apontou para as roupas recém-chegadas. "Pensei que você me tiraria o resto de dignidade e não me permitiria vestir roupas limpas."

"Os planos mudaram", ela disse. "Decidi ser boazinha."

"O que não devo ter feito para merecer..."

"Boa noite", ela interrompeu e desligou o som.

Bram esperou por um minuto mais, e depois percebeu que ela se fora. Naquela noite ela lhe pareceu quase humana. As roupas limpas e o tom amistoso suavizaram a antipatia que sentia por ela.

Ela me golpeou com toda a frieza e me trancou, ele se lembrou.

Depois de se barbear, Bram desdobrou o jeans para vesti-lo. Alguma coisa pesada estava oculta no meio da calça dobrada. Uma fotografia emoldurada.

Ele olhou para a foto de Penny vestida em roupas esportivas, tirada no dia em que ficaram noivos. Passou o dedo polegar pela moldura e pelo sorriso de Penny. Ela estava linda, especialmente naquela tarde: fresca como a brisa de outono. Pôs a foto na mesa, terminou de se vestir e pegou a bandeja. Enquanto ingeria o seu terceiro jantar, a foto de Penny em cima da mesa sorria para ele.

Naquela foto, Penny não o deixava preocupado nem desconcertado. Era tudo com que ele sempre sonhara. Ela e ele, simplesmente, um ao lado do outro, compartilhando o espaço e a vida. Duplicando a alegria e dividindo a dor. Ela não tinha que preparar o jantar dele, nem chupar o pau dele, nem lavar as meias dele. Para ele se sentir imensamente feliz, transbordando de felicidade, bastava ela estar com ele. Bastava a dançarina traquinas que podia se dobrar em formas surpreendentes e depois desfazê-las.

Depois de comer os brócolis embebidos em molho holandês congelado, Bram raspou o excesso de molho com pedaços de pão. Ele sorria para a foto de Penny, curtindo-a em duas dimensões e lastimando o que eles tinham perdido naquele grande dia.

Capítulo 24

"DESCULPE POR TELEFONAR TÃO cedo", disse Keith para Esther, que na noite anterior tinha conversado com Natasha até altas horas.

Ela olhou o despertador na mesa-de-cabeceira. Nove horas.

"Não tem problema", ela respondeu ainda grogue de sono.

"Já sei onde Bram está", Keith anunciou com alegria.

A afirmativa despertou Esther como um ataque aéreo.

"Estou abobada", ela disse.

"É chocante", ele concordou.

"Nem sei o que dizer", ela gaguejou.

"Vai se vestir", ele disse. "Estou indo pra aí."

Um suor repentino fez o telefone escorregar dos dedos de Esther. Hora de assumir a responsabilidade. Ela esperava que o preço não fosse alto. Talvez também pudesse golpear Keith e deixar os dois no ático...

"Vou me arrumar", ela falou.

"Te vejo em dez minutos", disse ele, desligando o telefone.

Nove minutos depois ela estava com um lindo vestido de verão branco e sandálias de salto, e segurava um castiçal de ferro.

Keith chegou e buzinou.

Natasha espionava pela janela da frente.

"Ele está acenando que você saia."

"Será que devo golpeá-lo?", perguntou Esther.

"Primeiro ouça o que ele diz", respondeu Natasha. "E segure o castiçal atrás de você."

Esther assentiu e abriu a porta da frente. Keith acenava do carro:

"Depressa, Esther. Temos que ir."

"Pergunte pra ele aonde vocês vão", Natasha sussurrou.

"Aonde vamos?", Esther gritou.

"Vem logo", ele disse.

"Um minutinho só", pediu Esther, fechando a porta para confabular com Natasha.

"Será que ele acha que o Bram está em outro lugar e não aqui?", ponderou Esther. "Talvez queira me levar até um beco escuro pra me fazer uma oferta irrecusável."

"Ponha o castiçal na bolsa", Natasha ordenou.

"Boa idéia", Esther concordou. "Se eu não estiver de volta em algumas horas, prepare um drinque 'especial' para o prisioneiro."

Natasha assentiu com seriedade.

"Cianureto ou estriquinina?"

"O que tiver o pior sabor", respondeu Esther.

Ela ajeitou um lenço de seda na cabeça, guardou o castiçal na bolsa, respirou fundo e se dirigiu ao carro de Keith. A aventura matinal seria um teste para o seu brio. Não estava segura quanto à sua força (o castiçal era pesado).

Keith se mostrou radiante quando Esther entrou no carro, e pulou em cima dela para beijá-la com ardor, deixando-a amassada como uma sanfona de papel.

Um som estridente ecoou do rádio do carro.

"Charlie, aqui, senhor."

Keith pegou uma espécie de microfone.

"Fale, Charlie."

O rádio emitiu:

"Radar checado. Melhor rota para Manhattan: rota 24 até 109, em frente pela Pulaski Skyway até o túnel Holland. Não há engarrafamento no túnel".

"Entendido."

"Desligo", o tal Charlie concluiu.

"Então vamos para a cidade", Esther falou enquanto ajeitava o cinto.

Keith manobrou o carro e desceu pela rampa.

"Se você quiser se divertir, não se acanhe em me masturbar."

"De dia, não", recusou Esther.

"Então alguma coisa me aguarda no caminho de volta", sorriu ele.

A viagem até Manhattan durou cerca de quarenta minutos. Esther aproveitou o tempo para saber como Keith tinha localizado Bram.

"Notei que Morris estava sabendo de alguma coisa", disse Keith. "Depois que você e a amiga de Penny saíram do hotel na noite passada, convidei-o para tomar um drinque comigo."

"E você cochichou no ouvido dele?"

"Só um pouquinho", ele disse. "Com uma dose de gim tônica, Morris solta logo a língua. Ele não resiste a mim. Eu o conheço desde que tinha três anos. Sou como um segundo pai para ele." Keith praticamente se contorcia de prazer com seu trabalho de detetive, e se excitava com a perspectiva de encontrar o filho (o que Esther sabia que não aconteceria).

"Que foi então que o Morris disse?", perguntou Esther, com um alívio que crescia à medida que a história se desenrolava.

Keith deve ter sentido a tensão de Esther, uma vez que pousou a mão na coxa dela e afagou-a.

"Por que você não relaxa? Recoste a cabeça no assento", ele falou. "Assim não posso olhar esse pescoço maravilhoso."

Ela encostou a cabeça no assento, deixando o pescoço à mostra.

"Chegamos ao bar e sua amiga Ashley ainda estava lá; enfim, mais uma vez tive que ser rude com ela para poder ficar sozinho com Morris", ele disse.

Ela balançou a cabeça.

"E o que Morris contou?"

"Parece que ele e o Bram tinham um plano", disse Keith, desenrolando um pouco mais a história, "de se encontrarem na cidade, na manhã de domingo – hoje –, no apartamento de Bram. Morris tem a chave. Bram entraria em contato com ele entre a noite de sexta-feira e esta manhã. Morris teria que ficar em Short Hares, de olho em todo mundo. Para observar se a barra de Bram estava limpa, já que ele teria que ir para o esconderijo."

"Desculpe, Keith, mas seu filho é um fuinha."

"Vamos dizer isso pra ele. Eu e você. Nós é que vamos ao encontro de Bram, não Morris. Vamos obter todas as explicações que merecemos, e depois o levaremos para se desculpar com a Penny. Quero arrumar essa bagunça", ele disse. "Para o nosso bem."

Eles eram um "nós"? Esther engoliu em seco.

"Quer dizer que ele está escondido no seu próprio apartamento", ela disse, fingindo-se surpresa. "Esse tempo todo esteve no lugar mais óbvio!" Então, o grande plano dele era voltar pra casa? Bram não passa de um doidivanas imprestável, ela pensou.

"Morris prometeu não falar sobre a mudança de plano para Bram", disse Keith em triunfo. "Ele não sabe que estamos indo para lá!"

"Que bom", Esther falou, em meio ao eco do ronco dos motores dentro do túnel Holland.

Keith pôs o dedo indicador nos lábios, posição internacionalmente conhecida por "silêncio". Enfiou a chave na fechadura do estúdio de Bram, no SoHo, girou-a e depois abriu a porta.

Ele entrou no estúdio, gritando:

"Ei, sumido!"

Silêncio profundo.

"Talvez tenha saído para tomar o café-da-manhã", disse Esther.

"Estamos um pouco adiantados. Ele e Morris se encontrariam às dez", Keith olhou o relógio.

"Podemos esperar ou voltar mais tarde."

"Se esperarmos perdemos o fator surpresa." Keith parecia ansioso para pôr as mãos no filho.

"Então, vamos."

"Não", ele disse. "Ele pode nos ver saindo do prédio. É melhor esperar. Pega uma cadeira e senta, enquanto faço um café."

Esther sentou-se em uma cadeira de uma mesa de jantar dos anos 1950, em tons de azul e prata. Era um conjunto original, não uma reprodução barata, e Esther ficou bem impressionada. Seus olhos percorreram o aposento arejado e claro. O relógio de parede com motivos celestes, o fogão e a geladeira retrô. A cama era suspensa, engenhosamente construída com uma única viga de sustentação. Esther supôs que tinha sido construída pelo próprio Bram. E ainda havia um sofá Noguchi verde-claro de linhas curvas, que combinava com uma mesinha de vidro (Esther achou que a mobília era original), elegantemente disposta sobre um tapete branco felpudo. As prateleiras (também feitas à mão) numa das paredes estavam repletas de livros, objetos, CDs e DVDs. Abarrotadas, mas não bagunçadas. Na pia, nenhum vestígio de louça suja. O apartamento estava limpo e arrumado, impecavelmente decorado. Quem entrasse ali certamente diria que o morador era um homem refinado e talentoso. Qualquer um pensaria isso.

Keith estendeu-lhe uma caneca estilizada e encheu-a com o café que tinha feito num bule Robert Graves. Sentou-se à mesa com uma caneca igual à de Esther e tirou açúcar de um açucareiro quadriculado *kitsch*, em azul e branco.

"Eu queria que ele estivesse aqui", ele disse com pesar.

Esther sentiu pena de Keith. Ele estava com saudade do filho. Uma saudade enorme de Penny apertou seu peito. Lamentou por não ter acordado a filha antes de sair de casa naquela manhã.

"Ele vai aparecer", ela disse.

"Quando?", perguntou Keith.

Esther engoliu em seco.

"A qualquer minuto."

Ela teria que libertar Bram. Nesse dia mesmo. Aquilo tinha ido longe demais. Já havia expressado o seu ponto de vista. Bram tivera o que merecia, e ela também teria. A verdade viria à tona. Certamente Keith a odiaria. O "nós" que havia entre eles logo se desvaneceria.

"Gosto realmente de você, Keith", ela falou.

"Também gosto de você, Esther", ele rebateu. "E gostaria que o nosso caso tivesse começado longe de toda essa confusão."

Se ele fizesse idéia do tamanho da confusão...

Tomaram o café de mãos dadas.

"Já passa das dez." Keith levantou-se e atravessou o estúdio.

"Vamos esperar mais alguns minutos", ela sugeriu.

"Vou urinar", ele disse.

Esther ruborizou. Ele tinha sido grosseiro. Já que estavam tão próximos do rompimento, pelo menos ela poderia se poupar do dia-a-dia de urinadas e cagadas.

"Esther, veja isto aqui", ele chamou-a do banheiro.

"Nem pensar."

"Bram deixou um bilhete."

Um outro bilhete. Bram era um autêntico maníaco postal. Esther foi ao banheiro. Keith estava na frente de uma bancada incrivelmente branca iluminada por *spots* dourados. Ele apontou para um envelope encostado atrás das torneiras.

No envelope se lia: *No Caso de Eu Não Estar Aqui.*

Curioso, Esther pensou. Quando ele deixou isso aí? Só pode ter sido antes de sua ida para Short Hares, na quinta-feira.

"Ele não está aqui", disse Keith. "Então, vou abrir." Ele pegou o envelope.

"Claro que é um bilhete para o Morris. Temos que entregar pra ele", disse Esther.

"Não está endereçado ao Morris", ele se justificou.

E rasgou o envelope, retirando duas folhas brancas escritas com tinta preta.

"É a letra de Bram, sem dúvida", ele disse.

Enquanto Keith lia a carta, Esther olhava o rosto dele refletido no espelho. Seus olhos e suas sobrancelhas denotavam concentração. De suas narinas saíam rajadas de vapor que embaçavam o espelho.

"O que ele diz?", ela perguntou de maneira tentadora.

Keith olhou-a com expressão severa.

"Leia você mesma", ele disse, entregando-lhe a carta.

Para Quem Possa Interessar

Escrevo – nesta manhã de quinta-feira antes de ir para Nova Jersey – e ainda não me decidi sobre o que fazer. Se eu cair fora do casamento, certamente esta carta será destruída amanhã. Se me casar com Penny, eu a destruirei após a lua-de-mel. No entanto, se esta carta for encontrada e lida por uma outra pessoa, isso só pode significar uma coisa: não consegui retornar para o meu apartamento. Alguma coisa ruim aconteceu.

Se eu abandonar a Penny, talvez esteja pondo em risco a minha integridade física. Na família dela existem pessoas que podem me fazer mal. Esther Bracket, por exemplo: ela me odeia e deseja me ver morto. Acredito que ela pode fazer isso. Já matou antes. Pesquisei as circunstâncias da morte do marido dela. Li os registros da polícia e todos os jornais que noticiaram o caso. Foi uma morte tida como acidental, mas somente por causa da escassez de provas. A polícia achava que Esther Bracket tinha motivos para assassinar o marido, mas ela não ficou entre os suspeitos porque tinha um álibi. Penny, na época com oito anos de idade, não seria uma testemunha confiável.

Eu ainda temo a vingança de Natasha Molotov, uma mulher que também investiguei. Acredito que ela também é uma assassina. O marido dela, Stanley Gorp, de Evanston, Illinois, morreu eletrocutado na banheira. A polícia suspeitou de Molotov, mas não conseguiu provar sua culpa. Ela só permaneceu em Illinois até receber o dinheiro do seguro de vida, e depois se mudou para Nova Jersey, onde se reuniu com sua prima, Alexia Flushenko, uma russa que também se casou por correspondência. O dinheiro do seguro não durou muito tempo. Ela empregou-se na casa de Esther Bracket e apegou-se à nova patroa.

Penny não sabe que investiguei a mãe dela e a empregada. Rogo a Deus que tudo isso seja mera especulação de minha parte. Tenho certeza que ninguém lerá esta carta. Quando eu chegar em casa, vou relê-la e dar boas risadas pela minha paranóia. De qualquer forma, tinha que escrever a minha teoria.

Se eu fugir do casamento e desaparecer, procure os meus restos mortais na mansão de Esther Bracket, em Overlook Lane, Short Hares, Nova Jersey.

Cordialmente
Bram Shiraz

Esther encarou Keith, rindo com nervosismo.

"Bem, esta carta diz tudo", ela falou.

"E o que ela diz?", Keith perguntou entre dentes.

"Que Bram é alucinado e paranóico", ela afirmou. "Ele não está bem. Temos que encontrá-lo e levá-lo para um terapeuta; é claro que ele precisa de ajuda."

Se ainda havia alguma culpa em Esther pelo que fizera com Bram, essa culpa sumiu. O merdinha, ela pensou. Agressão e seqüestro era uma coisa (quer dizer, duas). Assassinato já era outra história. Oh, quanto ela não daria para pegá-lo outra vez. E desta vez o acertaria com muito mais força.

"Ele me parece sadio", disse Keith.

"E me acusa de assassinato!"

"Eu sei, eu li", Keith rebateu, pegando a carta de volta.

"Meu marido caiu de uma mureta. Umas doze pessoas testemunharam."

Keith não conseguia olhar para ela.

"Vamos esperar mais dez minutos. Se ele não passar por aquela porta, vamos para sua casa e vou vasculhar cada canto dela."

"Não posso acreditar no que estou ouvindo!", disse Esther. "Você acha mesmo que sou capaz de matar?"

"Com um bom motivo, qualquer um é capaz de qualquer coisa."

Embora ele estivesse absolutamente certo, Esther se ofendeu ao ouvir isso.

"Vá em frente", ela disse. "Vasculhe a minha casa. Acabe com meu jardim, esvazie a piscina. Eu só preciso dar um telefonema, se você me der licença."

Ela saiu a passos largos do banheiro (o mais rápido que pôde), sentou-se à mesa e procurou o telefone dentro da bolsa. Depois de encontrá-lo, começou a discar para casa.

Keith, que a seguira, interveio:

"Nada de telefonemas." Ele arrancou o telefone da mão dela. "E o que você me diz de Natasha Molotov?"

"É a única pessoa que nunca me traiu", ela respondeu, mal conseguindo falar. A raiva a tomava da cabeça aos pés. Bram era psicótico ou brilhante? De qualquer forma, ela o odiava ainda mais. Ele previra o próprio seqüestro antes que ela botasse os olhos nele. Ele não podia se atrever a antecipar as ações de Esther antes que ela agisse! Isso era uma invasão de privacidade.

"Já são 10:45", disse Keith com seriedade. "Vamos embora."

Assim que Esther se levantou, sua bolsa balançou e derrubou a caneca de café. Foi com prazer que ela olhou a caneca estatelar-se no chão e derramar o líquido marrom sobre o tapete felpudo.

Capítulo 25

Depois de acordar, tomar banho e se vestir, Penny correu até a cozinha a fim de preparar a bandeja de Bram. Natasha estava arrumando-a, enchendo uma molheira, quando Penny irrompeu pela porta.

"Como é que você sabe qual é a hora certa de levar a bandeja ao quarto de brinquedos?", perguntou Penny.

"Observo, esperando ele entrar no banheiro", disse Natasha enquanto elas subiam para o ático com Boris trotando atrás. "Ele está comendo muito, e por isso vai muito ao banheiro. Ele sempre fecha a porta."

Penny já sabia desse detalhe. Bram não abria mão de sua privacidade no banheiro. Ela sempre achou que isso era mais uma forma de mantê-la à distância, negando-lhe a intimidade completa que ela desejava.

Estacionadas na sala de controle, Penny e Natasha tiveram que esperar durante uns dez minutos com o sistema de som desligado, até que Bram entrasse no banheiro. Penny segurou Boris no colo e Natasha, esperta como uma raposa, abriu a porta do quarto de brinquedos e deslizou a bandeja para dentro.

Bram deve ter ouvido a porta se abrir. Saiu às pressas do banheiro, com as calças arriadas, e correu na direção dela, na tentativa de segurá-la antes que se fechasse. A pressa fez com que ele tropeçasse nas calças e caísse a poucos centímetros da porta. Ele esmurrou o carpete, gritando "PORRA!" (Penny nem precisou ouvir para entender o que tinha acontecido.) Depois, ele levantou as calças, voltou para o banheiro e bateu a porta atrás de si.

Natasha retornou à sala de controle.

"Ele sempre faz isso", ela disse com displicência. "Não vai aprender nunca."

"Também acho", disse Penny.

"Olha, tenho coisas a fazer, pessoas para ver", a russa acrescentou, "e vou levar o Boris comigo."

"Que ótimo", disse Penny. "Ele é adorável, mas muito carente."

"Você vai ficar aqui?"

"Só alguns minutos."

"Vai falar com ele?"

Penny negou com a cabeça.

"Só vou espiar. Ele é meu *reality show* particular."

Natasha apertou a bochecha de Penny de modo amoroso, embora dolorido, e depois saiu. Penny se pôs a ouvir o barulho dos saltos plataforma até que sumisse completamente. Esperou então que Bram saísse do banheiro. Depois, ligou o microfone e falou com ele.

"O almoço está servido." Ela ainda ajeitava o microfone para encontrar um tom agradável.

"Que horas são?", ele perguntou de maneira trivial, sem olhar para o espelho, ignorando a comida.

"Meio-dia."

Ele fechou a cara.

"Tínhamos um encontro, lembra?", ela disse. "Ou talvez você já tenha feito outros planos."

Ele caminhou com lentidão, revolvendo os cabelos.

"Você prometeu revelar os motivos que o fizeram abandonar Penny. Depois, eu te solto", ela o relembrou.

"Está certo."

"O que você tem a perder?", perguntou Penny.

"Você podia me soltar, primeiro", ele finalmente se manifestava, "e depois eu contaria tudo."

"Você pode entender a minha relutância."

"E você também pode entender a minha."

"Estou vendo que estamos num impasse."

"Com certeza", ele concordou.

"Sem essa, Bram. É só você admitir que abandonou a Penny porque estava com medo do compromisso."

"Isso é tolice."

"Você a deixou porque odeia a mãe dela, quer dizer, *eu!* Você me odeia, e não quis entrar para a nossa família."

"Odeio, sim", ele disse. "Mas imaginei que, se não fosse morto por você, isso só me tornaria mais forte."

"Então, você é um bastardo egocêntrico. E se acha melhor que a Penny. Acha que ela não é boa o suficiente para você. Ela sabia disso o tempo todo. Na verdade, você nunca a amou."

"Cala a boca!" O grito dele provocou um zumbido no sistema de som. "Ela é que *não* me amava!"

Penny esfregou o ouvido com o dedo indicador. Achou que não tinha ouvido bem.

"Ela o amava. Era loucamente apaixonada por você."

"Não me amava, não. Aliás, ela não me ama. Ela pode até tentar se enganar, mas sei o que ela realmente sente."

"Seu arrogante de merda. O que é que o faz pensar que você conhece a Penny melhor que ela própria?"

"Ela é uma farsante!", ele afirmou. Ergueu-se, nervoso, e começou a andar. "Uma falsa. Mentia pra mim nas horas em que a verdade mais importava."

"Quando ela dizia 'eu te amo', ela estava sendo honesta."

"Penny. Farsante até nos orgasmos", ele disse deliberadamente. "Fora uma ou duas vezes em que ela estava cansada ou bêbada. Durante todo o tempo em que estivemos juntos, ela fingiu noite após noite."

O sangue fugiu do rosto de Penny. Da cabeça inteira. Ela se viu tonta e desorientada, com medo de desmaiar ou morrer de vergonha.

Bram continuava a falar sem clemência:

"Ela fingia na cama, uivando e gemendo. Atuava tanto que merecia ganhar centenas de Oscars. E no fim perseverava com as mentiras, dizendo que a terra tinha tremido ou que ela tinha visto cores e estrelas. E também tinha a mania de fazer juras de amor."

No console, Penny gelava, incapaz de falar, de se mover, de respirar.

"Alô, você ainda está aí?", disse Bram.

"Uhh", ela forçou um grunhido.

"A verdade é foda, não é?", ele falou. "Eu me sentia constantemente um fracassado. Isso me corroía. Quanto mais se desenvolvia a farsa, mais difícil ficava enfrentar o problema. Tentei racionalizá-lo. Que diferença isso faria, se eu a amava e ela estava disponível para o sexo toda vez que eu queria? E se ela estava feliz com a situação, eu também poderia conviver com o problema. Mas quando a data do casamento se aproximou, percebi que não conseguiria levar o fingimento adiante da mesma forma que ela. Para mim, não bastava amá-la e desejá-la, se ela não me amava, não me queria com a mesma intensidade. Então, comecei a duvidar da integridade dela. Como é que ela podia manter uma farsa como aquela? Por que se casaria com um homem que não a excitava?"

"Como é que você podia ter tanta certeza da farsa?", ela perguntou em um tom tão frágil quanto uma casca de ovo.

Bram deu um suspiro.

"Você precisa realmente que eu explique, Esther? Você é mulher. Existem sinais fisiológicos."

"Tais como?"

"Contrações vaginais, rubor facial, intumescimento dos mamilos; notei tudo isso nas outras mulheres que tive. Conversando com meu amigo Morris, ele disse que isso varia de mulher para mulher. Então resolvi pesquisar e consultar alguns ginecologistas. Todos foram enfáticos: sem contrações não há orgasmos. O orgasmo é definido pelas contrações provocadas pela estimulação do clitóris, e o clitóris não é aquilo que a maioria das pessoas pensa. Não é só a protuberância que se vê de fora. Ele tem a forma de um garfo com dois dentes que..."

"Você conversou a respeito com o Morris?", ela disse. "Mas nunca disse uma palavra pra mi... Penny. Devia ter falado pra ela."

"Falado o quê? 'Penny, amor de minha vida, sabe as centenas de vezes que você gemeu, uivou e me arranhou como uma tigresa? Pois é, era tudo uma grande merda!'"

Para Penny isso soava quase como um golpe mortal. Ela se sentia chafurdando na imundície, coberta de vergonha. Como não havia outra opção, ela também se colocou na defensiva.

"E daí se Penny fingia? Ela fazia tudo o que você queria na cama. E também fora da cama. Pelo que sei, você nunca se opôs à maratona de chupadas. E o que você diz de todas as posições mirabolantes?"

"Penny te falou sobre isso?" Seu rosto ficou cor de cinza. "Acho que vou passar mal."

"Entre mãe e filha não há segredos", ela mentiu de novo.

"Pensei que isso era privado", ele caçoou. "Se Penny contou pra você a nossa vida sexual, não sei por que se ofendeu por eu ter conversado com o Morris. Aliás, já que estamos discutindo os detalhes práticos da questão, quero frisar que todas aquelas posições malucas foram sugeridas por mim pensando *nela*. Só pra saber o que a deixaria feliz. E quanto às chupadas, eu sou humano! Não ia virar as costas pra Penny. Além do mais, ela se sentiria ofendida se eu recusasse. Ela gostava de fazer aquilo! Para ela, nossa vida sexual significava me dar prazer."

"Deve ter sido horrível pra você", Penny falou com sarcasmo.

"Olha, Esther, não sei que tipo de homem você conheceu. Talvez isso seja alguma coisa de geração. Mas o que *me* excita é dar prazer à mulher que está comigo. Eu e Penny ficamos juntos durante dois anos. Perguntei a ela milhões de vezes, de milhões de maneiras possíveis, o que eu podia fazer por ela. Mas ela sempre desviava a atenção pra mim. E se para salvar a minha pele eu tivesse que responder o que deixa a Penny excitada, eu não saberia responder e acabaria morrendo."

A essa altura a vergonha de Penny era tanta que ela já estava achando que podia morrer, cair dura, dar seu último suspiro. Bram parecia igualmente esgotado, mas aliviado. Ele tinha descarregado o seu fardo. Isso devia ter sido fantástico.

Ele procurou ginecologistas, ela se maravilhou. Ele havia pesquisado. Penny sabia que ele investigava novas técnicas sexuais – orais, táteis, genitais –, porque as experimentava com ela. E se cumprira com seu dever de casa, ela não devia estar ali achando que podia morrer de humilhação. Devia, sim, estar na suíte nupcial do Short Hares Plaza fazendo amor com Bram, fingindo de maneira mais convincente.

"Você vai me deixar sair, ou o quê?", disse Bram.

Penny ouviu vozes vindas do salão de entrada. Vozes que soavam cada vez mais altas. Ela desligou a aparelhagem e encostou o ouvido na porta da sala de controle. Ouviu as vozes de Esther e de um homem. Keith? Dava pra perceber que já estavam no segundo andar, discutindo.

Bram continuava a falar, sua boca se movimentava. Postado na frente do espelho, tentava enxergar o que havia do outro lado, e batia no vidro como se exigisse uma resposta.

As vozes soavam cada vez mais altas. Penny saiu da sala de controle, e Keith Shiraz já subia a escada na direção do terceiro andar. Esther estava um pouco atrás. Parecia transtornada, furiosa, praticamente em pânico. A certa altura Esther abriu a bolsa e tirou um grande castiçal negro de dentro.

Penny precipitou-se pelo corredor e disparou até chegar ao *hall* do terceiro andar, onde se deparou com Keith e se atirou em seus braços.

Capítulo 26

QUANDO SUA FILHA SE ATIROU NOS braços de Keith Shiraz, Esther Bracket se convenceu de que estava tendo uma alucinação. Primeiro, Penny saíra às pressas da sala de controle, onde certamente flagrara Bram trancado no outro quarto. Além disso, ela não exigia explicações. Mais ainda, abraçava Keith e se aninhava em seus braços como um gatinho, e fazia um sinal por cima dos ombros para que Esther *abaixasse* o candelabro.

"Keith!", disse Penny. "Justamente o homem que eu queria ver! Tenho pensado muito em como você é maravilhoso, na sorte de Bram por tê-lo como pai. E, quando ele aparecer, e vai aparecer, ele mais do que nunca vai precisar do seu amor e do seu apoio."

Esther se deu conta de que devia estar com uma aparência de possuída, porque Penny dizia "está tudo bem" sem emitir palavras, apontando para o castiçal que ela ainda mantinha erguido na mão. Penny fez um ar de satisfação quando Esther abaixou o braço e sem fazer ruído deixou o castiçal em uma das mesas entulhadas do *hall*.

"Se como pai você é para Bram metade do que minha mãe é para mim, ele deve ser o cara mais sortudo deste mundo", disse Penny.

Para aumentar ainda mais o assombro de Esther, agora Penny se afastava dos braços de Keith e o guiava de volta até a escada, afastando-o da porta do quarto de brinquedos.

Ela continuava a divagar, excitada.

"Estou tão feliz por vocês dois estarem se entendendo! Minha mãe já passou por maus bocados, Keith. Você sabia disso? Mas, por mais que sofresse, ela não deixava de me amar e me proteger. Não é fantástico como a fuga de Bram acabou unindo vocês?" Os olhos de Penny brilhavam com lágrimas (reais?) de alegria.

"Você é um doce de moça, Penny. Bram é um verdadeiro idiota", disse Keith.

Um pouquinho barulhento, pensou Esther olhando a porta do quarto de brinquedos.

Keith deixou-se guiar até a escada, olhando às vezes para Esther.

"Eu também sou um idiota", ele acrescentou.

"Alguma coisa errada?", perguntou Penny.

"Nada", respondeu Esther.

Keith balançou vigorosamente a cabeça, aproximou-se de Esther e lhe deu as mãos.

"Está tudo errado. Cometi um tremendo engano. Estou morrendo de vergonha por ter duvidado de você."

"O que está feito está feito", replicou Esther, descendo a escada.

"Esperem! O que é isso?" Ele pegou o castiçal. "Há um minuto não estava aqui."

"Fui eu que o coloquei aí", disse Penny.

"Você?"

"Não fale com ele, Penny", Esther interveio. "Ele acha que sou capaz de cometer violências. E que feri intencionalmente o Bram."

"*O quê?*", Penny gritou com dramaticidade, ao estilo de Vita. "Mamãe é uma pessoa carinhosa, gentil... ela odeia brigas. Não mataria um inseto. Eu mesma já vi minha mãe capturar moscas e depois soltá-las", e acrescentou, com uma dose extra de excitação: "Como você *ousa* acusá-la de tamanhas mentiras?!"

"Desculpe", Keith implorou. "Eu não estava na posse de meu juízo. Uma mulher tão amada pela filha não poderia ferir ninguém."

"É isso mesmo", Penny assentiu. "Mas diga exatamente o que você queria fazer quando subiu como um louco até o terceiro andar. Estava em busca de um... corpo? O *cadáver* de Bram?"

Keith cobriu o rosto com as mãos e disse:

"Nem sei como pedir desculpas. Isso agora me parece tão insano!"

Esther e Penny cerraram os olhos, segurando Keith pelos braços, e praticamente o arrastaram escada abaixo até a porta de entrada da mansão. Ele não parou de falar durante todo o percurso.

"Estou morrendo de vergonha pelo que pensei. Esther, me perdoa, eu imploro. Coloque-se no meu lugar! Você seria racional se se tratasse da Penny?"

Elas o levaram para fora da casa e o acomodaram no carro.

"Aceito suas desculpas, mas acho que não podemos nos rever", disse Esther.

"Por favor, Esther", ele suplicava.

"Adeus", dizia Esther.

"Pensa mais um pouco! Estarei no hotel te esperando", ele insistia. "Vamos jantar juntos. Promete que você vai pensar no assunto."

"Vou pensar no assunto", ela disse antes de segurar a mão de Penny, entrar na mansão e fechar a porta com todas as trancas.

Depois, Esther sentou no chão. Penny sentou-se ao seu lado.

"Não sei se devo lhe pedir desculpas ou me aliar a você", ela disse.

"Eu seqüestrei o seu noivo e mesmo assim você me protege?"

"Eu devia *agradecer*... e faço isso agora", disse Penny. "Tudo o que você fez, por mais ilegal e emocionalmente desequilibrado que fosse, você fez porque me ama."

O sol entrava pelas janelas frontais. Os olhos de Esther se marejaram. Ela sorria para sua menininha. Não mais tão menininha, pensou consigo.

Penny descansou a cabeça no ombro da mãe.

"Preciso te falar uma coisa sobre o Bram."

"Você nunca o amou de verdade?", Esther tentou adivinhar.

"Quando desloquei o maxilar", Penny falou. "Isso aconteceu porque eu estava chupando ele. Tentava quebrar o meu próprio recorde de quarenta e cinco minutos. E Bram é um cara grande. Quer dizer, *enorme.* Redondo. Fazia uns vinte minutos que eu estava chupando ele quando o meu maxilar sofreu um espasmo e ouvi um estalo dentro de minha cabeça. Bram me levou correndo para o hospital. Era preciso dizer alguma coisa, e aí inventei que tinha levado um tombo e batido com o queixo numa quina."

"Ele a obrigou a fazer isso?", Esther se assombrou.

Penny negou com a cabeça.

"Eu é que *o* obriguei a fazer isso. Fiz uma posição tântrica que arrebentou com minha coluna. Insisti em masturbá-lo, e fiz um ângulo tão extravagante que destronquei os pulsos. Bram nunca me bateu. Ele nunca conseguiria. Cortaria as próprias mãos para não me bater."

"Então, você não caiu da escada", disse Esther.

"Eram ferimentos sexuais, mamãe", Penny repetiu. "Talvez agora você entenda por que menti pra você."

"Você me deixou pensar coisas horríveis dele."

"Desculpa", disse Penny.

Apesar da decepção, Esther se sentiu profundamente aliviada. Muitas vezes fora quase impossível se controlar para não resgatar a filha no meio da noite, por mais que ela insistisse na inocência de Bram. E mesmo agradecida por saber a verdade, a idéia de que Penny havia praticado certos atos deixava Esther nauseada. Será que o sexo era um esporte radical para a geração de sua filha? Ou Penny é que tinha gostos particulares?

"Eu também lamento muito por ter seqüestrado o seu noivo", disse Esther.

"Se você não tivesse feito isso, eu nunca saberia por que ele me abandonou.

"Ele contou pra você?

"Ele contou pra *você*", disse Penny. "Confusão de identidades. Duvido que ele contasse se soubesse que era eu. Ele jamais contaria."

"E o que foi que ele disse?", perguntou Esther.

"Somente uma confissão por hora", Penny sacudiu a cabeça.

"Se você quiser, podemos soltar o bastardo."

"Não podemos, não", Penny retrucou.

"Você já viu como Keith Shiraz está perto de encontrar o filho", comentou Esther.

"Se o soltarmos, o que acontece?", perguntou Penny. "Com você?"

Esther suspirou. Independentemente de quando e como o libertassem, ela teria que pagar por esse crime, talvez com sua liberdade, sua reputação e seus bens.

"Não importa", ela disse.

"Você bateu muito forte na cabeça dele?", Penny quis saber.

"Acho que não deu pra causar dano permanente."

"Se o acertássemos de novo, talvez ele ficasse com amnésia e não se lembrasse de nada."

Esther riu.

"Eu também já pensei nisso. Mas como vamos acertá-lo?"

"Vou fazer uma pesquisa no Google sobre amnésia", disse Penny. "E você vai para o Plaza e cola no Keith."

"Pra quê?", Esther replicou. "Mais cedo ou mais tarde ele vai descobrir tudo sobre o filho."

"E daí? Você não precisa casar com o cara para transar com ele", disse Penny.

"Essa conversa não é apropriada", Esther respondeu com austeridade. "E, para sua informação, Penny, eu vivi nos anos 1970. O amor era muito mais livre que hoje."

"E quem está falando de amor?"

Esther ergueu as sobrancelhas.

"Agora virou cínica? Aos vinte e três anos e já arruinada pelo amor?" O amor tinha destruído Esther com a mesma idade.

"Se eu tiver um outro relacionamento, e tenho certeza que terei, só vou me preocupar com minha própria felicidade", Penny afirmou. "Ora se vou!"

"Eu também vou", disse Esther. "Tomar um banho. Bem quente. Você viu a Natasha por aí?"

"Ela deu uma saidinha."

Curioso, pensou Esther. Natasha sempre desaparecia nessas misteriosas saidinhas. Talvez para gastar o salário em pedicures.

Esther levantou-se e subiu as escadas rumo ao seu banheiro. Depois, abriu as torneiras da banheira, despiu-se, soltou os cabelos louros e entrou na água, mergulhando até cobrir a cabeça.

Capítulo 27

NENHUM HOMEM SABE DO QUE É capaz até passar por determinadas experiências. E agora Bram sabia; depois de ter confessado sua dor para a mulher que ele mais odiava no mundo, ele era capaz de chafurdar, de chafurdar mais do que podia imaginar. E atolou-se como se sua miséria fosse um banho de espuma e ele estivesse coberto até a cabeça.

Nesse estado patético, ele assistira a dois filmes. *Branca de Neve* e (alô, velha amiga) *Cinderela.*

Pássaros no chapéu, ele resmungou consigo mesmo, esparramado no sofá. Camundongos no vestido. Quando Cinderela estava trancada no ático, ela foi salva por um bando de pássaros e camundongos. E quando Branca de Neve se viu em perigo, um grupo de coelhos e cervos surgiu para salvá-la.

Bram lembrou-se do dia em que ficara noivo de Penny. O dia da fotografia, quando eles foram perseguidos por um bando de esquilos idiotas.

Ele riu do festival de absurdos. Roedores falantes. Figuras maternas malvadas que trancavam inocentes em torres. Seu desejo era ter coragem de enfrentar Penny ao menos uma vez. Se houvesse uma chance, ele iniciaria a conversa. E se a verdade correspondesse à suspeita que tinha – de que Penny não se sentia atraída por ele –, teria acatado isso de bom grado. Se possível, tentaria sanar o estrago causado pela sua fuga tão deselegante.

Bram olhou o relógio pela centésima vez. Onde o puto do Morris se metera? Àquela altura já devia ter lido a carta a respeito de Esther Bracket e Natasha Molotov. Já estava ficando tarde. Em poucas horas o sol se poria. Se Morris não chegasse com a cavalaria, ele mesmo colocaria em prática o seu plano de fuga.

Bram esperou até ter certeza de que ninguém o estava observando do outro lado do espelho. Desde a hora do almoço Esther não aparecera para falar com ele. Talvez estivesse ocupada planejando a morte dele. O trato de Esther – informação em troca de liberdade – era fictício. Ele suspeitara disso desde o início. Mas ela o havia forçado e espetado tanto que ele ficou a ponto de explodir por dentro e danificar seus órgãos se não colocasse a verdade para fora. Seus órgãos já estavam salvos. E Esther devia estar se sentindo pressionada. Ele se tornara um problema crescente (especialmente a barriga).

Bram apagou as luzes. Tinha que agir no escuro. Usando uma chave de fenda falsa (um garfo entortado), retirou as estantes da parede. Arrumou-as no centro do quarto de maneira que formassem um H. Valendo-se dos livros do dr. Seuss, calçou as prateleiras e fez o arranjo de uma base firme sobre a qual dispôs a mesinha branca com as duas cadeirinhas em cima. As cadeiras ficaram uma em cima da outra, de modo que ele pudesse chegar ao topo pondo um pé em cada assento. Segundo os cálculos dele, as estantes junto com a mesinha e as cadeiras poderiam elevá-lo uns dois metros e meio acima do solo.

Embora a base das estantes não fosse tão sólida como ele esperava, Bram conseguiu subir e ficar de pé sobre a mesa. Agora restavam as cadeirinhas. Um pé para cima. E depois...

Argh!, ele grunhiu ao escorregar e quase derrubar a estrutura inteira. Calma, disse para si mesmo. Pôs um pé descalço (por causa da tração) sobre a primeira cadeira. Equilibrando-se, esticou-se e pôs o outro pé no centro da segunda cadeira. Endireitou o corpo e colocou-se ereto em cima das cadeiras que balançavam sob seus pés. Contando com sua própria altura, ele agora estava a quatro metros e trinta e poucos centímetros acima do solo.

Não ousou olhar para baixo.

Com os braços estendidos para cima, ele ainda estava a alguns centímetros do teto. Pegou a corda – feita com as cordas de pular emendadas – enrolada em seus ombros e esticou-a. Fez um laço em uma das extremidades. Depois, respirou fundo, ajeitou-se e jogou o laço na direção do trinco da clarabóia.

Errou. O movimento quase o fez cair de sua plataforma.

Segunda tentativa: fracasso total.

Antes de tentar pela terceira vez, Bram fechou os olhos e concentrou-se intensamente. Depois, lançou a corda.

O laço encaixou-se no trinco e ele puxou a corda com força, para que ficasse bem presa. Gotas de suor e alívio jorravam de seus poros. Agarrou a corda para ver se ela agüentava. Estava firme, mas suas mãos estavam escorregadias para a escalada.

Secou as mãos nos jeans. Segurou a corda com firmeza e começou a subir. Graças às unhas resistentes e à mobília empilhada, a força corporal de Bram na escalada era extraordinária. Com movimentos rápidos das mãos, ele galgou em poucos segundos a curta distância percorrida pela corda. Agarrou com firmeza o caixilho da janela com os dedos e jogou as pernas para o alto, na tentativa de alcançá-la com os dedos dos pés.

Bram precisou de toda a coragem para soltar uma das mãos a fim de afrouxar o laço do trinco e forçá-lo a abrir-se.

Mas a janela estava emperrada. Ele quase chorou. Usava toda a sua força, agarrando-se no teto como um gato, e utilizava todos os músculos dos pés e das mãos para manter-se no caixilho da janela. Se desistisse, despencaria e quebraria a coluna.

Uma explosão de adrenalina o ajudou a golpear a janela com o braço, e ela finalmente se abriu. O laço se desprendeu do trinco e caiu no chão, lá embaixo. O pé direito de Bram também escorregou. O peso de seu corpo impulsionava-o para baixo, e ele começou a cair, tentando se agarrar com as mãos, e as pernas pedalando no ar.

Com um único dedo ele conseguiu se segurar na borda da janela aberta. Ficou dependurado por esse dedo até poder agarrar a janela com a mão. Em seguida, firmou-se na borda com a outra mão, impulsionou os pés na direção da abertura e passou as pernas por ela até atingir o telhado da casa.

Depois de conquistar essa posição, ele passou o corpo todo pela abertura, com facilidade. E, exausto, viu-se em cima do telhado. O esforço lhe acelerou a respiração, e as batidas do coração martelavam em seus ouvidos. Ele então rolou o corpo de modo que pudesse olhar para dentro do quarto de brinquedos pela clarabóia aberta. Lá no chão estava a corda que ele havia emendado. O seu plano era usá-la na descida do telhado.

Ele rolou de volta. Naquela hora as estrelas ainda não estavam visíveis. Mas a vista do alto da mansão era maravilhosa. Ele avistava toda a área de Short Hares como se fosse a cena de um filme; as regiões arborizadas pareciam pedaços de árvores de plástico, e as ruas iluminadas, uma rede brilhante. E também vislumbrava as casas dispostas em filas curvilíneas, com suas piscinas que faiscavam em tons de azul.

Piscinas.

Sem a corda, a piscina era a única saída. Bram se arrastou como um caranguejo ao longo do telhado até alcançar a beirada. Esticou-se pela calha, olhando para o lado, e viu a piscina da família Bracket. Parecia ideal para um mergulho. Um mergulho de três andares.

Na época do colégio Bram tinha pulado de um trampolim. Sua altura era de aproximadamente nove metros e meio. Mas agora o pulo seria de mais de quinze metros e meio.

Sem problema, disse para si mesmo. A garotada faz isso toda hora, com o pó-de-anjo."

Ele viu de soslaio um esquilo no telhado, fuçando em torno da clarabóia aberta.

Antes você do que eu, ela falou observando o animal entrar pela abertura.

Ela ficou em pé na beirada do telhado. Olhou a superfície macia da piscina. O reflexo das luzes no fundo lhe dava um brilho radioativo.

Bram protegeu o saco e pulou.

Capítulo 28

ANOITECIA. PENNY ZANZAVA PELA suíte da mãe. Passara as últimas horas em seu quarto relembrando algumas de suas melhores atuações de orgasmo, dignas de um Oscar. A ironia é que ela achava que tinha sido boa nisso. Convincente, de um modo selvagem. Algumas vezes, durante os espasmos do falso clímax, ela chegou até a pensar em largar a dança e tentar as artes dramáticas para não desperdiçar seu talento.

É claro que a confissão de Bram colocava em dúvida as encenações de Penny. Ela não havia enlouquecido a audiência de um único espectador. O conselho de Vita, "finja e faça", nunca a convencera, mas ela continuaria tentando até que desse certo. É claro que também tivera orgasmos quando se masturbava ou ficava debaixo da torneira da banheira (naturalmente, ela sabia das contrações vaginais, só não sabia que Bram sabia). Mas na presença de um homem, ela não podia dar para trás. Não só com ele, mas com todos aqueles com quem tinha transado. Como nos seus primeiros casos afetivo-sexuais ninguém parecia se preocupar se ela gozava ou não, ela não precisara se esforçar. Acontece que Bram se preocupava. E como se preocupava! Era incansável quanto a isso. Era como se realmente ele estivesse numa missão. A pressão não a deixava relaxar. Ele só queria saber de foder, de sacudi-la, de mergulhar entre as pernas dela. E ela preferia não pedir que ele parasse, porque podia ser mal compreendida. O fingimento parecia ser a melhor opção.

E teve início então uma seqüência de decepções. Penny achava que vez por outra tinha orgasmos com Bram. Sentia uma atração louca por ele e nunca se coibia de tocá-lo. Sua pele se arrepiava quando era tocada por ele, e ela adorava a ejaculação dele, a sensação da ejaculação dele dentro dela. Ela acreditava piamente, do fundo do coração, que depois do casamento teria coragem para fazer algumas sugestões e mostrar o que lhe dava prazer. Talvez pudessem visitar uma loja erótica juntos. Almoçar fora. Tirar um dia só para isso. E se notasse que ele não estava na dela, é claro que pararia por aí. Teria sido uma longa conversa. Mas por mais que Penny se sentisse apavorada agora, ela também se sentia feliz. Tinha certeza que nunca mais fingiria. A verdade libertou-a. E o Bram?, ela se perguntava. Ele também se libertaria. Acontece que não era ela que tinha que decidir.

"Mãe?", ela chamou com suavidade.

"Estou aqui", Esther respondeu de dentro da suíte.

Penny entrou no gigantesco banheiro.

"Você está tomando banho desde que Keith saiu? Jesus, mamãe, faz algumas horas."

Esther estava confortavelmente instalada na banheira, coberta de espuma.

"Estou me sentindo como uma ameixa seca. Me passa aquela toalha."

Penny esticou a toalha para a mãe e se virou para a parede. Ouviu a mãe sair da banheira e depois se virou para olhá-la. Esther enrolava-se na toalha branca e felpuda presa pelos braços. Seus ombros ainda úmidos eram largos e bonitos. Seu pescoço longo não era enrugado como na maioria das mulheres mais velhas. Penny sorria, observando as maçãs rosadas do rosto da mãe e as gotas de água que desciam por sua testa. Ela nunca lhe parecera tão linda. Muito mais jovem sem a maquiagem, sem o cabelo feito e as vestes talhadas.

"Algum sinal da Natasha?", perguntou Esther.

"Não." Penny divagou por alguns segundos. "Eu só queria saber o que ela está fazendo. E com o Boris."

"E isso importa?", indagou a mãe, dando de ombros.

"Você vai ao Plaza pra ficar com Keith?"

"Vou", disse Esther.

"Que bom!"

"Já faz tempo que não fico com um homem."

"Você está linda, mamãe", disse Penny. "Se eu tiver a metade de sua beleza na sua idade, estarei feita."

"Não estou preocupada com minha aparência", Esther replicou com um pouco de impaciência.

"É como andar de bicicleta, mamãe."

"Embora o sexo seja uma lembrança opaca", dizia Esther enquanto se sentava em frente ao toucador para secar o cabelo, "não lembro de ter alguma coisa a ver com andar de bicicleta."

Penny riu. Queria perguntar à mãe se ela já tinha fingido, mas faltou coragem. A questão era muito constrangedora.

Esther parou de secar o cabelo e virou-se abruptamente para Penny.

"Você vai me visitar na prisão."

"Todo dia", a filha respondeu.

"É minha última noite de liberdade."

"Você escolheu um bom homem para o serviço", disse Penny.

"Quando estiver no presídio, ninguém se lembrará de mim."

"Por favor, mamãe. Você não vai ser presa", Penny retrucou. "Os brancos e ricos sempre se safam. Você pode contratar os melhores advogados. Pode alegar insanidade temporária ou outra coisa qualquer que funcione."

"Ou poderíamos assassiná-lo", Esther rebateu. "E desovar o corpo no pântano de Meadowlands."

"Bram e Jimmy Hoffa", Penny comentou, sorrindo. "Você é uma comediante razoável, mamãe."

"Pois é, eu e a Sarah Silverman." Esther sorriu de maneira afetada.

"Estou pasma", disse Penny.

"Por causa do meu senso de humor macabro?

"Não, por você saber quem é Sarah Silverman.

Esther franziu o cenho, dizendo:

"Há uma porção de coisas que você não sabe de mim. E quando você me visitar na prisão, vou corrigir isso. Falaremos a respeito de coisas que eu devia ter contado há muito tempo. E pouco importa que para isso tenha que haver uma vidraça entre nós.

Penny se sentiu perturbada. A despeito da referência a eventuais segredos que a mãe tivesse guardado, ela não fazia questão de conhecê-los (embora imediatamente pensasse nos detalhes da queda fatal de Russell). Penny acabara de concluir uma outra conversa desconfortável sobre um assunto que devia ter sido muito tempo atrás. Não tinha certeza se estava disposta a lidar com outro.

"Vou nadar", avisou ela, mudando de assunto.

"Eu já tinha deduzido", disse Esther. "O biquíni estava por aí."

"Te vejo amanhã de manhã", disse Penny. "E boa sorte."

Penny se dirigiu para a parte externa da casa; atravessou o caminho de pedras e o jardim e logo chegou à beira da piscina. A água da piscina era mantida morna, e sua limpeza era feita semanalmente pelos melhores profissionais de Short Hares. Esther nunca a usava, mas fazia questão de mantê-la limpa de junho a setembro, para o caso de Penny querer usá-la. Nos cinco anos que passara fora de casa, quantas vezes tinha feito uso da piscina? Doze?

Penny mergulhou a ponta do pé na água para testá-la. A temperatura caíra com a escultura de gelo, mas agora voltava ao normal. Por precaução, ela olhou atentamente para o fundo, para ver se havia algum resquício de gelo. Nada havia além de água, e ela então jogou a toalha na espreguiçadeira atrás de si.

Depois, alongou os músculos da coluna e do pescoço e colocou-se na posição de mergulho. Meio segundo antes de mergulhar, um pássaro ou um animal gigante ou alguma outra coisa projetou-se na água com uma velocidade incrível, produzindo uma grande onda que quase a derrubou.

Zonza e parcialmente em choque, ela se arrastou até a beira da piscina. Uma figura escura e imóvel flutuava na superfície. De barriga para baixo.

Capítulo 29

"Eu sabia que você viria", disse Keith Shiraz, abrindo a porta de sua suíte no Plaza.

"Você é bem cheio de si", Esther rebateu. Ela detestou a presunção dele quase com a mesma intensidade com que desprezava a idéia de que ele ficara deitado, polindo as unhas ou fazendo outra coisa qualquer que os homens fazem para passar o tempo, na eufórica certeza de que ela logo apareceria.

"Por favor", ele convidou-a para entrar, arreganhando os dentes para o vestido vermelho e os sapatos acetinados da mesma cor.

Ela entrou naquele quarto impecável. A roupa de cama, estendida com esmero sobre a mesa; louça de porcelana, copos de cristal e uma garrafa de champanhe no balde de prata ao lado de um vaso com uma única rosa.

"Eu estava seguro, não quanto a mim, mas quanto a nós. Já sabia que isso ia acontecer, mais cedo ou mais tarde. Passei a tarde inteira pensando nisso, antes mesmo de acontecer."

"Eu também pensei", Esther admitiu. Era como se aquela noite (uma e única) estivesse predestinada. O destino os havia empurrado um para o outro como peças de xadrez. A colisão dos dois era mais do que lógica.

"Vamos comer", convidou Keith, sorrindo. "Ou você prefere ir pra cama?"

Esther ruborizou-se (e esperava que tivesse sido com charme).

"Podemos fazer as duas coisas?", sugeriu ela, tentando demonstrar a mesma naturalidade dele.

A resposta de Keith foi agarrar com suas mãos enormes (e rudes) os quadris de Esther, arranhar suas costas, tirar seus sapatos e beijá-la na boca.

Ela perdeu o fôlego, pendurou-se no pescoço dele e deixou que ele assumisse o controle. A suíte daquele hotel seria a sala de controle de Keith – e o quarto de brinquedo de ambos. Keith era maior que Esther, e ela era uma frágil mulher. Sentia-se pequena e delicada nos braços dele; macia, mimosa e manipulável – uma mudança dramática em sua rigidez habitual. E ela gostava mais dessa sensação, a de ser o bichinho fofo com o qual ele estava louco para brincar.

Quando ele afastou os lábios, ela disse:

"Detesto falar nisso, mas... e quanto ao controle de natalidade?"

"Você ainda... quer dizer, quantos anos você tem?"

"Quarenta e cinco", disse Esther. "Gravidez é improvável, certamente absurda, mas existe uma possibilidade fisiológica."

Keith soltou um sorriu matreiro.

"Fiz vasectomia", ele informou, cortando o ar com os dedos. E apertou-a nos braços.

"Formamos um belo casal de meia-idade", ela comentou. "Eu ainda ovulo e você é duro como uma pedra."

Ele riu.

"Não consigo acreditar que Bram a tenha descrito como uma megera mal-humorada."

"Ele estava certo", ela disse. "Fui assim por muito tempo. Mas estou dando uma virada."

"Posso perguntar o que te fez mudar?"

Você, ela pensou. O seqüestro de Bram, o novo laço com Penny. A quebra de anos de rotina.

"Definitivamente, não", ela respondeu, puxando o rosto de Keith até seus lábios. Ele agarrou Esther pela bunda e ergueu-a o bastante para que ela enlaçasse as pernas em sua cintura. Deu um passo atrás e sentou-se na cama com ela em seu colo.

"Se segura!" Keith se lançou na cama com Esther no colo. De repente, ela se viu estendida, com ele por cima.

Esther sorriu. Queria que ele fizesse justamente isso, que a fizesse sentir-se como se fosse uma boneca de trapo. Beijou o pescoço e o queixo dele. O rosto de Keith era macio. Ela podia sentir o aroma de hortelã do creme de barbear.

Ele apoiou-se nos cotovelos.

"Preciso te perguntar uma coisa sobre Russell Bracket.

"O que você quer saber sobre ele?

"Precisamos falar sobre a morte dele", ele disse. "Você não pode pretender que eu finja que a carta de Bram não existe. Ele fez acusações espúrias, mas deve ter se baseado em alguma coisa. Quero ouvir de você o que houve."

Ela suspirou e o empurrou. Depois, sentou-se na cama.

"Um pouco da assassina temperamental."

"Desculpe", ele disse. "Isso tem que ser feito."

"Não o matei", ela afirmou. "Bem que eu o desejava morto. Rezava pra ele ser atropelado por um caminhão. Às vezes o imaginava tendo um ataque cardíaco enquanto transava com a namorada. Mas eu não o queria morto só por vingança. Se não tivesse morrido, ele teria conseguido a custódia plena de Penny."

"Geralmente as mães ficam com a custódia", Keith replicou.

"Isso é verdade", ela concordou. "Mas houve um incidente durante a batalha judicial. No *shopping*. Eu me descuidei por um segundo e alguém raptou a Penny. Foi resgatada em tempo, mas por pouco. Russell descobriu o que houve, o caso foi parar em todos os jornais, e ele usou isso contra mim. Ele me chamou de mãe incapaz e negligente, e me acusou de alcoolismo e uso de drogas. Já tinha parado de pagar as contas do supermercado, e então me acusou de estar matando Penny de fome."

"Deus!", disse Keith. "Parece que o cara merecia mesmo morrer."

Esther assentiu.

"Ele tirou toda a minha força. Depois de quase ter perdido Penny, o resto de força que eu tinha se foi. Concordei com os termos dele. Nenhum dinheiro, nada de custódia. Eu já havia trocado minha família e minhas ambições pelo Russell. Ele tinha o dom de me destruir. E naquela época eu achava que merecia. No dia em que ele morreu, eu estava empacotando as coisas para esvaziar a mansão. Teria que levar Penny para Russell no escritório do advogado, assinar os papéis e dar adeus à minha filha. E então o telefone tocou. Russell tinha caído da mureta do *shopping*."

Esther fez uma pausa, com medo de encarar Keith.

"Eu ri, ri sem parar", ela continuou. "Ri tanto que me doeu o estômago. Quando me acalmei me dei conta de que Penny estava a salvo comigo, e que a partir de então tudo seria meu: a casa, o dinheiro; e então chorei. Chorei de alegria, mas Penny achou que eu estava triste por causa do Russell. Acreditava e ainda acredita que o pai dela era um homem bom, e não o canalha em que tinha se transformado."

Keith parecia estar momentaneamente tomado pelo tom de Esther.

"Ainda não consegui me livrar da raiva", ela disse.

"Mas agora você está melhor", ele disse. "Desde que me conheceu."

"Você está certo", concordou ela, sorrindo com leveza.

"Fale de Natasha Molotov", Keith pediu com gentileza.

Esther atendeu:

"Durante a disputa judicial, Russell me deixou de tal maneira que eu não tinha dinheiro para pagar empregada, nem babá. Logo que ele morreu, tive acesso ao dinheiro, entrei em contato com uma agência e eles me mandaram Natasha. A União Soviética já tinha caído, e havia uma afluência de russos em Nova Jersey. Penny amou Natasha de cara, fascinada pelo sotaque dela. Ela se mudou lá pra casa depois de um ou dois meses. E já se passaram quinze anos. É a única pessoa em quem confio plenamente desde que Russell me traiu. Francamente, se Natasha teve alguma coisa a ver com a morte do marido dela, estou pouco ligando. Seja lá o que tenha feito ou não, eu a protegerei e ajudarei em tudo o que estiver ao meu alcance".

"É bom que eu não provoque a russa."

"Se você dá valor à sua vida", Esther concordou.

"Admiro sua amizade por Natasha", ele admitiu.

"É mais que amizade", disse Esther. "Nós nos salvamos mutuamente. E ela é como uma segunda mãe para Penny."

"Eu queria muito ser o sogro da Penny. Mas agora talvez possa ser outra coisa pra ela."

Um padrasto? Esther não ousou perguntar. Era uma idéia absurda. Quando Keith descobrisse o que ela fizera com seu filho, ele nunca esqueceria. Ela passaria aquela noite com ele, e depois tudo estaria acabado.

"Acho que já conversamos demais", ela disse.

"Também acho. Vamos tomar um drinque." Ele saiu da cama e abriu o champanhe. Ofereceu uma taça para ela.

Esther bebeu. Uma ótima safra. Keith, o homem que conhecera dias atrás, infiltrava-se sob seu vestido, acariciando suas coxas.

"Vou logo avisando: nua eu aparento a minha idade", ela disse.

"Eu também", ele rebateu.

"Eu me exercito", ela disse. "Todo dia."

"Ouvi dizer que os exercícios aumentam a estimativa de vida, mas só com a quantidade de tempo que se gasta com eles", Keith comentou.

"O sexo tem o mesmo peso de um teste de esforço cardíaco?"

"Pra mim, não", ele respondeu.

"Eu gosto de ir devagar."

Capítulo 30

"Respira!", Penny gritava enquanto tentava reanimar o corpo de Bram. Ela o tinha retirado da piscina e aplicava respiração boca a boca. Os lábios dele estavam cálidos, macios. Sem vida.

Ele jazia deitado debaixo dela. Inclinada sobre ele, ela o examinava para ver se o rosto recuperava a cor. Com as mãos sobre o peito dele, ela tentava detectar algum movimento. Aproximou o ouvido da boca de Bram e captou um sopro de respiração. Depois, apalpou o pescoço para sentir o pulso cardíaco. Incansável e insegura do que fazia, ela tentava se lembrar das horas de treinamento de primeiros socorros que lhe tinham sido ministradas num acampamento de verão. Penny se sentia desamparada. Além disso, morria de raiva por ele ter sido tão idiota a ponto de pular.

Em pânico, levantou-se a fim de telefonar para o número 911, mas depois deu um passo atrás e voltou para o lado dele, porque não queria deixá-lo sozinho. Olhou fixamente para aquele rosto que tanto amara.

"Acorda!", ela ordenou, e ao mesmo tempo o esbofeteou com força.

"Ei!", ele gritou, pondo as mãos no próprio rosto.

O movimento repentino de Bram a fez cambalear, e ela caiu na piscina. Ao emergir, desabafou:

"Seu bastardo! Pensei que você estava morto!"

"Você bem que merecia isso", Bram replicou, agora sentado na posição de lótus.

"E você fez por merecer!" Ela deu um impulso para sair da piscina, sentando-se ao lado dele.

Ele a empurrou de volta à piscina.

"Filho da puta!", ela xingou.

Agora ele ria.

"Bonito esse seu biquíni", ele disse.

Penny abaixou os olhos para ver se o seio direito havia pulado para fora do sutiã do biquíni. Bram cravava os olhos nesse ponto, como sempre hipnotizado pelos seios de Penny. Ela tirou o sutiã e jogou na cara dele, acertando-o na testa.

"Sempre amei esse biquíni", ele disse, agarrando o sutiã.

"Pode ficar com ele", ela disse. "É meu presente pela festa."

Ele franziu a testa.

"Não diga isso. Lamento muito pelo que houve."

"Lamenta por ter pulado fora do altar?", ela rebateu. "Ou por ter sido seqüestrado?"

"Por ambos", ele respondeu, observando-a bater os pés na água. "Tive alguns dias para pensar; sozinho, como parece que você já sabe. E me dei conta de que fiz tudo errado de diversas maneiras, e sinto muito por isso. Devíamos ter conversado."

"Sobre o quê?", ela dissimulou com inocência.

Bram apertou os lábios.

"Vamos, sai da piscina", pediu ele, segurando a toalha aberta para recebê-la.

"Não."

"Não vou te empurrar de novo."

"Antes de tudo, quero frisar que não tive nada a ver com o seqüestro. Só fui saber dele uma hora atrás."

"Mas foi com você que falei hoje na hora do almoço", ele perguntou. "Naquele momento não percebi, mas depois a ficha caiu."

"Não era eu!", Penny exclamou, e depois se calou. Àquela altura dos acontecimentos, por que *mais* mentiras? "Era eu, sim. Fiquei sabendo do seu confinamento na noite passada. Fui eu que levei a sacola de roupas pra você."

"Na hora, fiquei em dúvida." Ele sorriu para ela. "Pensei que podia ser você, mas depois rejeitei a idéia. E depois, no almoço, foi mais fácil imaginar que eu conversava com a Esther. Mas subconscientemente eu sabia que era você."

"Entendo", ela disse.

"Temos que conversar melhor."

"Pra que se incomodar?" Ela saiu da piscina e deixou que ele ajeitasse a toalha em seus ombros. "Já está feito, Bram. Você me abandonou e me fez ir até o altar pra comunicar o que você tinha feito aos convidados. Fiquei nua lá!"

"Imagino que você tenha ficado terrivelmente exposta", ele disse.

"Não, só fiquei completamente nua. Meu vestido se desfez."

"Eu gostaria de ter visto isso", ele comentou.

Ela sorriu.

"Se eu estivesse na platéia, teria rido muito", disse ela. E acrescentou em tom amargo: "Mas não estava".

"Por que você fingia?", ele perguntou com doçura, abaixando os olhos.

"Parecia mais fácil que admitir o fracasso."

"Você nunca se sentiu atraída por mim?", A voz dele vacilou.

Ela puxou uma parte da toalha para debaixo do queixo, dizendo:

"Não, você me dava nojo!" O rosto dele desmoronou. "É claro que eu sentia atração por você! Que mulher não sentiria?"

"Então, o que havia de errado?", ele quis saber.

"*Não sei*", ela respondeu. "Eu simplesmente não conseguia ligar o botão. Quanto mais tentava, mais impossível ficava. Você acha que eu não queria sentir prazer? Acredite, queria. Muito mais do que você queria que eu sentisse." Penny tentou se controlar, mas seus olhos se encheram de lágrimas.

Bram apertou-a nos braços. Ela se deixou confortar. Era agradável ser abraçada e tocada. Sempre se sentira assim com ele. Bram era incrivelmente afetivo. Talvez por isso ela quisera tanto se casar com ele. Sofrera de falta de afeição na infância. Esther não a beijava na hora de dormir, e não a aconchegava quando viam TV. Penny se lamentava pelas oportunidades perdidas de ficar perto da mãe. E se perguntava que espécie de mãe Esther seria se as circunstâncias fossem diferentes para as duas. As crianças medem o amor pela quantidade de abraços. Ela sempre questionava os abraços de Esther.

"A verdade", Penny afirmou, encostada na camiseta molhada de Bram, "é que nunca me convenci de que você me amava de verdade. Tinha medo de você me deixar, e você me deixou. Da pior maneira possível."

Por isso, ela o empurrou na piscina. Mas ele foi rápido com as mãos e arrastou-a junto.

"Desculpe", ele disse quando as cabeças emergiram. "E você vai ter que me perdoar." Ela tentou nadar para longe dele, mas foi agarrada pelos pulsos.

"Eu não perdôo", ela disse, lutando e levantando água.

"Pára de se debater que te solto."

Ela aceitou. Ele largou o braço dela. E ela avançou sobre ele. Em meio ao louco combate, Bram imobilizou os braços de Penny, mantendo-os erguidos acima da cabeça. Encontravam-se numa das extremidades da piscina, com o nível da água pela cintura. Ela estava sem o sutiã do biquíni, e ofegava intensamente.

Em vão Bram tentava desviar o olhar para o alto.

"Me diz exatamente o que você quer que eu faça", ele falou.

"É difícil expressar em palavras", ela retrucou.

"Você pode usar imagens", ele sugeriu. "Ou piscar duas vezes quando estiver gostando e uma vez quando não estiver."

Bram abaixou os braços de Penny. Ela abraçou o pescoço dele e puxou-o contra si. Não pôde evitar. Enquanto se beijavam, sentiu o membro dele endurecendo sob o jeans encharcado.

"A luta vai ser dura", ela disse enquanto agarrava o cós do jeans. "Tira a calça."

"Não estamos sozinhos", ele replicou.

Penny seguiu o olhar de Bram e viu um casal de esquilos na beira da piscina, com as patinhas sobre a barriga e o focinho voltado para o alto.

Bram jogou água nos esquilos. Eles fugiram, mas logo retornaram.

"Vamos dar um show de sexo para os roedores", ele disse.

"Talvez eles queiram nos ajudar", ela disse. "Como o camundongo da Cinderela."

"Não, esses roedores são de Nova Jersey. São degenerados. São esquilos abelhudos."

Ela riu, e apareceram mais esquilos. E se pôs a observar os bichinhos, que por sua vez mantinham os olhos no casal da piscina.

"Já são cinco", disse Penny.

"Vem comigo", disse Bram, ajudando-a a subir os degraus da piscina e levando-a para uma cabana próxima.

"Ouçam bem, seus esquilos", ele falou antes de fechar a porta, "não deixem ninguém chegar perto daqui. Se Esther Bracket aparecer, pulem na jugular dela."

Penny esparramou-se numa enorme espreguiçadeira. Bram olhava hipnotizado para seu corpo enquanto se desvencilhava da camiseta molhada e do jeans. A cueca estava grudada no seu membro ereto. Ele tirou-a e deitou-se ao lado de Penny.

"Sou todo seu", ele disse. "Me diz o que você quer."

Ela abriu a boca, mas simplesmente não conseguiu falar. Depois, teve uma idéia.

"Você já ouviu falar em espelhamento?", ela perguntou.

"Transar na frente do espelho?", ele quis saber. "Pode ser até que seja excitante, mas francamente, durante um bom tempo não vou querer nada com espelhos."

Ela balançou a cabeça em sinal negativo.

"É uma técnica teatral. A Vita me mostrou como é. Você imita os movimentos de outra pessoa, refletindo-os. Talvez nos seja útil."

"Faço tudo o que você fizer", ele disse.

"É isso mesmo", ela falou e beijou a boca de Bram com delicadeza.

Ele retribuiu o beijo, devagar e atenciosamente.

Ela beijou todo o pescoço dele, sugou a orelha, lambeu o ombro, mantendo o ritmo delicado. Ele submeteu-se à atenção de Penny. Antes, toda vez que ela diminuía o ritmo para desfrutar o gosto e o aroma de Bram, ele se excitava ainda mais, pulava em cima dela com sofreguidão e a comia (o que também tinha seus méritos).

Penny voltou-se para os mamilos de Bram. Enquanto roçava um deles com a boca, acariciava o outro com os dedos. Circulava o mamilo com a língua exatamente como queria que ele fizesse com o dela. A simples idéia de que logo ele estaria imitando cada uma de suas carícias deixou seu biquíni molhado. Ela se descobria integrada, sentindo-se ao mesmo tempo poderosa e excitada.

Ela sabia que ele estava passando por momentos difíceis pela passividade. Mas ele teria sua vez. Por enquanto, o que ela podia fazer era antecipar o que teria em troca, inflamar-se, inspirar-se. À medida que explorava centímetro por centímetro o maravilhoso corpo de Bram, Penny se via tonta de desejo.

Ela o engoliu inteiro. Bram gritou e começou a latejar dentro da boca de Penny. Para evitar que ele gozasse, ela contornou delicadamente a base do pênis com os dedos. Ele pareceu se acalmar. Depois, com a língua, fez cócegas nele.

"Não sei se vou agüentar isso", ele disse.

Ela o largou e deitou-se na espreguiçadeira, pronta (e ansiosa) para sua vez.

Como um bom aluno, ele retribuiu os beijos dela com a mesma delicadeza, acelerando o ritmo e a pressão aos poucos. Ele estava se contendo. Ela sabia que ele gostava de destroçar, não de saborear. A contensão de Bram deixou-a excitada, sobretudo porque percebia que ele prestava atenção. Quando ele pousou os lábios nos mamilos de Penny, lambendo, chupando, ela suspirou. O prazer percorreu sua pele, penetrou pelo seu corpo e afluiu ao longo da coluna.

À medida que lambia em torno do umbigo, ele alternava a velocidade das lambidas, ora acelerando, ora desacelerando. O descompasso do ritmo era torturante, e quando finalmente ele atingiu o alvo, abrasador, ela quase gozou com o simples toque, tal como acontecera com ele. Quando Bram fez a língua girar e pincelou o clitóris com os dedos, ela se deu conta de que a qualquer momento podia gozar com a mesma facilidade com que ele gozava, como qualquer homem. E se viu então ofegante, com os quadris vergando-se e os músculos enroscando-se pelos anos de tensão.

Ele meteu um dedo dentro dela.

Penny gritou e gozou, contorcendo-se na espreguiçadeira, inundando a pequena cabana de sons, aromas e felicidade.

Era o seu primeiro e genuíno orgasmo com Bram. E embora ele o tivesse proporcionando, ela sabia que também contribuíra.

Bram se arrastou sobre o corpo de Penny e esticou-se. Beijou-lhe o rosto, o queixo, e afastou o cabelo molhado da testa dela. Seus olhos brilhavam na escuridão. Ele parecia envolto em névoa.

"É muito melhor que fingir", ela disse.

"Não acredito como você pode estar tão bela", ele disse. "Sua beleza não é humana. Uma beleza alienígena. Nunca tinha visto você desse jeito."

"É a escuridão", ela retrucou.

Ele riu. Penny abriu as pernas e Bram penetrou entre elas, apoiando-se nos cotovelos para que pudessem se olhar. Não havia mais parede de vidro entre os dois: ela mantinha os olhos e as emoções abertas para ele, deixando-o participar disso.

Bram parecia entender que naquele momento Penny estava presente, plenamente ligada a ele, em vez de observar de fora a própria luta para relaxar, como fazia antes. Eles estavam conectados na mente e no corpo. Ela o sentia por inteiro. Cada movimento tinha um começo, um meio e um fim. Cada suspiro contava uma história.

Quando ele intensificou os movimentos e gozou, ela o abraçou com força e o recebeu dentro de si. Uma sensação inesperada irrompeu entre suas pernas, abrindo-se em outra explosão. Ela suspirou e estremeceu, sem acreditar no que estava acontecendo. O gozo chegou rápido e sem nenhum esforço.

"Você gozou de novo?", Bram perguntou.

Ela assentiu, tão surpresa quanto ele. Surpresa e feliz. Abraçando-o, ela se deu conta de que aquele não era um momento de dissolução, mas de redenção. Enfim, ela aprendera a se livrar dos pensamentos, a deixar a mente em silêncio e a liberar o corpo.

Penny desperdiçara anos.

De olhos fechados, Bram descansava a cabeça sobre os ombros de Penny. Quase dormindo. Ela, no entanto, estava bem acordada. Acesa, pode-se dizer.

Agora ela compreendia que ele agira corretamente ao acabar com o casamento. Talvez pudesse tê-lo feito com mais tato. Mas agora ela estava ciente de tudo o que ele queria para os dois. Um casamento capenga não era o bastante.

O entendimento leva ao perdão. Ela podia ser capaz de perdoá-lo. Mas não estava certa se podia perdoar a si mesma por seu erro. Ele seria para sempre uma lembrança de tudo o que ela havia fingido.

"Gostei dos seus brincos", ele resmungou semi-acordado. "Gostaria de ter estado ao seu lado quando você os colocou." E depois caiu no sono.

Penny deslizou a cabeça de Bram de cima do seu ombro. Levantou-se da espreguiçadeira e foi até o armário da cabana, onde pegou uma dúzia de toalhas de banho. Antes de cobrir o corpo desnudo de Bram, olhou-o fixamente. Tentava memorizar a cena e emoldurá-la na mente.

Podia ser a última vez que o olhava nu.

Ela o cobriu com as toalhas e dependurou as roupas molhadas em aparadores. Depois, enrolou-se numa toalha e foi para casa. Seguiu até o quarto de brinquedos para ver como ele tinha escapado. Fugira pelo teto. Ele o tinha escalado. Merecia a liberdade, e ela o deixaria ir de qualquer maneira.

Penny recolheu os pertences de Bram; seus apetrechos de toalete, seus tênis e as roupas sujas. E também a foto dela. Colocou tudo na mala dele junto com o vídeo *Cinderela*. E foi ao seu quarto para escrever um bilhete. Depois de escrito, ela o pôs dentro de um envelope e o levou junto com a mala para a cabana.

Bram dormia profundamente, imóvel. Ela beijou o nariz dele, deixou a mala perto da espreguiçadeira e colou o envelope num lugar onde sabia que ele encontraria.

Capítulo 31

Querido Bram:

A noite passada foi incrível. Enfim, falamos o que precisávamos falar e ficamos juntos uma última vez. Não me arrependo de um só segundo dessa noite.

Vi por onde você escapou. Podia ter morrido. Isso revela o quanto você queria ficar longe de mim.

Muita coisa aconteceu entre nós. Não estou pronta para perdoá-lo por me ter abandonado ou para me perdoar por ter mentido para você. Você tem razão, é melhor acabar. Dessa maneira cada um de nós pode ter a chance de recomeçar.

Afetuosamente,

Penny

P. S.: Se você denunciar minha mãe, sou capaz de matá-lo.

Bram encontrou o bilhete colado com fita adesiva em seu peito. Ao desgrudá-lo, arrancou alguns pêlos. Dentro do envelope, junto com o bilhete, o anel de noivado que ele dera para Penny.

Exasperado, ele enfiou o anel no dedo mindinho. Ficou entalado entre a primeira e a segunda junções.

O bilhete o atingiu como uma bigorna. Não tinha pensado – nem podia – que isso aconteceria. Achava que a noite anterior tinha promovido uma reunião triunfante. Aparentemente, Penny a considerava uma "apaixonada" despedida. Tivera dois orgasmos verdadeiros, e mesmo assim não o queria mais. Ela era tão louca quanto a mãe. Mas, pensando bem, ele acabou agradecendo. Se Esther não o tivesse seqüestrado, eles não teriam a oportunidade de viver aquele momento na cabana.

Com a luz gelada da manhã, a gratidão de Bram por Esther se foi. Ele podia ver até que ponto Penny ainda estava zangada. Só podia estar. E ele merecia sofrer pelo que fizera, mas, pelos seus cálculos, de certa forma já tinha pagado. Fora atingido na cabeça e ficara inconsciente, trancafiado como um cachorro e empanzinando-se de comida. E o pior é que fora forçado psicologicamente a pesar seus erros e compreender que havia criado uma situação terrível entre ele e Penny. Uma situação que ainda persistia. Por não tê-la confrontado, ele se isolara. Seus planos de fuga (do seu casamento e da sua prisão) só tinham piorado as coisas.

"Então, o que faço agora?", ele se perguntou.

Nenhuma resposta. Nem mesmo dos esquilos degenerados.

Bram encontrou a mala no chão perto da espreguiçadeira. Vestiu as roupas que Penny deixara dependuradas. Estavam secas e cheirando a cloro. Depois de vestido, pegou a mala e se dirigiu para a mansão.

Queria conversar com Penny. Se Esther e a assassina russa abrissem a porta, tinha umas poucas palavras (rudes e bem pronunciadas) reservadas para elas. Tentou primeiro a porta da cozinha. Trancada. Bateu nela. Nada. Então foi para a porta da frente. Tocou a campainha até que a ponta do dedo ficou vermelha e dormente.

Uma onda de raiva cresceu dentro dele, a mesma raiva que o tomava quando estava preso no tráfego ou quando via alguém maltratar animais e crianças. Fechou os olhos e contou até dez.

Depois de repetir a contagem por duzentas e quarenta e três vezes, ele se acalmou. Ficou sereno. E determinado. Penny podia se trancar no seu castelo, mas ele encontraria um jeito de entrar.

Agora Bram tramava e esquematizava uma forma de penetrar na mansão, e se lamentava por pensar isso.

Cogitou seriamente a idéia de atingir a cabeça de Penny com uma garrafa e seqüestrá-la.

Tomou uma decisão e começou a descer pelo caminho de entrada. Tinha que voltar para o Plaza. Tinha que encontrar o pai ou Morris, ou então um quarto para elaborar o passo seguinte. Depois voltaria para Penny, e não partiria sem ela.

Enquanto caminhava pela Overlook Lane, relembrava os instantes que passara na cabana com Penny, quente e macia em seus braços, contorcendo-se toda ao gozar, espremendo as últimas gotas. Bram esperara dois anos por esses poucos segundos. E se tivesse que esperar mais dez anos para sentir isso outra vez, esperaria.

Penny havia dito que o mataria se a mãe dela fosse presa. O que devia fazer então com Esther Bracket? As pessoas sãs e racionais não saem por aí esmagando crânios com garrafas. Pela segurança pública, talvez Esther tivesse que ser internada. Ela também era uma influência negativa para a filha. Afinal, se Penny não estivesse sob a influência da mãe, ela o teria libertado no mesmo instante em que o encontrara.

Bram caminhava rápido, com raiva. Conjeturava a possibilidade de um trato. Em troca do seu perdão, Esther se comprometeria a romper relações com Penny. Parecia um trato justo. Ou não. Ele não estava seguro. Talvez a ameaça de Penny fosse um teste. Se ele deixasse em paz a mãe dela, será que ela lhe daria uma outra chance?

Bram não demorou muito para chegar ao Plaza. Logo que chegou, dirigiu-se ao balcão da recepção.

Sorriu para a jovem recepcionista. Ela retribuiu o sorriso. Ficou na expectativa de ser reconhecido. Sabia que estava com aparência cansada e desgrenhada.

"Bom dia, senhor. Em que posso ajudá-lo?"

"Keith Shiraz ainda está no hotel? Ou Morris Nova?"

Ela consultou a tela do computador.

"O senhor Shiraz está registrado. E quanto ao senhor Nova, acho que ele está recebendo chamadas no quarto de uma amiga. Lamento, mas não posso fornecer os números dos quartos. Posso chamá-los para o senhor."

Bram sorriu, aliviado. Seus entes queridos estavam por perto.

"Não é necessário", ele disse. "Muito obrigado."

Ele fingiu que se dirigia para o Coq et Boule, o restaurante do hotel. Certificou-se de que a recepcionista não o olhava e esgueirou-se para dentro do elevador.

A menos que Keith tivesse trocado de quarto, Bram sabia onde encontrá-lo. Preferia subir a lidar com a reação do pai pelo telefone.

O elevador parou no décimo segundo andar. Enquanto andava pelo corredor em direção ao quarto de Keith, ele começou a se sentir fraco, doente. Finalmente, o preço dos acontecimentos dos últimos três dias era cobrado. À medida que se aproximava da órbita protetora do pai, ele se sentia mais fraco e vazio. Engoliu em seco ao pensar no perigo que tinha corrido. A verdade é que Esther Bracket era uma assassina patológica. Vivia como uma megera desde que se livrara do marido, e a partir daí seus instintos violentos só tinham aumentado. Se ele não tivesse arriscado a vida para escapar, certamente Esther o teria assassinado.

Trêmulo, Bram chegou à porta do quarto 1214. Bateu suavemente. Eram oito horas da manhã. Keith raramente dormia até mais tarde. Bram se perguntava por que seu pai ainda estava em Short

Hares. Talvez tivesse entendido a pista do seu bilhete escrito com lápis de cera marrom na folha amarela e suspeitasse de algum crime. Ele bateu com mais força na porta.

Uma voz ecoou de dentro do quarto:

"Pode entrar, a porta está destrancada."

Keith. O som da voz do pai fez com que Bram se sentisse melhor. Ele entrou pela porta aberta, secando as lágrimas, e sentiu-se aliviado ao se ver dentro do quarto.

"Coloca a bandeja na mesa e pega a gorgeta", o pai falou da cama, debaixo das cobertas.

Uma mulher riu. Um amontoado sob os lençóis se contorceu.

Bram deixou a mala cair no chão.

"Pai?", ele disse.

Os corpos se congelaram na cama. Keith se descobriu e olhou fixo para o filho.

"Bram!", ele gritou. Pelas aparências, devia estar nu, porque esboçou sair da cama e depois desistiu.

Ao lado de seu pai, Esther Bracket, sua torturadora, com os lençóis puxados até o queixo.

Bram deu um salto para trás quando se deparou com a cena, e derrubou o abajur de uma mesa.

"Qual é o problema, Bram?", Keith gritou subitamente ao seu lado. Graças a Deus encontrara um roupão.

"Que merda você está fazendo com *ela*?", Bram perguntou.

"Filho, sei o que você acha de Esther. Mas está errado. É uma mulher adorável, gentil, generosa. Estou apaixonado por ela", respondeu Keith.

A notícia deixou Bram assombrado. Se não estivesse tão desconcertado, teria vomitado.

"Bram!", Keith segurou o filho pelos braços. "Você está quase verde! Está doente? O que há de errado?"

"O que há de errado?", Bram desabafou. "Esta coisa de mulher, esta pústula humana", ele gritou, apontando o dedo para Esther. "Esta criatura que você acha que ama tentou me matar!"

"Isso é ridículo", disse Keith.

"Pergunta pra ela!", Bram ordenou.

"Você precisa se acalmar", o pai aconselhou.

"Sua bruxa miserável!", Bram berrou. "O que você fez com meu pai?", e acrescentou para Keith. "Ela é louca. Não tem consciência, é completamente sádica, quis me destruir. Pergunta pra ela, pai. *Pergunta pra ela.*"

Keith respirou profundamente e voltou-se para Esther.

"Esther, sou eu que pergunto, você tentou matar meu filho?", ele indagou com uma expressão perplexa.

Capítulo 32

Esther podia ver que Keith estava arrasado. Ele a considerava uma amante calorosa, espontânea, extravagante. Mas na realidade não passava de uma mulher perigosa, conspiradora e ensandecida.

Keith estava apaixonado? Isso era novidade para ela.

"Vou esganá-la!", Bram exclamou, tentando se desvencilhar do pai.

"Não tentei matá-lo", respondeu Esther da cama.

"Mentirosa!", Bram gritou.

"Bram, por favor, calma."

"Você acredita *nela?* Nessa víbora vil e asquerosa? Quer saber? Fodam-se!", Bram saiu injuriado do quarto e bateu a porta com tanta violência que as paredes tremeram.

Chocado e consternado, Keith olhava para Esther. Ela jogara pai contra filho de propósito. Seria uma conseqüência colateral?

"Não tentei matá-lo", ela repetiu. "Só golpeei a cabeça dele com uma garrafa de champanhe. Depois o seqüestrei e o mantive prisioneiro. Mas por poucos dias. E fui muito boa para ele. Nunca o torturei... nego isso categoricamente. Bem, talvez eu tenha cometido uma pequena tortura psicológica. Mas nada que ele não pudesse agüentar."

"*O quê?*", Keith bramiu.

Pelo tom de Keith, Esther concluiu que ele precisava se acalmar um pouco antes de terem uma conversa produtiva. Sentou na cama com as pernas para fora e recolheu suas roupas jogadas no chão. Vestiu-se rapidamente. Calculou que tinha mais ou menos trinta segundos para sair antes que ele explodisse.

"Você sabia onde o Bram estava", ele disse. "Esse tempo todo."

"Na minha casa. No terceiro andar; no quarto blindado", ela disse enquanto puxava o zíper do vestido.

"Eu estive lá ontem", ele falou.

"Foi por um triz."

"O tempo que você gastou comigo, seu consolo, sua atenção, tudo isso era para evitar que eu saísse à procura de Bram. Para me distrair. Aquele bilhete que ele escreveu com lápis de cera."

"Eu é que o fiz escrever", ela disse enquanto calçava os sapatos. "Para que você não suspeitasse mais do sumiço da colcha e da garrafa de champanhe no chão da suíte nupcial."

"A Penny também estava envolvida?", ele perguntou.

"Não teve nada a ver com isso", Esther respondeu prontamente. "Eu assumo tudo. Você tem que entender, eu estava um caco. Sei que fiz uma coisa horrível. Mas agora ele está livre. Aparentemente intacto. Não sofreu dano algum."

"Como é que você pôde fazer isso?", ele quis saber.

Ela suspirou profundamente.

"Admito que talvez haja alguma coisa errada comigo. Posso até ser acusada de falta de ética. Mas irei para o túmulo, ou para a prisão, sei lá, o que vier primeiro, convicta de que Bram mereceu o que teve. Agi como mãe em busca de justiça para a filha."

"Você mentiu pra mim durante dias."

"Por autopreservação", ela se defendeu. "Isso é um instinto animal básico."

"Como é que você pôde me beijar, fazer amor comigo, sabendo que estava com meu filho trancado no seu ático?"

Boa pergunta.

"Coloquei o Bram num compartimento da mente e você, no outro", Esther explicou. "Era como se o seqüestro dele e o nosso relacionamento não tivessem nada a ver um com o outro. Foi uma mentira que preguei em mim mesma."

Já vestida, ela pegou a bolsa e deu alguns passos vacilantes na direção de Keith. De repente, nunca se sabe. Ele podia esmurrá-la. Ou retê-la e chamar a segurança do hotel. Podia cuspir nela. Beijá-la. Soprar palavras no ouvido dela (não gentis). Podia abraçá-la com força, o que seria uma delícia, porque àquela altura ela estava se sentindo vulnerável.

Para sua surpresa, quando Esther chegou perto de Keith, ele a abraçou pela cintura. Inclinou-se, pegou-a pelos joelhos com um dos braços, ergueu-a do chão e sorriu, com o rosto quase colado ao dela.

Esther estendeu os braços em torno do pescoço de Keith e descansou a cabeça no ombro dele, com os olhos fechados de gratidão e alívio. Ele a perdoara. Entendera que ela estivera temporariamente insana. Ela não iria para a prisão.

Ouviu um rangido e abriu os olhos.

Ele tinha aberto a porta do quarto. E depois a jogou para fora. Ela caiu de bunda no carpete do corredor.

Levantou-se, sacudiu a poeira da roupa e ajeitou o cabelo. Keith parecia se divertir com sua pantomima.

"Você não vai chamar a polícia, não é?", ela perguntou.

Ele mostrou para ela todos os dentes.

"No meu ramo de negócios, nós gostamos de lidar com as coisas... internamente."

"Internamente, tipo ferimentos internos?", ela perguntou.

"Logo, logo você descobrirá", ele respondeu – e depois bateu a porta com violência.

Capítulo 33

PENNY DORMIA CONFORTAVELMENTE em sua cama quando foi acordada pelo som da campainha. Era Bram que tocava sem parar. Foi surpreendentemente fácil ignorá-lo. Bastou cobrir a cabeça. Voltou a dormir por alguns minutos, mas logo depois foi acordada de novo por um barulho.

Desta vez o som vinha de dentro da casa. Ela saiu de pijama e se dirigiu para o quarto de Natasha, de onde vinha o barulho.

"Bom dia", ela disse, como se acostumara a fazer por mais de quinze anos. A cama estava cheia de sacolas de viagem. No chão, caixas com livros e bugigangas. Penny notou que algumas eram de Esther.

"Oi, Alexia", ela falou com a prima de Natasha, que a ajudava a empacotar. Alexia era mais baixa e mais magra que Natasha. Ambas apresentavam o mesmo nariz arrebitado, cabelos fartos e castanhos, sobrancelhas grossas e sapatos plataforma. Alexia acenou com a cabeça para Penny, porque não falava uma só palavra em inglês.

"Estão indo para algum lugar?", perguntou Penny.

"Eu sempre disse que um dia voltaria para Moscou. E esse dia é hoje", respondeu Natasha.

Boris zanzava pela cama, tentando se enfiar nas sacolas que Natasha enchia de roupas. A russa arrumava malas com rapidez. Do umbral da porta, Penny olhava o vaivém das duas mulheres esvaziando gavetas e armários.

"Você tem quinze pares de sapatos plataforma", Penny observou. "Isso tem a ver com as mulheres russas e a divisão dos sapatos?"

"Vou te dar o par vermelho", disse Natasha. "Assim você se lembra de mim."

Penny enfiou os pés nas sandálias e se sentiu de imediato desmazelada.

"Adorei. Muito obrigada", ela disse.

"*Sputnic gravlax borscht*", Alexia comentou. Pelo menos foi assim que soou para Penny.

Natasha respondeu em russo e em seguida voltou-se para Penny.

"Quero te mostrar uma coisa", disse ela, entregando uma folha de papel para Penny.

Um *fax*, de Moscou. Penny não conhecia uma só letra do alfabeto russo. Desamparada, piscou os olhos para Natasha, dizendo:

"Não consigo ler isso".

"Eu traduzo: 'Querida Natasha, estou morrendo com um câncer no cérebro. Os médicos me deram seis meses. Não posso contar com seus irmãos. Preciso de você. Assinado, Mama'."

"Eu sinto muito!", disse Penny, e logo acrescentou. "Isso é verdade?"

"Eu não ia usar a morte de minha mãe", Natasha retrucou.

"Mas você não havia dito que sua mãe já tinha morrido? Que tinha sido atacada pelos mutantes nucleares de Tchernobyl?"

"Essa era *outra* mãe", disse Natasha. "Era minha madrasta, a esposa do segundo casamento do meu finado pai."

"Oh", Penny exclamou. "Então, sua partida não tem nada a ver com a fuga de Bram. Nem com a iminente chegada da polícia de Short Hares."

"Como você pôde pensar isso de mim?", Natasha rebateu.

"Mas você notou que ele escapou."

"Na noite passada. Quando encontrei a casa vazia e levei comida para um quarto vazio."

"Você tem dinheiro suficiente para viajar até Moscou?", perguntou Penny, começando a se sentir triste. O motivo que fazia Natasha sair às pressas não tinha a menor importância. Ela estava partindo.

"Olha só que coincidência", disse Natasha. "O marido de Alexia morreu esta semana. Dormiu no carro ligado dentro da garagem. Uma tragédia. Por isso, ela tem dinheiro para as passagens. A sincronicidade é uma boa merda."

"Minhas condolências", disse Penny para Alexia.

As duas primas trocaram algumas palavras em russo. E depois Natasha se dirigiu a Penny.

"Ela lhe agradece pela sua simpatia. E também ficaremos muito agradecidas se você disser que nunca ouviu falar em Alexia se a polícia de Lodi bater aqui à procura dela."

"E eu lá conheço alguma Alexia?!", Penny rebateu.

"Ótimo. Vou levar o Boris comigo", disse Natasha. "Já tinha te contado que minha família possuía um cão igual a ele. Nós o adorávamos, mas um dia ele foi sugado pelo aspirador de fossa e morreu afogado num mar de merda."

"O que você contou é que o seu cachorro tinha sido esmagado por um tio perneta", Penny falou.

"Esse era *outro* cachorro."

Penny começou a protestar, insistindo para que Boris ficasse. Mas logo se deu conta de que não tinha estabelecido propriamente laços com ele, apesar de sua vontade antiga de ter um bichinho de estimação. Ela considerou que sempre havia procurado um consolo para fugir do sofrimento. Boris era então um outro caso de fuga da realidade. Teria sido bom se fosse de outro modo, ela pensou. E lembrou-se da noite anterior na espreguiçadeira da cabana, da cabeça de Bram entre suas pernas, do seu orgasmo inesperado e sublime.

"Boris será muito mais feliz com você", Penny afirmou. "Mas não se esqueça de mantê-lo afastado de tios e aspiradores de fossa. Vou procurar as coisas dele. A escova Mr. Woofers Grooming, o pacote de tapetinhos para xixi e o shampu Dharma Doggie."

"Já os empacotei", Natasha falou enquanto passava os olhos pelo quarto. Estaria vazio, se não fosse pelas paredes vermelhas. Ela havia retirado a roupa de cama, e Penny sabia que Esther é que as tinha comprado.

As três mulheres empilharam as caixas e as bolsas dentro de um carrinho de mão e o manobraram pela escada até a cozinha. De lá era só carregá-lo até uma caminhonete estacionada próximo da cozinha. Assim fizeram e colocaram tudo dentro da caminhonete.

Alexia assumiu o volante. Natasha deu um longo abraço em Penny.

"Você não pode partir sem se despedir da mamãe", disse Penny.

"Ela não está aqui", Natasha se justificou, "e não posso esperá-la. Tenho muita coisa pra fazer".

"Ela vai ficar magoada."

"A Esther vai entender", Natasha rebateu. "Só lamento partir sem levar nada que mostre os meus anos na América, exceto os muito pares de sapatos."

Penny sabia que sua mãe pagava um bom salário para Natasha, e que ainda arcava com diversas despesas.

"Você gastou tudo?", Penny perguntou sacudindo a cabeça.

"Quando você cresce sem nada, sem privacidade, sem posses, sem dignidade, sem esperança de futuro – quando o dinheiro aparece, você gasta. Todinho. E tão rápido quanto veio. Sei que isso pode parecer vazio pra você."

"Vazio?", disse Penny. "Acho que você quer dizer superficial."

"Superficial", Natasha assentiu com a cabeça. "Jantares em restaurantes não são tão superficiais quando se cresce comendo lixo e bebendo água de chuva empoçada. Minha mãezinha nunca terá a chance de viver como uma americana. Eu gostaria de mostrar pra ela um pouco das coisas maravilhosas que vi por aqui. Antes que ela morra. De câncer. No cérebro."

Penny pegou Natasha pelas mãos e puxou-a até o saguão de entrada.

"Quero que você leve isso", disse a jovem americana, apontando os braços como um apresentador de programas de prêmios para as caixas empilhadas junto à parede.

"Você tem certeza?", perguntou Natasha.

"Agora já não preciso mandá-las de volta", respondeu Penny.

"Muito obrigada." Natasha abraçou-a chorando, agradecida.

O momento não durou muito. Natasha secou as lágrimas, caminhou até lá fora e assoviou para Alexia, que prontamente manobrou a caminhonete e estacionou-a em frente à escada da entrada principal. Alexia começou a transferir as caixas para dentro do bagageiro sem que ninguém a instruísse, como se já esperasse por aquilo.

Ela levou uma hora e meia para encher a caminhonete de castiçais de cristal, bandejas de prata e porcelana inglesa. Penny não lamentou por nenhum objeto. Durante toda a vida ela se cercara de coisas superficiais (vazias), e sentia mais prazer em se desfazer delas do que em possuí-las.

"Talvez você encontre um bom moscovita e se case com ele. Mas dessa vez um casamento de verdade", Penny falou enquanto elas fechavam as portas da caminhonete, trancando-as bem firme.

Natasha sentou-se no banco do passageiro e disse:

"Não consigo amar do seu jeito, Penny. Falta alguma coisa em mim. Não consigo me abrir para os homens. E nem quero tentar. Sua mãe é como eu. Mas notei que ela está mudando nestes últimos dias.

Sou má influência para ela. Além disso, ela não precisa mais de mim. Nem você. Uma mulher de vinte e três anos é perfeitamente capaz de amarrar os próprios sapatos."

Boris pulou no colo de Natasha. E esticou a cabecinha para fora da janela. Penny beijou Natasha e o cãozinho pela última vez. Depois, Alexia ligou o carro e levou consigo Natasha, Boris, os presentes de casamento e outros itens para sempre.

Quando a caminhonete chegou lá embaixo, no portão, Natasha colocou a cabeça para fora da janela e gritou:

"Mais uma coisa, Penny! Chamem o dedetizador!"

Capítulo 34

"DEVE HAVER CENTENAS DELES", disse Esther, em pé ao lado de Penny na sala de controle. As duas mulheres observavam pelo espelho uma horda de esquilos que zanzavam pelo quarto de brinquedos, comendo os restos da última ceia de Bram e roendo a mobília.

"Entraram pela clarabóia", disse Penny. "Do mesmo jeito que Bram saiu."

"Tenho que dar um crédito a ele", Esther falou enquanto passava a mão pela bunda dolorida do tombo no chão do corredor do hotel. "Desmanchar as estantes e improvisar uma escada requer engenhosidade."

"Pular do telhado? Isso foi burrice", Penny replicou enquanto observava as diabruras dos roedores.

Esther assentiu com a cabeça.

"Que foi estupidez, foi. Uma debilidade mental. Mas também foi audacioso. Corajoso. Você tem que admitir que se admirou por ele ter escapado."

"Você está sugerindo que gosto dele?", perguntou Penny. "Para sua informação, eu o deixei ir embora."

"Você disse que ele tinha pulado do telhado", Esther replicou.

"Até a piscina. Onde eu podia capturá-lo outra vez. Mas preferi deixá-lo livre... de suas garras e de mim."

"Se é isso que você realmente quer, tudo bem", disse Esther.

"É isso", Penny falou em tom ligeiramente forçado.

"De repente você o soltou só pra ver se ele volta."

"Besteira", Penny rebateu. "Natasha partiu há cinco minutos. Eu preferia que ela tivesse te esperado."

Esther franziu a testa. Não teria mais sua companheira. Apesar de toda a lealdade de Natasha, ela sabia que um dia a amiga teria que partir. Bom que se fosse. Afinal, que espécie de vida Natasha tivera com ela?

"Natasha também realizou hoje sua grande fuga", ela disse.

"Dei pra ela os meus presentes de casamento", Penny falou. "Pareceu a melhor coisa a fazer. Talvez você quisesse que fossem devolvidos. A etiqueta manda que se faça isso quando o casamento é cancelado."

Esther deu de ombros. Sabia que um dia se preocupara com o que era adequado, mas agora não podia atinar por quê.

"Mande uma carta para os convidados", ela aconselhou. "Agradeça pelos presentes. Diga que você tomou a liberdade de doá-los ao Fundo Pró-Liberdade de Natasha Molotov. E não se esqueça de mencionar que a doação deles é dedutível cem por cento de impostos."

"Grande idéia, mamãe!", Penny exclamou. "Olha só aquele esquilo! Deve pesar quase três quilos."

O esquilo gordo sentou-se em cima da tevê com o rabo empinado. Parecia saber que estava sendo observado, porque olhava para o espelho como se pudesse enxergar através dele.

"Ele é bonitinho", disse Esther. "Vamos envenená-lo."

O telefone da sala de controle tocou.

Esther apertou a tecla que o colocava em viva-voz.

"Alô", ela disse.

"Penny!", uma voz esganiçada soou alto.

"Vita?"

"Matei o Bram!", a atriz de novela gritou histericamente. "E matei o Morris também! Os dois estão mortos! Estou aqui com o cadáver deles!"

"Então, toma conta", disse Esther.

"Mamãe!"

Os gritos e soluços de Vita eram ouvidos com nitidez.

"Onde você está?", Penny perguntou.

"No Plaza, quarto 1224", Vita respondeu aos prantos.

"Já estamos indo para aí". Penny desligou o telefone e se dirigiu a Esther: "As chaves do carro, por favor."

Esther olhou a palma da mão da filha.

"De jeito nenhum", ela afirmou.

Penny esbofeteou a mãe. Não uma bofetada forte. Só um tapinha.

"Por favor, mamãe", ela insisitiu. "Tem dois homens mortos."

"Eles não estão", Esther replicou, passando a mão pela face esbofeteada. "Você sabe muito bem como Vita é exagerada. Se ela afirma que estão mortos, isso quer dizer que estão tossindo. Ou espirrando."

Esther viu que a filha não estava achando graça. Penny levantou a mão novamente. Esther agarrou-a pelo pulso e falou:

"Não repita o que você fez".

"Mas me senti muito bem na primeira vez", disse Penny.

Esther assentiu com um gesto de cabeça.

"Você deve estar morrendo de raiva de mim."

"Você devia ter me abraçado mais", Penny falou de supetão.

Esther suspirou, austera.

"Está bem." Ela pegou a bolsa para procurar as chaves. Depois de encontrá-las, sacudiu-as, dizendo: "Com uma condição?"

"Que saco!", disse Penny.

"Vou com você."

"Eu dirijo", Penny rebateu enquanto pegava o molho de chaves.

As duas mulheres desceram pelas escadas, saíram de casa e entraram na Volvo.

"A estrada já deve estar vincada entre o Plaza e este ponto", Esther comentou. "De volta à cena do crime."

"Que crime?", Penny perguntou.

"Suponho que não haja muitos para escolher", Esther respondeu. "E você está certa. Eu devia ter te abraçado mais. Tenho um problema para demonstrar afeição. Sempre tive. Não sou de demonstrar emoções. E lamento muito por isso."

"Não chore, mamãe."

"Lamento mesmo", Esther soluçou.

Ela nunca havia chorado na frente da filha. E houve vezes, muitas vezes, em que não chorar na presença de Penny requereu dela uma força sobre-humana. Os vestígios da maquiagem da noite anterior escorriam pelo seu rosto, e ela deixou as lágrimas rolarem. Tentou se lembrar do que a levara a se conter na presença da filha. Para se mostrar forte? Não parecer piegas? A contenção parecia absurda naquela hora. Por que não expremir seus sentimentos? Por que não se permitir tê-los?

Penny esfregou as costas de Esther com carinho, dizendo:

"Vamos lá, vamos lá", e depois zuniu em direção ao Plaza.

Capítulo 35

Bram saiu às pressas do quarto do pai. Lívido, inflamado, fervendo de raiva. Apoiando-se ao longo das paredes do corredor, ele se lembrou de que o seu velho amigo também estava em algum canto daquele hotel.

Desceu de elevador até o saguão e lá encontrou uma cabine telefônica. Solicitou à telefonista que o colocasse em contato com Morris Nova.

"Alô?"

Bram quase chorou quando ouviu a voz do amigo.

"Qual é o número do seu quarto?", ele perguntou, debilitado.

"Mil duzentos e vinte e quatro", Morris respondeu. "Quem é que está falando?"

Bram desligou o fone. Seu amigo de infância não reconhecera sua voz, e mesmo assim fornecera o número do quarto. Morris nunca fora muito inteligente.

Ele decidiu queimar um pouco de sua raiva subindo de escada até o décimo andar. Depois de ter ficado encarcerado por dias, isso seria um bom exercício para ele. Quando ele chegou ao décimo andar, a raiva já se esvaíra.

Quando encontrou o quarto 1224, beijou a porta. Era o portal que o levaria a um mundo são, onde estaria resguardado das mulheres da família Bracket e de suas respectivas aliadas. Ele chacoalhou a maçaneta chamando por Morris, e não parou até que a porta se abriu.

"Bram! Cara!", Morris estaria nu, se não fosse pelo lençol enrolado à cintura.

Aos tropeções, Bram agarrou-se ao amigo.

"Morris", ele respirou fundo. "Cara, como é bom te ver!"

"O que houve?", perguntou Morris, aparentando nervosismo.

"Fui ao inferno e voltei", respondeu Bram. "E o inferno não é nada bonito."

"Acredito!", disse Morris, tentando se soltar do abraço desesperado do amigo. "É melhor você se sentar."

Bram largou o amigo e pegou uma cadeira. Afinal, não queria manter tanta intimidade com os pêlos do peito de Morris. Esfregou o nariz e sorriu. Enquanto isso, Morris enchia uma taça de champanhe de uma garrafa já aberta. Na mesa via-se apenas uma bandeja de morangos e uma caixa de chocolates.

"Então, de volta do inferno", Morris falou enquanto se sentava na beira da cama. "Onde você estava? No sul de Nova Jersey?" Ele olhava com nervosismo para a porta fechada do banheiro.

"Se você precisa ir ao banheiro, vai lá", disse Bram.

"Estou bem."

Bram deu uma pausa, analisando o amigo.

"Cara, você está diferente."

"Cortei o cabelo", disse Morris.

"E se barbeou. E... você está usando base no rosto?"

"Só um pouquinho", Morris se justificou. "É só uma experiência. Nada alarmante."

"Cara, quando um homem começa a usar maquiagem, garanto que isso é alarmante."

"Esquece, cara. Foi... uma garota que fez isso." Morris desviou os olhos novamente para a porta do banheiro. "Ela gosta de homens com máscara. Disse que isso a faz lembrar suas raízes *punk rock*. E aí deixei que ela me maquiasse. É uma atriz. Adora uma experiência. É muito persuasiva. Se é que você me entende.

"E a Miss Chupadora está agora no banheiro?"

"Tomando banho", disse Morris. "Leva um tempão debaixo do chuveiro. Uns quarenta e cinco minutos. Não faço a menor idéia do que ela faz lá.

"Você já olhou?", Bram quis saber.

"Nem pensar", Morris rebateu. "Ela tranca a porta e tapa a fechadura com a toalha."

"De repente, ela é ele", Bram comentou.

"Fique tranqüilo, porque já fiz um inventário completo das partes dela", disse Morris.

Na companhia do velho amigo, o corpo inteiro de Bram relaxou.

"É realmente muito bom te ver", ele repetia. "Você é a única pessoa sadia que sobrou. O resto está completamente maluco. Meu pai, Penny. Esther Bracket é totalmente psicótica. Eu sempre soube que ela era uma lunática. Exatamente como escrevi naquela carta."

"Que carta?", Morris perguntou.

"A carta que deixei pra você no meu apartamento. Era pra você me encontrar lá na manhã de ontem. Não foi, né?"

"Eu... você não estava lá?"

"E nem você, suponho."

"Bram, desculpe. Fui pego por essa garota. E seu pai praticamente arrancou a verdade de mim. Você não o viu lá?"

"Você contou pro meu pai onde eu estava?" A cabeça de Bram entrou em parafuso. "Não posso acreditar nisso."

"Ele me aplicou o tratamento de soprar no ouvido", disse Morris. "Tive que ceder."

"Então, você me sacaneou e mandou meu pai em seu lugar? Será que ele leu minha carta?", Bram perguntou. Impossível. Se Keith a tivesse lido, não iria pra cama com Esther Bracket de jeito nenhum. Ele pulou da cadeira.

"O que pedi pra você era uma coisa simples; era só me encontrar no meu apartamento às dez horas da manhã, no domingo. E você fodeu com tudo, cara!"

"Desculpe", Morris falou de maneira nada convincente, enrolado no lençol. "Tecnicamente, você me pediu duas coisas: uma, entregar o bilhete de cancelamento de casamento a Penny; outra, me encontrar com você no seu apartamento."

"Patético", Bram replicou.

"É essa garota", disse Morris. "Ela está fodendo com meu cérebro. Literalmente. Toda vez que a gente transa, fico mais estúpido. Acho que estou apaixonado."

"Você também, não!", Bram lamentou. "Quem é ela? Alguma vadia que você achou no bar?"

"Você disse *vadia?*", uma voz esganiçada soou do banheiro.

Morris encolheu-se. Bram olhou para a esganiçada de peitões estufados num *peignoir* enfeitado com penas de avestruz e de galinha. Seu cabelo estava molhado, e a água escorria pelos seus ombros. Seus lábios carnudos crispavam-se de indignação.

"Não posso acreditar nisso", disse Bram. "Vita Trivoli? A melhor amiga de Penny!" Aquilo era tão terrível quanto encontrar o pai com Esther Bracket.

"Em que buraco você andou metido?", Vita gritou, avançando para Bram com suas penas de avestruz. "Eu podia te matar pelo que você fez com Penny! Seu desalmado, seu covarde, seu capado..."

"Essa é a última vez que confio em você", Bram falou para o ex-amigo. "Aposto que você contou tudo pra ela."

"O que é que Morris podia me contar?", Vita gritou. "Ele não sabia nada sobre os seus planos desprezíveis."

"Então, *com ela* você manteve a boca fechada", Bram falou com desprezo. "Foda-se!"

A plenos pulmões, Vita disse para Morris:

"Você jurou por você mesmo mortinho que não sabia onde o Bram estava escondido. Mentiu pra mim! E pra Penny. Na hora que ela mais precisava!"

"Por favor, Vita, cala a boca!" Bram estava com a cabeça estourando.

"Não me mande calar a boca", ela berrou.

"Morris", disse Bram. "Será que dá pra você controlar sua mulher?"

Vita não gostou disso. Avançou furiosamente na direção de Bram. Ele a repeliu. Com jeito. Mesmo assim ela caiu no chão.

Bram gemeu. Agora Vita contaria para Penny que tinha sido jogada no chão por ele. Ele fechou os olhos, segurando o nariz. Depois, ouviu o som de um baque. De repente, Bram deslizou atordoado da cadeira e despencou no chão.

Sua visão se nublou. Ele ouviu outro baque mais violento. Um enorme peso projetou-se em cima dele. Depois, tudo escureceu.

Capítulo 36

"E AQUI ESTAMOS", DISSE PENNY no caminho de entrada do Plaza.

"Mudei de idéia", disse Esther, encolhendo-se em seu banco, com medo de ser vista por Keith Shiraz. "Não vou entrar. Você não precisa de mim."

"Se eu não estiver de volta em quinze minutos, é melhor você me procurar", a filha falou.

"Telefona pro meu celular quando chegar lá em cima."

"Está bem", disse Penny saindo da caminhonete Volvo.

Esther admirou a filha, que subia graciosamente a escada do hotel. Tinha pernas musculosas. Firmes. Ela podia conseguir coisa melhor que Bram Shiraz. Mesmo que ele não fosse advogado ou demolidor, ainda assim odiaria o cara. Pelo simples fato de ele ter pensado que ela era uma assassina. Isso fora uma forma de anular as inclinações positivas de Esther. Penny aparentava resignação pela rejeição dele. Isso era bom, pois com ele morto não haveria chance de se reconciliarem.

Enquanto olhava pela janela do carro, avistou o manobrista caminhando em sua direção.

"Só vou ficar sentada aqui por um minuto", ela falou pela janela.

"Não tem problema, madame", ele respondeu, sem demonstrar qualquer traço de interesse por ela ou por sua proposta. Dez anos atrás, ela pensou, qualquer homem lançaria um sorriso de conquistador e três segundos extras de contato visual. Desde os catorze anos de idade ela era objeto de desejo, e via essa atenção como um incômodo. Agora, sentada no carro sozinha, Esther se sentia velha, invisível. Seus poderes femininos murchavam, pelo menos com os homens mais jovens.

Com os homens mais velhos ela ainda mantinha seus atributos. Na noite anterior Keith fizera amor com ela três vezes. Fora muito atencioso. Quando ele a penetrou, ela se sentiu acesa por dentro, como se o pênis dele fosse uma luz que brilhava e iluminava cada um de seus poros. Ela se acendeu com ele. Ainda podia sentir o brilho, embora soubesse que logo apagaria.

Se ela o tocasse outra vez, seria com um cassetete. Se Keith não a matasse (ou a considerasse morta) e Bram (por favor, esteja morto, ela pensou) não a fizesse parar na cadeia, ela tentaria se abrir para um relacionamento. Por mais que a idéia de permitir um pênis estranho em seu corpo fosse grosseira. Ela não queria sexo. Queria Keith. Esse era o ponto.

Chegou um outro carro. Um Cadillac creme. O manobrista pareceu gostar mais da motorista recém-chegada que de Esther. Ele a recebeu com as devidas mesuras. Abriu a porta do carro, e ela por sua vez saiu rebolando. Ela podia. Ashley Longmead ainda tinha um belo traseiro.

Esther encolheu-se no banco; não queria ser vista nem forçada a um papo, por menor que fosse. Mas que merda Ashley está fazendo aqui?, ela se perguntou. Esticou-se um pouco para o alto, espiou pela janela, e lá estava Ashley, vestida de minissaia, com uma blusa de alcinhas – um lobo em pele de cordeiro –, a subir languidamente os degraus da escada, sacudindo o traseiro – que, pelo gingado, não tinha sido cirurgicamente esticado (ainda).

Esther esperou três minutos. Depois, saiu do carro e dirigiu-se ao manobrista.

Colocou as chaves e uma nota de vinte na mão dele.

"Mantenha o carro por perto", ela falou, subindo apressadamente a escada e empurrando a porta do hotel com força.

Apostaria toda a sua fortuna em que Ashley tinha se embonecado da cabeça aos pés só para visitar Keith Shiraz.

"Como um rato em cima do queijo", ela murmurou consigo mesma (embora as pessoas no saguão ouvissem e lançassem olhares intrigados para ela). Seu rosto estava emplastrado de maquiagem escorrida. Seu cabelo, uma desordem só. Parecia uma encrenqueira louca de meia-idade. E talvez fosse mesmo. Enquanto esperava o elevador, um homem se pôs a observá-la.

"Tá olhando o quê?"

Confuso, ele se retirou. Ela subiu sozinha no elevador até o décimo segundo andar. Os dois estavam no quarto de Keith. Juntos. Sem dúvida, ela pensou, ao mesmo tempo em que apertava o botão com insistência, apesar de o elevador estar subindo rapidamente (como sua pressão sanguínea). Apesar do ciúme e da raiva que sentia, ela ainda tinha cabeça para reconhecer até que ponto suas emoções tinham se descontrolado nos últimos dias, a partir do momento em que golpeara a cabeça de Bram. Sua teoria estava se comprovando. Aquele golpe tinha destravado o subconsciente dela. Esther devia pensar seriamente em alguma coisa na qual pudesse bater se quisesse progredir um pouco mais emocionalmente. Um sorriso leve abriu-se em seu rosto. Ela sabia exatamente em quem gostaria de bater.

Chegou ao décimo segundo andar e invadiu o corredor. Seus passos eram amortecidos pelo tapete. Já em frente ao 1214, ela encostou o ouvido na porta, na expectativa de ouvir alguma coisa. Sons abafados, vozes. Mais de uma pessoa.

Mexeu na maçaneta e viu que a porta não estava trancada. Podia abri-la e fazer uma entrada dramática. Contou até três. Depois, girou a maçaneta e entrou no quarto aos gritos.

"Ah-ha!"

Lá estavam eles. Ashley e Keith, na cama. Ele, de roupão; ela, sentada em cima dele. Uma posição comprometedora, se é que se podia chamar assim.

Esther pestanejou. Esperava por uma cena cômica. Ela irromperia no quarto e diria o "ah-ha!" ao encontrá-los jogando cartas. Eles poderiam olhá-la com carinhosa tolerância, ela gaguejaria algumas palavras a respeito do seu "ciúme idiota" e logo todos ririam como bons amigos.

Mas a verdade é que a idéia de se ver diante daqueles dois com a calça arriada (e/ou a saia levantada) parecia rebuscada demais. Paranóica.

"Saí daqui não faz uma hora e meia, e você já está se enroscando com outra!", ela gritou para Keith.

"Como é que você entrou aqui?", ele perguntou.

Esther precipitou-se para a cama e bateu em Ashley com a bolsa.

"Sai de cima dele!"

Ashley afastou-se de Keith e levantou-se. Deu uma volta para evitar a bolsa de Esther. Pegou a própria bolsa sobre a mesa e tirou o batom de dentro.

"Esther, que bom te ver! Você está tão... tão péssima, querida", ela falou, passando o batom nos lábios.

"Quanto tempo você levou pra chamá-la depois que saí?", Esther quis saber de Keith.

"Não chamei ninguém", ele esbravejou. "E você não saiu. Coloquei-a pra fora!"

"Sim, mas você não queria fazer isso", Esther replicou.

"Você seqüestrou o meu filho!", ele disse. "E mentiu sobre isso. Durante dias. E noites. Bem, só uma noite."

"Uma grande noite", ela corrigiu.

Contra a sua vontade, Keith teve que rir.

"Estou longe de perdoar e de esquecer, Esther", ele avisou. "E para sua informação, Ashley chegou aqui cinco minutos atrás... inesperadamente e sem ser convidada."

"Ela tomou a liberdade de vir?"

Ele assentiu com a cabeça.

"Acho que sim."

"E tomou a liberdade de trepar com você?", Esther perguntou.

"Meu Deus, Esther, você nunca pára de reclamar?", Ashley comentou com a precisão de uma navalha alemã. "Escuto suas lamúrias há mais de vinte anos, e já estou cheia! Se tiver que ouvir mais uma palavra sua, corto a sua garganta!"

Esther olhou para a vizinha e (até aquele momento) querida amiga de olhos arregalados.

"Então, é melhor parar por aqui", disse Ashley.

"Não fala assim com a Esther!", disse Keith.

Ele está me defendendo, ela pensou com carinho. Talvez não arrancasse as tripas dela.

"Não pude me controlar, Esther. Eu o queria. Desde que o vi no seu jardim, só tenho pensado em seduzi-lo", disse Ashley.

"E por que essa grande atração?", Esther quis saber. "Ele é gorducho. E não é rico o bastante pra você."

"Ei!", Keith exclamou.

"Eu não quis ofendê-lo", disse Esther.

"Sei que ele é gordo e pobre...", Ashley rebateu.

"A palavra certa é 'corpulento'", ele protestou.

"... mas, de qualquer maneira, eu o queria. Porque ele queria você", ela completou. "Você sabe muito bem que sempre afastei todo homem que se aproximava de você. Fiz isso dezenas de vezes desde que Russell morreu."

"Eu achava que você estava me protegendo", disse Esther.

"Você é uma ingênua, não tem desconfiômetro", Ashley replicou. "Sempre foi assim. Não consegui acreditar quando Russell a trouxe pra casa. Uma secretária de vinte anos de idade? De Ohio? Você não sabia nada de nada. E por você ele deixou de lado uma mulher muito superior."

"Ele se divorciou da primeira mulher um ano antes de me conhecer! Um ano antes!", Esther balbuciou.

"Não estou me referindo a Shirley", Ashley falou com rispidez, ainda remexendo na bolsa.

"Então, de quem está falando?"

Ashley suspirou com enfado.

"Só um palpite: acho que ela está se referindo a si mesma", disse Keith, agora em pé ao lado de Esther.

"*Você?*", disse Esther para a vizinha. "Mas você era casada com Lawrence!"

"Eu ia abandoná-lo", disse Ashley. "Naquela ocasião já fazia dois anos que eu tinha um caso com Russell. E planejávamos fugir juntos. Ele precisava fazer uma última viagem de negócios, e fugiríamos quando retornasse de Ohio. Foi uma agonia esperar o retorno dele. Todo dia eu espionava a casa dele de binóculo. Até que um dia a limusine estacionou na entrada da casa. Eu o vi sair e chorei de alegria. Mas aí você também saiu do carro, com suas longas pernas e seu cabelo louro. No mesmo instante percebi que ele havia mudado de idéia em relação a mim. Vomitei lá mesmo onde estava, no peitoril da janela do meu quarto. Ele me trocou por você da mesma forma que tinha trocado a Shirley por mim. Jurei que me vingaria de Russell. E de você."

Buzz. O celular de Esther.

"Alô", ela respondeu mecanicamente.

"Mamãe!", Penny falou quase sem fôlego. "Você tem que subir até aqui! É uma emergência!"

"Desliga", Ashley ordenou.

"Te ligo depois", disse Esther fechando o aparelho e cravando os olhos no cano da arma que Ashley apontava.

Capítulo 37

Penny olhava para o celular sem poder acreditar. Esther tinha desligado na sua cara. Estava pouco se lixando.

"O que é que eu faço?", disse Vita.

"Vamos ligar para o 911!"

"Não podemos", Vita argumentou. "Vão nos prender por assassinato. Ou por massacre de homens."

"Isso seria verdade", Penny falou, "se eles estivessem mortos, mas não estão." Ela tinha examinado a jugular de Morris e Bram e constatara que estavam vivos, embora inconscientes.

Isso significava que Bram havia sofrido duas contusões num período de três dias, ela se deu conta. Mas não disse nada; não queria aborrecer Vita mais do que já estava, se é que isso era possível.

"Eles estão mortos!", sua amiga baixinha delirava, arrancando as penas do robe e batendo no peito com as mãos bem-cuidadas.

"Olhe aqui, sente só", Penny sugeriu.

A estrela de novelas caiu de joelhos e apalpou o peito de Bram; sua mão subia e descia com a respiração dele. "Ele tem um corpão", ela observou.

"Fiz um bom uso dele na noite passada", Penny falou, rindo até os dentes. "Lá na cabana da piscina."

"E como é que ele apareceu na sua casa?", Vita perguntou, confusa com o que acabara de ouvir.

Penny fez uma pausa; não queria entrar na história do seqüestro.

"Ele emergiu, só isso", ela desconversou.

Vita examinou os movimentos do peito e do pulso de Morris.

"Morris. Acorda!" Ela segurava o queixo dele e balançava a sua cabeça para ambos os lados. "Não gosto deste Morris aqui", ela comentou. "Tem uma ereção permanente. Goza e continua duro. É um investigador particular. Ele me examinou com uma caneta luminosa. E claro que chegou lá no fundo, se é que você me entende."

"Você já tentou gelo?"

"Lá?", Vita perguntou.

"Para reanimá-los!", exclamou Penny, checando o balde de champanhe prateado, cheio até a metade de água gelada. "Vou adorar fazer isto", e despejou a água no resto de Bram.

Ele gaguejou, sacudindo a cabeça. Revirou os olhos e voltou a desmaiar.

Enquanto isso, Morris começava a se mover.

"Olha só!", disse Vita, apontando para a cabaninha de lençol entre as pernas dele. "Eu não falei?"

"Deve estar sonhando com você!", disse Penny.

"Se ele tiver alguma dúvida quanto à minha capacidade de representar o papel", disse Vita, "bato nele de novo com uma garrafa de champanhe."

"Você vai ser a primeira atriz em Nova York que golpeia o seu meio de subir na carreira. Ou, no seu caso, de afundar", Penny comentou. Olhou a expressão inerte de Bram. Fazia alguns meses que não a via assim tão serena, nem mesmo quando ele dormia. Examinou outra vez o pulso e notou que ele estava usando o anel dela no dedo mindinho.

O coração de Penny desceu até as entranhas. Se ela não estivesse de joelhos, certamente desceria até os pés.

"Estou preocupada com o Bram", ela disse. "Temos que pedir ajuda."

"Tenta ligar de novo pra sua mãe."

"Como se ela fosse fazer alguma coisa por ele", Penny ironizou.

"Quem mais a gente pode chamar? Os seguranças do hotel, nem pensar!"

Keith Shiraz estava hospedado no Plaza.

"Vou buscar o pai do Bram", disse Penny.

"E trazer ele *aqui?*", Vita perguntou enquanto fechava o robe até o pescoço, num *show* de recato.

Para Vita, tudo era um *show*.

"Vou voltar logo. Não bata nele enquanto eu estiver fora."

Penny olhou novamente para Bram, levantou-se e o deixou com Vita, que a essa altura procurava alguma roupa decente na mala para vestir.

Capítulo 38

Esther já tinha visto diversas vezes a arma de Ashley. Era uma pistola calibre 22 com cabo de madrepérola, fabricada pela Smith & Wesson. Modelo de fabricação limitada, Ashley dissera com orgulho para Esther quando lhe mostrara a arma pela primeira vez, anos antes. Era um revólver leve com gatilho de fácil manuseio, elaborado e fabricado para mulheres. Esther sabia que a amiga o carregava para todo canto. Mas quando Ashley o sacou da bolsa de crocodilo e o apontou para ela, não acreditou em seus olhos.

"Isso não tem graça", Keith falou.

"Para o banheiro, vocês dois", Ashley ordenou.

Esther segurou a mão de Keith. Sua cabeça girava de volta no tempo. Lembrou-se da festa de natal em que Russell beijara Ashley debaixo do visco. Do dia em que ela entrara em trabalho de parto e em pânico chamara por Ashley porque não conseguia encontrar Russell, que por sua vez apareceu dois minutos depois com a camisa toda amarrotada.

"Você nunca parou de dormir com ele!", ela falou com os braços erguidos.

“Para a banheira”, Ashley ordenou.

“Não se preocupe, Esther”, disse Keith enquanto se encaminhava para a banheira. “Tenho tudo sob controle.”

“Estou vendo”, Esther retrucou.

“Ficamos rompidos por uns dois anos”, disse Ashley, “mas ele voltou pra mim quando você engravidou. Passou a detestar o seu corpo. Recomeçamos nossos planos. Ele dizia que não podia te abandonar enquanto a criança não nascesse. Eu não entendia a razão, mas estava decidida a esperar. Penny nasceu. E ele então começou a dizer que não queria sair de casa com ela ainda tão pequena. Estava preocupado. Você era uma mãe incompetente. Ele tinha medo que você fizesse mal à filha dele. Foi aí que ele contratou aquela babá inglesa pra te ajudar. Eu aprovei. Se o deixaria mais à vontade pra te abandonar, tudo bem. Quando Penny estava com três anos, Russell apareceu com uma idéia brilhante. Para me proteger, ele diria que ia fugir com a babá. Jemima fingiria ser amante dele em troca de vinte mil dólares. Quando ele estivesse oficialmente divorciado, voltaria pra mim.”

“Mas ele realmente amava a Jemima”, disse Esther.

“Ele confiava em mim”, Ashley rebateu. “Precisava que eu ficasse de olho em você durante a batalha do divórcio.”

“Então, ele te traiu. Duas vezes”, Esther replicou. “Não fiz nada contra você.”

“Você casou com ele!”, Ashley afirmou. “Teve um filho dele!”

Atrapalhando-se com o roupão, Keith projetou-se para a frente e agarrou o cano da arma. Seus pés escorregaram no piso azulejado e ele caiu de costas, batendo com a cabeça na borda da banheira. Ficou estirado no chão do banheiro.

“Keith!”, Esther gritou.

“Não se mova”, disse Ashley.

“Ele não tem nada a ver com isso!”

“Ele me rejeitou”, Ashley rebateu.

O cérebro de Esther deu um clique.

"Foi você que empurrou o Russell da mureta do *shopping!*"

"Não empurrei, não", disse Ashley. "Só o fiz tropeçar."

"O seqüestro da Penny no *shopping!*", disse Esther, subitamente congelada.

"Foi idéia minha. Sugeri para o Russell. Você seria declarada incompetente, e ele conseguiria a custódia de Penny. Ele subornou um guarda da segurança do *shopping*. E eu contratei a mulher."

"Você arquitetou o pior dia da minha vida", Esther falou. "Eu me culpei. Eu me odiei. Aquilo determinou décadas da minha vida. Estragou minha relação com Penny."

"Você nunca mais vai ter que se preocupar com isso", disse Ashley, levantando a arma.

TUAC – um estalo ecoou contra as paredes do banheiro.

O corpo de Ashley tombou no chão. A cabeça dela sangrava.

Esther ergueu os olhos e viu Penny em pé à soleira da porta do banheiro, segurando uma garrafa de champanhe.

"Se a vida lhe dá limões", disse Penny, "faça uma limonada."

Capítulo 39

"PARECE BEM MAIS ALTO HOJE", comentou Penny, debruçando-se sobre a mureta da sacada do segundo andar do Short Hares Mall.

"Mais alto que o quê?", perguntou Esther.

"Que antes."

"Você vem aqui com freqüência?", sua mãe quis saber.

Elas estavam em pé exatamente em frente ao Pottery Barn e em cima da fonte, onde Russell Bracket fizera seu último vôo.

"Você não pode me culpar porque procuro saber dele", disse Penny, que costumava freqüentar aquele lugar. "Era o meu pai. E você nunca me disse nada."

"E também lamento muito por isso", disse Esther.

Penny gostava (desconfiando) da nova atitude de *mea culpa* da mãe. Aceitara os esclarecimentos e as desculpas, já que fazia tempo que esperava por isso. Por outro lado, agora sua mãe parecia frágil e sensível, um contraste gritante com a antiga intocabilidade de Esther. Agora Penny tinha mãe. Mas sentia falta da mulher durona que a criara.

Ela observava o movimento no andar de baixo – pessoas em grupos de três a cinco que zanzavam pelos corredores, mulheres que entravam no Victoria's Secret e adolescentes que matavam o tempo por lá.

"Eu me pergunto se ele viu Ashley antes de tropeçar e cair", disse Esther.

"Eu gostaria de ter sabido que Russell era essa merda", Penny comentou.

"Eu também", Esther rebateu.

Esther devia ter pesquisado mais o sujeito antes de se casar depois de apenas duas semanas de romance; Penny levara mais de um ano para conhecer Bram antes de aceitar ficar noiva. Pelo que ela sabia, até aquele momento ele ainda estava internado no Short Hares Memorial Hospital, junto com Morris Nova, Keith Shiraz e Ashley Longmead. Penny golpeara Ashley com força suficiente para fraturar o crânio dela (ops). Ela estava na unidade intensiva, vigiada pela polícia de Short Hares. Vita não causara muito estrago nos crânios de Bram e Morris, mas ambos estavam em estado de choque. Keith Shiraz tivera uma pequena contusão na cabeça e um braço quebrado. Sua queda tinha sido engraçada.

Por mais que não aparentem gravidade, os ferimentos na cabeça são notórios por apresentarem pioras súbitas. Sendo assim, os homens foram aconselhados a ficar sob observação médica por quarenta e oito horas. Keith e Morris trocaram então as suítes de hotel por quartos contíguos de hospital. Bram ficou em outro quarto.

Penny fez com que eles ficassem bem-acomodados no hospital. Não que os tivesse visto. Keith, Bram e Morris desistiram de prestar queixa contra Penny, Vita e Esther, aquelas garrafeiras loucas, mas solicitaram ordens de proteção contra elas. Individual e coletivamente. A menos que sangrassem ou apresentassem fraturas, elas seriam presas se entrassem no hospital.

"Compreendo que você era jovem e queria escapar de sua família", disse Penny. "Papai era importante. Mais velho. Rico. Você não desconfiou que ele pudesse ser amoral?"

Esther apoiou os cotovelos na mureta.

"Fiz essa pergunta milhões de vezes a mim mesma. Seria bem melhor se eu tivesse visto alguma coisa ou escutado com mais atenção quando ele falou do seu primeiro divórcio. Ou notado as pistas relacionadas a Ashley, que hoje parecem óbvias. Eu estava fascinada. E havia Shirley, Ashley e Jemima. Quem sabe quantas mais?" Ela fez uma pausa e olhou a fonte lá embaixo. "Ele deve ter se apavorado quando despencou. Até agora eu nunca tinha sentido pena dele.

"E Penny *sempre* sentira pena dele – até aquele momento.

"Por mais que o fim tenha sido horrível", Esther continuou, "o começo com Russell foi maravilhoso. Quando fiquei grávida, nós explodimos de alegria. Vou tentar me lembrar dele dessa maneira."

"Boa sorte", disse Penny.

"Se eu pudesse voltar atrás, casaria com ele outra vez. É lógico que dessa vez seria mais esperta e teria um bom advogado."

"Isso é insano", disse Penny. "Você podia ter casado com um homem bom e decente. Alguém que sua família aprovasse. Alguém que pudesse fazê-la feliz."

"Mas aí não teria tido você", Esther replicou.

Ainda na mureta, ela estendeu a mão para a filha. Penny se aproximou mais da mãe e apoiou o braço no ombro dela. Esther correspondeu ao movimento da filha, e de repente as duas se abraçaram.

"Não olhe agora, mamãe. Estamos abraçadas."

"Com licença", uma voz feminina falou atrás delas.

"Vem aqui", chamou Penny. Vita voltava da Mrs. Field's com um pacote de biscoitos de chocolate.

"Não gosto de abraço grupal."

"Nem eu", Esther rebateu.

"Então, se abracem, e eu fico assistindo", disse Penny.

"Você é doente", Vita comentou.

"Então, apertem as mãos", Penny sugeriu. "Se Vita não tivesse acertado o Bram e o Morris, não teríamos voltado para o hotel e você não teria seguido a Ashley até o quarto de Keith, e ficaria sem conhecer a verdade sobre ela. Eu não teria saído em busca de Keith e não teria detido Ashley. Graças a Vita, você ficou livre de qualquer suspeita. Ashley está sob vigilância policial no hospital enquanto estamos aqui no *shopping*, comendo biscoitos."

"Obrigada pelo sumário, Penny", disse Esther, "e obrigada por tê-los golpeado, Vita."

"De nada, Esther."

"Estou olhando", Penny falou.

"Querida, preciso contar uma coisa: você não é judia."

"O quê?"

"Eu queria muito te dizer isso", Esther continuou. "Teu pai era judeu, mas eu nasci e fui criada numa família católica."

"Eu sabia!", Vita exclamou. "Ninguém com um cabelo assim podia ser judeu."

"Meu pai era um adúltero", disse Penny, e tenho metade de sangue judeu. E o que mais? Por acaso nasci com duas cabeças?"

"Não, mas você tinha seis dedos no pé direito", Esther rebateu.

"Você está brincando, disse Penny, piscando.

"Você já reparou que nenhuma foto sua de bebê mostra os pés?"

"Não estou achando graça nenhuma."

"Nós vamos ou não vamos fazer compras? Você prometeu nos encher de presentes, Esther", Vita interrompeu.

"Só um instante." Penny pescou uma moeda no bolso. "Meu ritual." Ela arremessou a moeda na fonte e se pôs a observá-la enquanto caía em câmera lenta pela abertura da esfera.

"Conseguiu!", Vita gritou, batendo palmas.

"Pela primeira vez", disse Penny, abrindo um sorriso largo. "Depois de quase dez mil tentativas."

"Isso quer dizer que você jogou centenas de dólares nessa fonte?", Vita perguntou depois de fazer alguns cálculos de cabeça.

"É verdade, Penny?", Esther quis saber.

Era verdade, embora ela tivesse parado de contar depois de cinco mil arremessos, aos quinze anos de idade. Costumava levar rolos de moedas para aquele lugar e arremessava uma de cada vez em seu túmulo aquático.

"Você sempre faz o mesmo pedido ou muda de cada vez?", Esther perguntou.

"Sempre o mesmo pedido", Penny respondeu.

"Bem, como dessa vez acertou o alvo, claro que ele vai se realizar."

"Tomara que não seja um desses pedidos chatos", disse Vita. "Como saúde e felicidade."

"Meu desejo era ganhar um outro bichinho de estimação", disse Penny, mas tinha em mente algo completamente diferente.

"Eu estava errada", Esther comentou. "Esse desejo não vai se realizar."

Capítulo 41

VITA RETORNOU A NOVA YORK E ao seu personagem na novela *The House of Blusher.* Esther e Penny foram para a mansão assustadoramente vazia. Exceto pelos esquilos. E pelos enormes urubus pousados no telhado, próximos da clarabóia.

"A casa fica estranha sem Natasha", Esther falou.

"Não consigo acreditar que ela tenha ido embora", Penny comentou. "Eu achava que ela nos amava."

"Natasha amava na medida em que podia amar alguém", disse Esther. "O que significa que ela não amava assim tão profundamente. Só cuidava de si mesma."

"Mas você faz isso e mesmo assim não deixa de amar", Penny replicou.

"Decidi que agora vou começar a dar algumas festas", Esther anunciou. "Quero ampliar o meu círculo social."

"Me convida", disse Penny.

"Você não vai ficar?", perguntou Esther. "Achei que se mudaria aqui pra casa."

"E desistir do meu apartamento no Village? Nem pensar!"

Esther se sentiu feliz, mesmo que a mansão ficasse ainda mais assustadoramente vazia sem a filha nem a russa.

"Ainda não vi como ficou o quarto de Natasha", disse Esther.

Juntas, elas entraram no quarto vermelho. Esther se deparou com a cama nua, os aparadores vazios e marcas quadradas nas paredes, onde os quadros estavam dependurados. Abriu as gavetas dos armários só para ver se Natasha tinha deixado alguma coisa. E ficou surpresa por Natasha não ter carregado o armário.

Mas ela se enganara. Natasha deixara algo para trás. Um envelope branco que Esther encontrou no centro de uma gaveta.

"O que é isso?", Penny perguntou.

"Um outro bilhete?", perguntou Esther. "Não tenho mais estômago pra isso."

Penny pegou o envelope e o abriu. Removeu os papéis e os sacudiu a fim de examiná-los.

"Duas passagens de avião e um comprovante de pagamento de táxi", ela falou.

"Deixe-me ver", disse Esther, examinando cuidadosamente a pequena pilha de papéis. Já tranqüila, ela viu que as duas passagens eram para o Havaí, com partida marcada para a manhã do dia seguinte. Uma estava em nome de Penny Bracket. A outra em nome de Bram Shiraz. O táxi fora contratado para uma corrida até o aeroporto internacional de Newark.

Havia um bilhete anexado na passagem de Bram. Esther reconheceu imediatamente a letra de Natasha. E o leu: "Esther e Penny, queridas, achei as passagens no quarto de Penny. Queria usá-las com a Alexia. Mas aí chegou o *fax* de minha mãe. Vocês duas devem ir para o Havaí. Divirtam-se. Peguem uma cor. E quando estiverem na praia, pensem em mim, tremendo de frio em Moscou, e comendo carne no espeto assada numa pilha de lixo em brasa. Com amor, Natasha".

"Ela ia roubar as passagens da minha lua-de-mel!", Penny exclamou.

"Então ela estava planejando sair daqui antes do *fax*", disse Esther. "Acho que devemos seguir o conselho de Natasha. Vamos nos divertir. Pegar uma cor. E imaginá-la fazendo churrasco assado numa pilha de lixo em brasas."

"Natasha parece uma personagem de desenho animado: "Mate os cervos e os esquilos", Penny comentou. "Por falar nisso, se vamos partir amanhã para o Havaí, seria bom chamar o dedetizador hoje."

"Cadê o carro?", Esther perguntou pela décima quinta vez.

Ela e Penny estavam mais que prontas para partir; plantadas à frente da mansão (sem esquilos) com as malas. O táxi já era para ter chegado vinte minutos antes. Com a margem de tempo que Esther estimara, elas já estavam a ponto de chamar um outro táxi, caso o primeiro não aparecesse nos próximos trinta segundos.

"Chegou", disse Penny, avistando um sedã preto que subia pelo caminho da casa. "E se você vai ficar neurótica, seria melhor a gente ficar em casa."

"Vou relaxar quando estivermos em segurança", replicou Esther, que não passava bem em viagem.

O motorista estacionou, saiu do táxi e pôs as malas no porta-malas enquanto Esther e Penny se acomodavam no confortável banco de trás.

O vidro escuro que separava o motorista dos passageiros estava arriado.

"Bom dia, senhoras. Meu nome é Charlie. Se as senhoras precisarem de alguma coisa, por favor, me avisem", ele disse ao entrar no carro.

"Vamos logo", Esther falou com vigor. "Para o aeroporto de Newark, por favor. Em frente ao portão da American Airlines."

"Pois não, madame." Ele ligou o carro e apertou um botão. Imediatamente, o vidro escuro subiu.

"Ele gostou de você", disse Penny.

"Cale a boca", Esther rebateu.

O carro começou a descer a rampa e depois tomou o caminho da estrada. As portas trancaram-se com um ruído metálico

"Está fazendo calor aqui dentro", Esther comentou. E tentou abrir a janela. "Trancada. Tente abrir a sua."

"Trancada", Penny falou.

Esther deu uma batidinha na divisória de vidro.

"Charlie. Queremos abrir as janelas."

Nenhuma resposta.

"Ele não consegue nos ouvir", Penny afirmou.

Esther achou um interfone e repetiu seu pedido.

O homem não respondeu, mas de repente o ar-condicionado começou a funcionar.

Esther e Penny se entreolharam, perplexas.

Finalmente, o táxi se aproximou da entrada do aeroporto. Mas em vez de entrar nela, dirigiu-se para a entrada que dava na rodovia New Jersey Turnpike.

"Você pegou a entrada errada", Esther falou pelo interfone. E acrescentou para a filha: "Será que ele nos ouve? Não consigo enxergar nada pelo vidro."

"Estou com uma sensação de que estamos sendo observadas", disse Penny.

Esther puxou o interfone:

"Pára esse carro. Já!"

Mas o motorista continuou na direção norte, rumo aos pântanos de Meadowlands.

"Não se preocupe, mamãe", disse Penny. "Eu posso pegá-lo. Sei alguns golpes de karatê."

"Esse homem pesa uns cento e cinqüenta quilos!"

"Usarei a força dele contra ele próprio", Penny explicou.

"Suas artes mágicas e marciais farão com que ele dê um soco em si mesmo?"

"Você acha que estamos sendo seqüestradas?", Penny perguntou.

"Se sobrevivermos, eu vou matar Ashley por isso!"

"Mamãe, ela está em coma."

"Ela conseguiria planejar o meu fim mesmo do túmulo!"

"Olha, ele está diminuindo a marcha."

"Prepara o teu karatê", disse Esther. "Se por acaso isso for o fim, quero que você saiba que te amo. Que vivo pra você. Que espero que você se apaixone outra vez."

"Eu ainda amo o Bram", Penny confidenciou. "Se essa é minha hora derradeira, devo admitir esse amor para mim mesma."

"Então, espero que você o consiga de volta", disse Esther.

"Você vai apoiar o relacionamento?"

"Com certeza", Esther afirmou. "E até pago uma outra festa de casamento. Menor, é claro. Sem bufê. Nem bolo. Somente canapés. Brinde com champanhe, mas sem outras bebidas."

"Pra mim, está perfeito", Penny falou. "Então, você concorda que vale a pena perseguir o amor?"

"É claro que vale a pena", Esther assentiu. "Mas, e depois que você conseguir agarrá-lo?"

"Que tal alimentá-lo com coquetel de camarão?", respondeu Penny.

"Não se esqueça do salmão defumado", Esther replicou. "Olha só, filha, ele está estacionando. Onde será que estamos?"

"Parece um acostamento." Era a parada do Vince Lombardi Memorial.

De repente, os trincos das portas foram destravados. O motorista saiu do carro e abriu a porta de Penny.

"Aqui estamos, senhoras", ele disse, inclinando-se.

"Você está falando no sentido metafórico?", Esther comentou.

"O passeio acabou", ele afirmou.

"Na estrada que chamamos de vida?", Esther rebateu.

"Por favor, saia do carro", ele insistiu.

"Estou saindo", disse Penny, piscando para Esther. Estendeu as pernas longas e musculosas para fora do carro.

Depois, acertou a virilha de Charlie com uma joelhada mortal.

O gorila de quase cento e cinqüenta quilos se dobrou como uma boneca de papel. Penny começou a chutar as costelas dele. Esther já estava fora do carro e aderiu ao ataque, desfechando pontapés nas coxas e nas costas de Charlie com o bico fino dos sapatos.

"Parem!", Charlie berrou.

"Nem tente nos estuprar e matar", Esther gritou ameaçadoramente.

"Só trouxe vocês para um passeio", o homem protestou, estatelado no chão.

"Até o final da estrada que a gente chama de vida!", Penny replicou, dando-lhe um chute rasteiro bem no meio da barriga.

Som de passos apressados. Em seguida Penny e Esther foram agarradas e erguidas do solo, com as pernas se debatendo no ar.

Capítulo 41

BRAM DIRIGIA UM DOS MUSTANGS da empresa do pai. Era um carro praticamente novo, preto, lustroso, um verdadeiro escândalo.

"Eu me sinto um novo homem", comentou ele, acelerando a máquina, que respondia maravilhosamente.

"Diminui a velocidade", disse Keith. "A polícia vai acabar te mandando parar. Ainda mais com esse turbante!"

Bram se olhou pelo espelho retrovisor. Seu capacete de bandagens o deixava com aparência de perigoso, como um paciente fugitivo de uma lobotomia ou um extremista islâmico em fuga.

"O médico disse que posso removê-lo em dois dias. E também me deu permissão para dirigir. Tenho isso escrito no porta-luvas."

"Cristo, mais um bilhete, não. Chega de bilhetes, está bem?", Keith retrucou, ele também com o braço todo engessado na tipóia. "Isso inclui o nosso velho hábito de trocar cartas. Escrevemos um bocado, mas nunca falamos das coisas cara a cara. Vamos fazer um trato. Ou isso é categoricamente impossível pra você?"

Bram sabia o momento de se calar. Desde que haviam recebido alta do hospital, Keith se dedicara a expor o que sentia em relação à fuga de seu filho do casamento. Bram não dizia nada. Sabia que tinha pisado na bola. Não precisava que o pai esfregasse isso no seu nariz.

"Pegue à direita, ali", Keith ordenou. "Naquele acostamento."

Bram entrou e em seguida estacionou numa parada de caminhão.

"Quanto tempo?", ele perguntou.

"Uns poucos minutos", Keith repondeu.

"Você acha realmente que isso vai funcionar?"

Keith deu de ombros, e estremeceu.

"Você devia fazer isso só com o ombro esquerdo, pai."

"Vou anotar."

Os dois homens olhavam pelo pára-brisa. Bram pigarreou. Estava inquieto no assento; estalou os dedos.

"Pare com isso", Keith pediu.

"Quando mamãe morreu", disse Bram, "eu sabia que você teria outra namorada. Imaginei que seria uma mulher mais nova. Daquele tipo com quem o homem sai algumas vezes, se diverte e depois parte para outra. Você merecia isso, principalmente depois de tudo que fez durante a doença da mamãe. Eu achava que você devia evitar relacionamentos mais sérios. Não conseguia imaginar você com alguém mais ou menos da sua idade. Devia estar com medo de que você substituísse a mamãe ou de que eu tivesse que lidar com uma estranha que dominasse a sua vida. Quando o vi com Esther Bracket..."

"Você foi contra Esther por outras razões."

"Mas quando o vi na cama com ela, o que me deixou louco foi pensar que você havia me trocado por ela. Depois da morte da mamãe, achei que passaríamos mais tempo juntos. E então conheci a Penny. Acho que o deixei sozinho quando você estava mal, não é?"

"Fiquei feliz por você", disse Keith. "Os pais sempre desejam a felicidade dos filhos."

Bram assentiu com um gesto de cabeça.

"Já entendi por que Esther Bracket pirou no dia do casamento. Ela estava defendendo a filha. Mas depois do que a Penny fez com Ashley Longmead, acho que ela pode muito bem se defender sozinha."

Keith riu.

"Eu só lamento estar inconsciente quando ela acertou a Ashley."

"Então, a Esther não é assassina. Espero que ela seja recompensada." Bram fez uma pausa. "O que estou querendo dizer é que por mim tudo bem que vocês dois fiquem juntos."

Keith sorriu, e Bram retribuiu o sorriso. O pai tentou dar um abraço paterno no filho, mas se deteve com um grito de dor.

"É o braço", ele disse.

"Ainda bem que eles chegaram, papai."

O melhor carro da empresa de Keith, o carro preto, estacionava no acostamento. Charlie saiu e acenou para o Mustang estacionado nas proximidades. Eles viram Charlie abrir a porta traseira. Bram sorriu quando avistou uma das pernas de Penny para fora. Depois, o resto do corpo da ex (e futura noiva) se mostrou. Bram achava que conhecia perfeitamente o corpo de Penny, mas só estava começando a conhecê-lo. Eles a viram abrir um sorriso maravilhoso para Charlie e em seguida dar uma joelhada nos testículos dele.

"Ai", Bram e Keith reagiram.

Penny surrava o pobre-coitado, ao mesmo tempo que gritava, com um brilho nas maçãs do rosto. Esther Bracket logo se juntou à filha, chutando e gritando.

Keith fez uso de seu *walkie-talkie*:

"George. Alô, George".

Chiado.

"Sim, chefe?"

"Mande reforço para o Charlie."

"No mesmo lugar?"

"Sim", respondeu Keith. "E rápido", disse ele, desligando o aparelho.

Keith encolheu-se quando Esther chutou as costas de Charlie.

"Mais um que elas vão mandar para o hospital."

"Não se deve mexer com uma garota de Nova Jersey", Bram afirmou.

"Vamos ter que nos comportar direitinho com essas duas", Keith rebateu.

"Senão elas nos chutam o traseiro", Bram acrescentou. "De novo."

"É melhor detê-las", disse Keith.

Os dois homens deixaram a segurança do Mustang e correram na direção das duas mulheres com a rapidez que os ferimentos permitiam.

Capítulo 42

Esther sentiu que alguém a levantava, agarrando-a com força. Seus cabelos cobriam o rosto e ela não conseguia enxergar o homem que a segurava por trás. Tentou dar um chute para trás, mas ele a carregava debaixo do braço, na horizontal, como um saco de lavanderia.

"Pare de se debater", ele disse. "Cada vez que faz isso, meu ombro dói."

"Keith?", ela disse. O que ele estava fazendo ali? E, mais importante, teria chegado para salvá-la ou para ajudar Charlie no seqüestro? E acrescentou: "Me põe no chão".

Ele jogou-a no banco traseiro do carro. Ela olhou para trás e viu Penny conversando com Bram (que usava uma bandagem branca na cabeça).

"Charlie", Esther sussurrou. "Oh, Deus! Esse", e ela apontou para o homem prostrado no chão, "é o *seu* Charlie?"

"Vou ver como ele está", disse Keith.

Ela assentiu. E se pôs a observá-lo. Mesmo engessado, ele mantinha a aura de masculinidade e competência. Ele ajudou Charlie a se levantar. O homem vacilou um pouco, e parecia prestes a cair em prantos. O estômago de Esther se revirou com o que ela havia feito.

"Posso ajudar", ela gritou do carro.

"Não!", Charlie berrou.

Keith o amparava com o braço bom. Com muito cuidado, ajudou Charlie a se acomodar no banco traseiro do carro, dizendo-lhe que um outro motorista estava a caminho e o levaria em segurança para longe das mulheres, ou, se necessário, para o hospital.

Depois, Keith retornou para Esther.

"Achamos que ele estava nos seqüestrando."

"Eu sei", Keith falou. "Desculpe, falha minha. Pedi ao Charlie para não dizer aonde estava levando vocês."

"Você pediu ao Charlie... Não entendo. Estávamos indo para o aeroporto", disse ela, consultando o relógio. Por pouco não perderiam o vôo. "Como é que você soube que eu havia contratado um carro?"

"Você me disse." Keith parecia desconcertado.

"De acordo com a ordem judicial, não posso me aproximar da sua casa e do local de seu trabalho, nem estabelecer contato com você."

"Você telefonou na noite passada para fazer uma reserva na minha empresa de carros", ele disse. "Eu estava lá, verificando os negócios. Atendi a chamada. Não percebeu que estava falando comigo?"

"A ABC Limo é sua?", ela perguntou.

"Você foi muito educada ao telefone", ele continuou. "Por isso, achei que sabia que estava falando comigo, e que, para não violar a ordem judicial, tinha arranjado um jeito de me fazer saber que queria me ver."

"Hein?", disse Esther.

"Então, mandei o Charlie pegá-la e trazê-la para um território neutro. Desculpe pela confusão. Eu devia ter imaginado que você ia pensar que fosse um seqüestro."

"Sou sempre educada ao telefone, não importa com quem esteja falando", ela replicou com insolência.

"E quanto à minha ordem de proteção", ele disse, "os ânimos estavam um pouco esquentados naquele dia."

"Como é que está o Bram?", ela quis saber. "E o Morris?"

"Os dois estão ótimos", ele respondeu. "Bram não está zangado com você. Ele me deu a bênção."

"Agora ele é padre?", ela rebateu. "Primeiro, advogado; depois, carpinteiro. É melhor esse garoto se decidir."

"Já se decidiu", ele afirmou. "Como você pode ver."

Esther se virou. No Mustang preto, Bram e Penny conversavam com intensidade. A impressão que dava é que ele estava implorando.

"Dei a Penny a minha bênção", ela disse.

"Então, agora você é padre?"

"Deixe de ser tolo", disse ela, mordaz. "Nós dois sabemos que as mulheres não podem ser sacerdotes."

Keith sorriu, e Esther não pôde resistir. Ele era de fato um homem terrivelmente sedutor.

"Diz pra mim, qual era a sua intenção?", ela perguntou. "Mandar o Charlie nos pegar e nos trazer até aqui, e mais o quê?"

"Eu ia te levar", ele respondeu.

"Pra onde?"

"Pra qualquer lugar."

"Qualquer lugar?", ela repetiu. "Eu simplesmente amo Qualquer Lugar. É um dos meus lugares prediletos! Como é que você sabia?"

Keith deu de ombros, estremecendo de dor.

"Só sabia", ele disse. "Sai daí e vamos pegar sua bagagem."

Enquanto ele tirava as malas do bagageiro, um outro carro despontava e estacionava no acostamento. Ele deu uma pancadinha no porta-malas do carro recém-chegado, e o motorista saiu para abri-lo. Keith pôs as malas de Esther dentro do porta-malas e o trancou.

A bagagem de Penny ficou no chão. Ele se dirigiu até o carro que estava à frente e conversou brevemente com o motorista. O homem assumiu o volante do carro de Charlie, acenou em despedida e partiu, levando Charlie deitado no banco traseiro.

"Você gostaria de pegar no volante?", disse Keith.

"Pego o carro inteiro... mas com você dentro", disse Esther. "Se isso for bom pra você."

Os olhos de Keith brilharam, e o coração de Esther cantou.

"Então, você ou a estrada", ele disse.

"Eu *e* a estrada", ela rebateu.

"Tem mais uma coisa que preciso saber."

"Qual?"

Com um sorriso matreiro, ele perguntou:

"Que saída?"

Capítulo 43

Esther e Keith entraram no carro recém-chegado e se dirigiram até o lugar em que Penny e Bram estavam. A mãe abaixou o vidro da janela do motorista para falar. Do lado de fora da janela do passageiro, Bram conversava com o pai.

"Mãe, para onde estão indo?", perguntou Penny.

"Estamos sendo espontâneos", respondeu Esther, sorrindo. "E vocês, para onde estão indo? No sentido metafórico."

"Não sei", disse Penny. "No fim ambas as estradas vão dar no mesmo lugar."

"E que lugar é esse?"

"Um novo começo", disse Penny.

O queixo de Esther tremia e seus olhos ficaram marejados. Penny não estava acostumada a vê-la emocionada.

"Você está segura quanto a isso? Quanto a Keith?", ela perguntou para a mãe.

"Sim, estou feliz", Esther sorriu.

E como num passe de mágica, depois de mil tentativas, finalmente Penny viu seu desejo se realizar.

"Para mim, não basta que só eu seja feliz. Você também tem que ser feliz. Eu faria qualquer coisa pra isso", Esther falou.

"Você já fez o bastante, de verdade", disse Penny. "Se um dia precisar de sua ajuda, juro que peço."

Penny afastou-se da janela. Esther acenava freneticamente para ela enquanto o carro se distanciava e saía do acostamento. Ao mesmo tempo Bram erguia os braços para segurar o turbante, e isso alongava seu peito e fazia com que sua camiseta aderisse ao corpo. Observando-o, Penny pensava que seria muito mais fácil para ela se Bram fosse baixinho, gordo e feio.

"Você já perdeu os quilos que ganhou no quarto de brinquedos", ela observou. "A comida do hospital é tão ruim assim?"

"Não muda de assunto", ele replicou.

Bram lançou um olhar severo para Penny. Como se a reprovasse. Como se ela estivesse brincando de propósito com suas emoções, agora que ele estava aos pés dela. E ela se aprazia em se aproveitar da situação. O poder tinha criado uma gigantesca onda elétrica sob sua pele. Ela gostou da sensação, desse crepitar. Era como se houvesse um campo de força protetor no qual Bram não podia penetrar.

"Não estou pronta para casar", ela disse.

"Você não pensava isso quatro dias atrás."

"Eu era muito mais jovem nessa época."

"E agora você virou uma anciã?", ele perguntou.

"Quatro dias atrás você não queria casar, e eu queria. Agora a situação se inverteu."

"Você está errada", ele disse.

"Por quê?"

"Você também não queria casar", ele afirmou. "Levou a idéia adiante, mas no fundo estava apavorada."

Ele estava certo. Na ocasião ela estava ansiosa e insegura. Lembrou-se de si mesma a se olhar no espelho, vestida de noiva, reunindo todas as forças para acreditar que no fim tudo daria certo.

Um outro carro entrou no acostamento. Passou tão perto da mala que por um triz não a danificou.

"Tenho que pegar minha mala antes que alguém a atropele. Ou a roube", ela disse.

Foi até onde estava a mala e pegou-a. As passagens estavam enfiadas num compartimento externo da mala. Penny olhou o relógio. Se tivessem sorte, se evitassem o trânsito e corressem como loucos pelo aeroporto, eles talvez conseguissem tomar o avião.

Ela voltou para o Mustang e mostrou as passagens para Bram.

"Nossa viagem de lua-de-mel", ele disse franzindo a testa.

"Se a gente se apressar, dá tempo de pegar o avião."

"Duas horas até o aeroporto. Dez horas de vôo. Uma hora de carro até o hotel. É isso que você quer?"

"Você não quer?"

"São treze horas desperdiçadas", ele argumentou. "Estou pensando num lugar mais romântico. Conheço uma cabana perto de uma piscina que tem uma espreguiçadeira incrível."

Penny sorriu enquanto visualizava a cabana e a mansão, completamente vazia e cheia de comida.

"Sempre preferi o conforto de casa ao estresse de viagem", ela disse.

"Sua carruagem", disse ele, abrindo a porta do Mustang.

Ela entrou. Ele pôs a mala no banco traseiro e ajeitou-se no banco do motorista.

"Antes de partirmos, quero ser totalmente honesto com você", ele disse.

Penny sentiu uma pontada de medo e falou:

"Pode dizer; eu agüento".

Bram desenrolou a atadura da cabeça. Estava completamente careca.

"Agora, quem é que está exposto?", ele perguntou.

Penny riu, mas depois quase chorou. O que mais gostava nele eram justamente os cabelos castanhos quase dourados.

"Vai crescer de novo", disse ela, acariciando com delicadeza o crânio careca com dois ferimentos.

"Você estará por perto para ver?" Ele agora estava sério. "Para onde vamos, Penny?"

"Para minha casa", ela respondeu. "Para a cabana deliciosa com minigeladeira e toalhas quentinhas."

"Não foi isso que eu quis dizer."

Penny sabia muito bem que não era isso.

"Vamos saber para onde vamos quando estivermos lá", ela disse. "Por enquanto vamos prestar atenção na estrada."

Este livro foi composto em Garamond
para a Editora Planeta do Brasil
em junho de 2008.